彼女はそこにいる

織守きょうや

角川書店

目次

第1話

あの子はついてない

引っ越し屋さんのトラックが去っていくのを、門の前で三人並んで見送った後、春歌《はるか》は早速家の中へとって返し、「二階だ二階だ」と言いながら音をたてて階段をかけ上がった。

「下の階の人を気にしなくてもいいんだもんね。気楽！」

新しい家は住宅街の中にあり、駅からはちょっと遠いけれど、これまで住んでいた都内のマンションより断然広い。一階に二部屋、二階に二部屋あって、庭までついている。

すっかりテンションが上がっている春歌に苦笑しながら、私も家の中へと戻った。

「まずは自分の部屋から片づければいい？　今夜からそこで寝るんだし」

「そうね。母さんはトイレとお風呂《ふろ》場と洗面所から……あ、カッターこれ使って。段ボールは潰《つぶ》して、廊下に出しておいてね。カーテンの取りつけとか、難しかったら呼んで」

「うん。大丈夫。終わったら一階の片づけも手伝うから」

茜里《あかり》がしっかりしてて助かるな、と言って母さんはにっこりする。

私は母さんからカッターとゴミ袋を受け取り、二階の、私と春歌に与えられた部屋へ上がった。部屋の数は足りているから、一つずつ個室をもらうこともできたのだけれど、春歌が、一階と二階で部屋が分かれてしまうより、一緒の部屋がいいと言ったのだ。

てっきり、自分一人の部屋が欲しいと言うと思っていたから意外だった。でも、一緒がいいと言われるのは、悪い気はしなかった。これまでずっと一緒の部屋だったのに、急に別々になるのは私もちょっとさびしいし、新しい家に慣れないうちは、なんとなく一人で寝るのが不安、という気持ちもわかる。性格は正反対だけれど、私たちは仲がいい。来年、私が中学三年生になったら、受験のために部屋は分けることにして、それまでは今まで通り、姉妹一緒の部屋だ。

春歌は、南向きの窓から外を眺めている。その肩越しにちらっと、道路を挟んだ向かいに、二階建てのアパートと、この家より一回り大きい一軒家が建っているのが見えた。

確か、一軒家のほうは、この家を貸してくれている大家さんの家だ。引っ越し前にここを見に来たときに、母さんが言っていた。

私は母さんから渡されたカッターで、壁に沿って積まれた、「ふとん・子ども部屋」「カーテン・子ども部屋」と書いてある段ボール箱を開ける。

「春歌、カーテンにフックつけて。そっち側から。私はこっちからつけていくから」

「おっけー」

春歌が窓辺からこちらへ来て、しゅたっと畳の上に正座する。フリルがついたデニムスカートの裾《すそ》がめくれて、膝《ひざ》こぞうがあらわになった。

いつも、正座をすると脚の形が悪くなると言って気にしているのに、今日は文句も言わず、ビニール袋にまとめられたフックをカーテンに取りつける作業にかかる。

母さんに、静岡県へ引っ越すことを相談されたのは、春休みが始まる一か月ほど前のことだ。私たちに話をする何か月も前から、母さんは引っ越すことを考えていたようだった。化粧品会社で働いている母さんは忙しくて、毎晩、家に帰るのが遅かった。家族のためだとわかっていたから、私や春歌には不満はなかったけれど、私たちと過ごす時間が少ないことを、母さんは気にしていた。

母さんの会社の商品を作っている工場と研究所がある静岡に、新しいオフィスができることになったのをきっかけに、母さんは働き方や生活を変えることを決め、私たちに相談した。

春休み中に引っ越しを済ませられれば、学校を休まないで済むから勉強も遅れないし、ちょうど学年の変わり目で新しい学校にもなじみやすい。タイミングとしてはぴったりだった。

築四十年の家と聞いたときは少し不安だったのだけれど、三人で見学に来て実物を見たら、思っていたよりずっといい家だった。キッチンやお風呂はリフォームされていたし、トイレなんて、タンクがなくて蓋《ふた》が自動で開いたり閉じたりするやつだ。春歌は、それを見るなり気に入って、あっさり引っ越しに賛成した。

私は私で、歩いて行ける距離に図書館があることがわかった時点で異存はなかった。前の家や生活にも特に不満はなかったし、春歌ほど、新しい家にはしゃいでいたわけでもなかったけれど、母さんと春歌と一緒なら、私はどこでもいい。

母さんは、私の反応を気にしていたから、私が「いい家だね」と言ったとき、すごくほっとした表情をした。

「茜里ちゃん、この部屋、窓から庭が見えるよ。花壇もあるし、見下ろしたらハート形に見えるように、花、植えようよ。ハートのとこだけピンクの花にしてさ」

フックをつけ終わったカーテンを、背伸びしてカーテンレールにかける。窓から見下ろすと、春歌の言うとおり、庭全体がよく見えた。

一か所に固まって生えている低木の茂みと、あまり葉っぱの茂っていない木が一本と、端っこに数本の水仙が生えているだけの、レンガで囲まれた花壇がある。

ほとんど何も植わっていない花壇の真ん中に、黒っぽいしみのようなものが見えた。

歪《ゆが》んだ丸いしみが三つ、三角形の形に並んでいる。水たまりだろうか。花壇の真ん中にだけ？　今日は朝から曇ってはいたけれど、雨は降っていなかったはずなのに。

それが人の顔のように見えて、私は目を逸《そ》らした。

「茜里ちゃん？」

花壇を見ていたのに、春歌は気づかなかったのだろうか。

気づいても、なんとも思わなかったのかもしれない。ただ、土が一部濡《ぬ》れているだけだ。

「あれ、顔みたいに見えるよね」なんて指摘したら怖がらせそうだったので、何も言わないことにした。春歌は怖い漫画やホラー映画が好きで、見たがる割に、見た後はいつも夜眠れなくなったと言ってひっついてくる。

「なんでもない。……植えるんなら、食べられるもののほうがいいんじゃない。プチトマトとか」

「えー私トマトきらーい。それなら苺《いちご》とかがいい」

気づかないうちに、通り雨が降ったのかもしれない。たぶん、あそこだけ水はけがよくなくて、乾かなかったのだ。それだけのことだ。

私は窓を閉めて、片づけに戻った。


丸二日かけて新しい家を片づけ、ようやく落ち着いて本が読めるようになったので、自分の部屋でシリーズもののファンタジー小説の最新刊を読んでいたら、春歌に「外に行こうよ」と袖《そで》を引かれた。

「せっかくの新しい町なんだよ？　近所を探検に行こうよ」

母さんは、春休みが終わる前にと、手の込んだ料理を作るつもりらしい。夕食を楽しみにしてて、と言って、朝からキッチンにこもっている。

私が読書に没頭してしまって退屈していたらしい春歌は、いつのまにか上着を着て、髪も可愛く結んで、すっかり出かける用意を済ませていた。

ここで「一人で行ってきなよ」なんて言ったら、春歌は夕食の時間まで、いや、寝るときまでむくれるだろう。小説はちょうどきりのいいところだったので、私は読みかけの本を置いて立ち上がった。

探検というほど見てまわるようなものがあるかはわからないが、春休みのうちに、近所を見ておくのはいいアイディアかもしれない。学校までの道も確認しておきたい。

キッチンの母さんに「散歩してくるね」と一声かけて、上着を着て外へ出た。

天気がいい割に、空気はひんやりしている。

「どこ行く？」

「まず学校まで歩いて、ぐるーっと回って駅まで行って帰ってくるのは？」

「いいけど、結構歩くよ」

「夕食はごちそうらしいから、おなかすかせておいたほうがいいよ」

道の反対側にある大家さんの家の前で、大家さんが誰かと立ち話をしているのが見えた。

おしゃべりの相手は、おすそわけのおかずを届けに来た近所の人らしい。片手に、ラップのかかった深皿を持っている。

挨拶《あいさつ》をしよう、と近づこうとしたとき、「今度の人たちは長く住んでくれるといいねえ」という声が聞こえてきて、思わず足を止めた。

「ほんとにね。いいご家族みたいだから……お母さんもお嬢さんも感じがよくて」

「でも、やっぱり家族を亡くすのはつらいわよね。かわいそうに、それでも明るくふるまっていてえらいわあ」

私たちの話をしている、とすぐにわかった。

父さんが死んでしまったのは、私や春歌が本当に小さいころで、私たちは父さんのことをほとんど憶《おぼ》えていない。憶えていないから、悲しいという気持ちもない。

最初から三人だったから、私と春歌にとってはそれが当たり前だったけれど、かわいそうに、とか、えらいね、と言われることはときどきあった。私たちはそれに慣れていた。

私たちはよくても、母さんがつらそうな顔をするから、母さんがいるところでは、あんまりかわいそうとか言わないでほしいなと思っていた。

今は、母さんがいなくてよかった。

「うちの姪《めい》っ子も事故で夫を亡くしてるんだけど、しばらく引きこもりみたいになって、立ち直るのに何年もかかってね……」

「こんにちは。家賃を持ってきました」

男の人の声がして、大家さんたちは口をつぐむ。

いつのまにそこにいたのか、背の高い男の人が、手に茶封筒を持って立っている。

私たちと反対側から歩いてきたようだ。

彼は大家さんに歩み寄ってから、私と春歌を見て、にこっと笑った。

大家さんは彼に気づいて、その後で、彼の視線で私たちがいることにも気づいたようだ。

私は、たった今通りかかったような、何も聞いていませんよという顔で、こんにちは、と頭を下げた。

「じゃあ、私はこれで」と言って、大家さんとおしゃべりしていたご近所さんはそそくさと去っていく。

男の人は、茶封筒を大家さんに差し出し、「今月分です」と言った。大家さんは、うちのほかにも、いくつかの建物を人に貸していると言っていた気がする。この男の人は、そのどれかに住んでいる人なのだろう。

「はい、確かに。……三ツ谷《みや》さん、こちらね、一昨日《おととい》引っ越していらした、新野《にいの》さんの」

「ああ」

三ツ谷さんと大家さんが、道の反対側、斜め向かいにある私たちの家に目をやる。

あの家に私たちが引っ越してきたことは、三ツ谷さんも知っていたようだ。大家さんと店子って、そんな世間話までするんだ、と意外だったが、この辺りではこれが普通なのかもしれない。ご近所づきあいが密、というか。

「こんにちは、新野茜里です」

「新野春歌です」

あの一家は非常識だとか、あの家の子はしつけがなっていない、なんて一人に思われたら、あっというまに噂になって広まりそうだ。私は急いで、なるべく丁寧に頭を下げる。愛嬌《あいきょう》のほうは春歌に任せよう。

三ツ谷さんは笑顔で挨拶を返してくれた。

「はじめまして、三ツ谷です。よろしく。僕の家はね、そこ」

大家さんの家の隣に建つ、二階建てのアパートを指さす。

「ご近所だから、何か困ったことがあったら言ってね。力仕事とか」

「三ツ谷さんは塾の先生なの。頼りになるのよ。家電にも詳しいし、背が高いから、電球の交換をするときも、脚立がいらないし。うちもいつもお願いしてるの」

大家さんはにこにこしながらそんなことを言った。会ったばかりの人にそんなこと頼めない、と思ったが、三ツ谷さんは「いつでも呼んでください」なんて言って笑っている。やっぱり、こっちの人たちは、東京より距離が近いようだ。

私はちょっと、居心地の悪さを感じてしまうけれど、近所にそういう人たちがいると思うと、いざというときには頼もしい……のかもしれない。

私たちはもう一度、二人に頭を下げて歩き出す。

角を曲がって、完全に二人が見えなくなってから、春歌が、「三ツ谷さん、ちょっとかっこよかったね」と言った。

家から学校までは、歩いて二十分くらいだった。

学校を通り過ぎる、遠回りのルートで駅まで行き、帰りは、来たのとは別の道を通って家へと戻る。駅前のにぎやかなエリアにある色々な店は、今日は通り過ぎるだけにした。図書館にはちょっと寄りたかったけれど、「ちょっとで済まないでしょ」と春歌に言われてあきらめる。学校帰りに寄れる場所に図書館があるとわかっただけでもよかった。

駅から離れると、人通りは減ったけれど、小さなお店や施設は住宅街の中にもある。喫茶店、クリーニング店、パンやお惣菜《そうざい》の店や、公園もあった。

角にある神社の、道を挟んだ反対側に、小さな書店を見つけて、思わず入ってしまう。春歌も、仕方ないなーちょっとだけだからね、と文句を言いながらもついてきた。

大手のチェーン店ではなく、個人のお店のようだった。壁際の棚で、文房具も売っている。肝心の本については、雑誌の種類が多く、ハードカバーの文芸書は少ないかわりに、文庫の棚は割と充実していた。特に、海外の作家の作品も置いてあるのはポイントが高い。翻訳ものは高価だから、気軽には買えないのだけれど、今ならまだお年玉の残りがある。

「あ。ねえこれ……」

話題になった映画の原作本を見つけて、春歌に見せようと振り向いたら、後ろにいると思っていた春歌がいなかった。

別の棚を見ているのかと思って店内を捜したが、見つからない。ファッション誌か少女漫画かホラー漫画のコーナーにいるだろうと思ったのに。飽きて外に出てしまったのだろうか。

棚の間を行ったり来たりしてきょろきょろしていると、

「何か困ってる?」

同じくらいの年ごろの女の子に、声をかけられた。

「あ、ちょっと……妹がいなくなっちゃって」

「え、大丈夫？　小さい子？」

「ううん、一個下。大丈夫だと思う、たぶん、先に帰っちゃっただけ」

ありがとう、とつけ足すと、女の子は、「ならよかった」とにこっとした。

私と同じ、肩よりちょっと長いストレートの髪だ。垂れ目で、頬がふっくらしていて、優しそうな子だった。

「このへんに住んでる？　初めて会うよね」

「一昨日引っ越してきて……」

「〇〇中？」

「そう。二年。来月から」

その子は、「私も」と言って笑った。人懐っこい子だ。初対面でぐいぐい来るな、とちょっと驚いたけれど、クラスメイトになるかもしれないので、私も笑顔を作る。

「私、井上美波《いのうえみなみ》。よろしくね」

彼女は会計を済ませると、「また学校でね」と手を振りながらお店を出ていった。春歌よりはおっとりした感じだけれど、ちょっと似たタイプかもしれない。

同じクラスになれるかな、とぼんやり思った。別に新学期が不安とかじゃないけれど、知り合いが一人くらいいたほうが、早くクラスになじめそうだし。

もう一度店内を一回りしてから、私も店を出たところで、「茜里ちゃーん」と呼ぶ声が聞こえた。見ると、斜め向かいにある神社の前で、春歌が手を振っている。

ほっとする気持ちと、呆《あき》れる気持ちと、勝手に行動した春歌に対する苛立《いらだ》ちとが同時に湧きあがった。私が横断歩道を渡って神社の前まで行くより先に、春歌は鳥居の中へ引っ込んでしまう。こっちこっち、と手招きするのについていきながら、私は「あのね」とため息をついたが、春歌は気にする様子もない。

「急にいなくなったらびっくりするでしょ。店を出るなら一言……」

「見て茜里ちゃん、可愛いの見つけちゃった」

私の言葉をさえぎって、「じゃーん」なんて効果音つきで、春歌は身体の後ろに隠していた何かを前へ出す。

顔の前で掲げてみせたそれは、どう見ても新品ではない、布でできた女の子の人形だった。


春歌が拾ってきた布人形を見て、母さんは当然、渋い顔をした。

「拾ってきたの？　そんな古そうな人形……」

前の持ち主がわからない人形って何か怖いじゃない、と眉《まゆ》をひそめる。

「私もそう思うけど、春歌が拾ってきちゃったの」

「だってー、目が合っちゃったんだもん」

春歌は人形を抱きしめて放そうとしない。

母さんは何か言いたげだったが、結局、一つため息をついただけであきらめたようだった。

「せめて、部屋に置くのはちゃんと洗って、消毒してからにしなさいよ。誰が触ったかわからないんだから」

そんなことを言って、キッチンへ戻ってしまう。母さんは春歌に甘い。私も春歌に、捨てて来いと言えなかったんだから、人のことは言えないけれど。

そういうわけで、洗濯用洗剤を溶かしたお湯で洗われた人形は、ハンガーと洗濯ばさみで窓辺につるされている。

春歌は畳に寝そべって、風でゆらゆら揺れる人形を眺めている。

人形はシンプルなつくりだが、愛嬌のある顔をしていた。目のかわりにボタンが縫いつけてあって、髪はほぐした焦げ茶色の毛糸で、色あせた赤いチェックのワンピースを着ている。手作りかなと思ったら、腰のところに英語のタグがついていた。外国製だ。

「意外と高いやつかも。誰かの忘れ物だったんじゃないの？」

「違うよー、落ち葉とか集めて置いてあるところにあったんだもん。捨てられちゃった子を救出したの」

春歌は可愛いものが好きだ。昔はぬいぐるみもたくさん持っていたけれど、去年、一番お気に入りのうさぎのルル以外は、三歳の従妹《いとこ》にあげてしまったから、もうそういうのは卒業したのかと思っていた。

私がそう口に出すと、春歌は、

「好きなもの、卒業する必要なんてないでしょ。抱いて寝たりはしないけどさ」

そう言って腕を伸ばし、フェルトの靴を履いた人形の足を指先でつつく。

確かにそうだ。私が「そうだね」と言うと、春歌は嬉《うれ》しそうににこーっと笑った。

私は、もともと人形にはあまり興味がないし、まして捨てられていた人形なんて、ちょっと気持ち悪い、と思っている。けれどこの顔を見ると、何も言えなくなってしまうのだ。

人形は一日窓辺に干されて、次の日から、私と春歌で半分ずつ使っている棚の二段目に飾られることになった。春歌のお気に入りのうさぎのぬいぐるみ、ルルの隣だ。

棚は布団を敷いたときに足元に来る場所にあるので、布団の上で身体を起こすと、ちょうどボタンの目と向かい合う形になる。

ちょっと落ち着かないな、と思ったけれど、口には出さなかった。


その夜、夢を見た。

髪の長い女の子が、真っ暗な道を歩いている。顔は見えない。全体が影のようになって、髪型と服装から、どうやら女の子らしい、ということくらいしかわからない。

女の子はゆっくり、ゆっくり、誰もいない町を歩いている。角を曲がる。横断歩道を渡る。点滅する信号に照らされて、彼女の履いている茶色い靴と、赤いチェックのワンピースが見えた。

目が覚めたら、天井が見えた。まだ朝じゃない。夜中に目を覚ましてしまったらしい。仰向《あおむ》けになったまま首だけ倒して横を見ると、春歌は隣の布団ですうすう眠っている。

変な夢を見たな、と思った。別に、怖い夢ではなかったはずだ。女の子が歩いているだけ。でも、なんとなく、いい夢とも言えないような気がした。なんだか、理由もわからず不安になる夢だった。

枕元の時計を見たら、午前二時だった。

トイレに行こうかなと思ったけれど、そんなに行きたいわけでもないし、布団から出ると目が冴《さ》えて眠れなくなってしまいそうだ。身体を起こしかけて、やめる。改めて布団にもぐりこむ。このまま眠ってしまおう。

夢の中の女の子が着ていた、赤いチェックのワンピースが、ちらっと頭に浮かぶ。

あの人形の服と同じだ、と思い出した。きっと、そのイメージが頭に残っていて、そのせいで夢に出てきたのだ。

身体を起こせば、棚に飾られたあの人形が見えるはずだ。でも、そちらは見ないで目を閉じた。


「茜里、昨日、夜中にトイレに行った？」

「え？」

朝食の最中《さいちゅう》、母さんが言った言葉に、私はパンにバターを塗っていた手を止める。

「行ってないよ。一度、目は覚めたけど、そのまま寝ちゃったから。……春歌も、ぐっすり寝てたし」

「そう。じゃあ、気のせいかも」

母さんはすぐにそう言って話題を変えた。何ごともなかったかのように、次の休みに車を買いに行く予定について話し始める。

でも、私が否定したとき、母さんは一瞬、なんだか不安そうな表情をした。きっと、私が夜中にトイレに行ったと思うようなことがあったのだ。

どうしてそう思ったの？　と、訊《き》けばよかったんだろう。でも、何故か訊けなかった。気のせいかも、と母さんが言っているのに、わざわざ追及したら、それが気のせいではないことになってしまいそうで、怖かった。

夜中に家の中を歩く足音を聞いたような気がしたの、なんて言われたら、嫌なことを想像してしまいそうだ。私は、あの夢のことを思い出していた。


私と春歌の学校は明日《あした》からで、ぎりぎりまだ春休み中だけれど、母さんは今日から仕事だ。出勤する母さんを、ようやく布団から出てきた春歌と二人で見送って、部屋へと戻る。

「学校が始まったら、この時間に起きたんじゃ間に合わないからね」

「わかってるって、今日だけ……明日からちゃんとするからあ」

パジャマのままの春歌がのろのろと布団を畳むのを待ちながら、何気なく棚のほうへ視線を向けると、ボタンの目がこちらを見ていた。

「ねえ、この人形……」

やっぱり何かちょっと気持ち悪くない？　と、言いかけてやめる。

きっと、気にしすぎだ。たまたま、人形を拾ってきた日の夜に変な夢を見ただけだ。

じっと見ていたら、棚の横板、人形が座っている部分の色が変わっているのに気づいた。人形を持ち上げてみると、ワンピースの裾がじっとりと湿っていて、棚板にも水のしみた跡がある。

完全に乾いていなかったようだ。干し直しておかないと。

それだけのことなのに、なんだか嫌な感じがした。


人形は、再び洗濯ばさみでハンガーに固定されて、窓辺につるされている。

今日は曇っているから、一日では乾かないかもしれない。

私は二階の自分たちの部屋じゃなく、居間で本を読むことにした。窓を開けているとちょっと寒いから、というのが理由だったけれど、人形がぶらさがっている状態の部屋では落ち着かなかったというのもある。

春歌は、一緒に一階へ下りてきて、鼻歌を歌いながら、両手をひらひらさせていた。マニキュアを乾かしているらしい。明日から学校が始まるから、どうせすぐとらなければいけないのに、両手の爪には丁寧に半透明のピンク色がのせられていた。ラメの粒がキラキラしている。

「茜里ちゃんの爪も塗ってあげる！」

「私はいい」

「練習したいから塗らせて。いいでしょ、今日はまだ休みなんだから」

本、読みながらでいいから。そう言われて、しぶしぶ左手を差し出した。

ラメは拒否して、薄いピンクのマニキュアだけを塗ってもらう。

左手の爪を塗り終わったとき、首の後ろに視線を感じた気がした。

「あーもう茜里ちゃん、動いちゃだめだってば！」

庭のほうを振り返った私に、春歌が「はみ出しちゃう」と声をあげる。

振り向いた先には、もちろん誰もいない。殺風景な庭があるだけだ。

「茜里ちゃん？」

「……なんでもない。何か、見られてるような気がしただけ」

私は顔を前へ戻して、左手の爪を確認する。つやつやだ。

マニキュアの瓶を握った春歌が、私と庭とを見比べて顔をしかめている。

「え、やめてよ怖い」

「ごめん。気のせいだった」

ん、と右手を春歌に差し出したとき、テレビが勝手についた。

いきなりタレントの大きな笑い声が響いて、びくっとする。春歌も小さく声をあげた後、

「びっくりしたー……」と右手で胸を押さえた。

リモコンは、テーブルの上に置いたままだ。春歌も私も、触っていない。

私はリモコンに手を伸ばした。手が届く前にチャンネルが変わり、再放送の刑事ドラマが流れ始める。勝手に。

春歌が「何これ？」というように私を見た。

私は何も答えられなかった。ただ、リモコンをつかんでテレビを消した。

帰宅した母さんに頼まれてお風呂掃除をしようとしたら、バスタブに髪の毛が落ちていた。

長い、茶色い髪だ。私と春歌の髪は黒いし、母さんはショートカットなのに。

シャワーヘッドと洗剤のスプレーボトルを両手に持ったまま私が固まっていると、手を洗い

に来た母さんが、動かない私に気づいて洗面所から風呂場を覗《のぞ》きこんだ。

「どうしたの?」

「……髪の毛、落ちてた。何か茶色いやつ」

母さんはバスタブを見て、ああ、となんでもないことのように頷《うなず》く。

「外から飛んできたのね。湿気を逃がそうと思って窓を開けていたから」

無造作に髪の毛をティッシュでつまんで、洗面所のゴミ箱に捨てた。そうだ、なんでもないことだ。……髪の毛が風にのって、外から飛んできて、バスタブの中に落ちるなんて。よくあること、なんだろうか。気にしすぎだろうか。

母さんは特に気にする風もなく、洗面所で手を洗っている。

「さっきね、テレビが勝手についていてびっくりした」

「また? 昨日もそうだった。何か、引っ越してきてから、家電の調子が悪いのよね。エアコンも、勝手についたり消えたりするし」

タオルで手を拭《ふ》きながら、「そんなに古いわけじゃないんだけどな」とため息をついた。

「ずっと直らなかったら、電気屋さんに見てもらったほうがいいのかなあ」

「大家さんが、向かいのアパートの三ツ谷さんが家電に詳しいって言ってたよ」

その後、母さんはテレビの配線をやり直したり、リモコンの電池を換えてみたりしていた。でも私は勝手についたり消えたりするのも、チャンネルが変わるのも、配線のミスや電池切れで起きることだとは思えなかった。

人形は、夜になってもほんのり湿っていたので、春歌がドライヤーで乾かして、棚に置いた。真正面にいると、見られているようで落ち着かないから、と春歌に言って、うさぎのルルと場所を入れ替えてもらったけれど、本当は、同じ部屋にいて目に入るだけでなんだかざわざわする。特に夜は。

でも、中学二年生にもなって、おばけを怖がっているなんて、母さんや春歌に言ったら笑われる。自分でも、馬鹿みたいだと思っているのだ。私はずっとしっかり者のお姉ちゃんで、怖いテレビ番組を観て眠れなくなった春歌を、「作りものでしょ」と宥《なだ》める役だったのに。

布団を頭の上まで引き上げて、ぎゅっと目をつぶった。

その夜も、夢を見た。

昨日と同じ、チェックのワンピースを着た女の子が、夜道を歩いているだけの夢だ。

ゆら、ゆら、とおぼつかない足どりで、女の子は、誰もいない夜の町を歩いている。

暗くてわかりにくいけれど、どこかで見たような道だ。あの角は、もしかして。シャッターの閉まった店の、あの看板は、もしかして？　そのどれもを通り過ぎ、女の子は、いくつめかの横断歩道を渡る。ワンピースの裾が揺れる。

少し先に、赤い鳥居が見える。

目が覚めたら、また夜中だった。

時計を見る。午前二時過ぎだ。昨日と同じような時間に目が覚めてしまった。

春歌はよく眠っている。

かすかに、一階のトイレから水を流す音が聞こえた。

ちょうど、母さんもトイレに起きたところだったようだ。

春歌を起こさないように、そっと布団から出る。人形の置かれた棚を、なるべく見ないようにして部屋から出た。

階段にも、踊り場にも、電気はついていない。私は暗いままの階段を下りた。

母さんと、階段で入れ違いになると思っていたのに、一階についても、母さんとは会わなかった。

トイレの電気もついていない。——水を流す音が聞こえたと思ったのは、気のせいだったのだろうか。

トイレの電気をつけると、暗さに慣れていた目がくらむ。

私は急いでトイレを済ませ、逃げるように部屋へ戻って布団をかぶった。

たぶん、勘違いだ。聞こえたような気がしただけ。それだけのことだ。

そう自分に言い聞かせた。


朝、起きたら、棚から人形が落ちていた。

春歌が、ひょいと拾って元の場所に戻す。

「昨日地震とかなかったよね？」

「……私がトイレに行ったとき、引っかけて落としたのかも」

そっか、と春歌は軽く頷いて、あくびをしながら一階へ下りて行った。

棚の定位置に戻った人形は、丸い目でこちらを見ている。私は目を逸らしてパジャマから制服に着替える。

朝食を食べている間、春歌は、気が合う子がいるといいなとか、部活はどうしようとか、楽しそうに新しい学校への期待について話していた。横に置いた通学鞄《かばん》には、うさぎのルルが、キーホルダー用のチェーンでぶらさがっている。鞄につけるマスコットとしては大分大きいけれど、春歌は気にしていないようだ。ちょっと目立ちすぎじゃない？　と指摘するのはやめておいた。学校へのおともに選ばれたのがあの人形ではなかっただけましだ。

春歌とは反対に無言でパンを口に運ぶ私を、母さんは心配そうに見ている。

「今日は始業式だけだけど、明日からお弁当作るからね」

「購買があるから、パンでもいいよ」

「前よりは時間があるから、大丈夫。せっかく、職場の近くに引っ越したんだし」

母さんはそれほど料理が得意じゃないのに、引っ越してから、やたら頑張っている。今日だって、パンにサラダに、ハムエッグまで焼いてくれた。

「お弁当楽しみ。卵焼きがいいな、甘いやつ！」

即座に春歌が言う。素直というか遠慮がないというか。ダイエットが、カロリーが、なんていつも騒いでいるくせに、春歌は甘いおかずやお菓子が好きなのだ。

「茜里は、卵焼き、甘くないほうが好きだったよね」

「甘いのでいいよ。私はどっちも好きだから」

一日置きとかでいいからね、と私が言うと、母さんは苦笑した。明日は期待してて、と言って、食べ終わったお皿を流しへ運ぶ。

その背中に、昨日、夜中にトイレに行った？　とは、訊けなかった。


春歌と二人で家を出ると、大家さんが、自宅の前を掃き掃除しているのが見えた。

そちら側へ渡って、おはようございます、と挨拶をする。大家さんは、鞄にぶらさがったルルを見て一瞬驚いた様子だったが、「あら可愛い」と笑って挨拶を返してくれた。

「新しいお家《うち》の住み心地はどう？」

「いい感じです！」

「快適です。日当たりもいいし、お庭もあるし」

笑顔で即答した春歌にかぶせるように、丁寧に言いなおす。

「花壇に何の花を植えようか、考えているところなんです」

「そうなの。楽しみね。前のご夫婦も水仙を植えていたけど、枯れちゃったから」

そういえば、花壇の隅に、何本かだけ残っていた。

「私たちの前は、どんな人が住んでいたんですか？」

「六十代のご夫婦よ。定年退職されたばかりの」

六十代、ということは、長い髪を茶色く染めていたということはなさそうだ。それでも念のために、確認しておきたかった。

「あの、その人たちの、髪の色って……」

質問を口に出すと、大家さんは不思議そうに首を傾げる。

「白髪交じりっていうか……グレーヘアだったと思うけど」

慌てて、そうですよね、と笑顔でごまかした。

そもそも、あれが前の住人の髪の毛なわけがない。引っ越しの前から母さんは家の中の掃除をしていたし、前の晩お風呂を使ったときも、あんな髪の毛は落ちていなかった。

どうして？　と、当然の疑問を口にした大家さんに、春歌が素直に口を開く。

「茜里ちゃんがお風呂場で、茶色いか……」

「なんでもないんです。えっと、見学のとき、家の近くで見かけた人のこと、前に住んでいた人なのかなって思ったので。勘違いでした」

慌てて言った。家の中に髪の毛が落ちていたなんて言ったら、文句をつけていると思われてしまう。

できるだけ愛想よく、今日は始業式なんです、行ってきます、と頭を下げて歩き出した。大家さんも、それ以上は何も訊かなかった。

玄関とか、廊下に落ちていたのなら、宅配便の人とか、不動産業者さんとか、誰か外から来た人の髪の毛が落ちただけだと思える。引っ越し業者の人たちの中にも、女の人がいた。でも、お風呂場に？　バスタブの中に、髪の毛が落ちるなんて。やっぱり、飛んできて窓から入ったのだろうか。

家の中に入ってくるような人に、茶色い長い髪の持ち主は思い当たらない。

夢に出てきた女の子と、茶色いほぐし毛糸の髪の人形がふっと浮かんだけれど、頭から追い出した。

新しい学校での新学期は、まずまずの滑り出しだった。同じクラスに、書店で会った美波ちゃんがいたのだ。美波ちゃんが、友達に私のことを紹介してくれたおかげで、誰とも話せず初日が終了、ということにはならずに済んだ。女の子たちの話題はファッションに芸能人に、人気の動画配信チャンネルのこと。こっそり色つきリップを塗っている子もいたし、自分で動画を配信しているという子もいる。

美波ちゃんは休み中に髪を切ったようで、あのときは私と同じくらいの長さだった髪が、肩につかないくらい短くなっていた。ショートも似合っていたけれど、本人は「まだ慣れないんだ」と恥ずかしそうにしていた。

美波ちゃんとは、家も近いらしい。始業式と、クラスでの自己紹介だけの初日を終え、帰り支度をしていると、「一緒に帰らない？」と声をかけてきてくれた。

もちろん、と応《こた》えようとして、春歌のことを思い出す。今日から春歌も同じ中学校に通っているのだから、一緒に帰りたがるだろうか。特に約束はしていなかったが、初日だし、春歌はそのつもりでいるかもしれない。

妹もいい？　と訊こうとしたそのとき、廊下側のドアから春歌が顔を出した。あ、いたいた、というように私を見て、

「茜里ちゃん、私今日クラスの友達と遊ぶことにしたから！　晩ごはんまでには帰るね」

言うだけ言って、さっさといなくなってしまう。二年生の教室まで来て、教室の端から端ま

で届くような声で姉を呼ぶなんて、相変わらず物怖《ものお》じしない妹だ。

幸い、授業が終わった教室の中はにぎやかで、クラスメイトたちは、他人のことなんて気にしていないようだった。私は美波ちゃんと、ちょっと回り道をして、駅前の、店の多い通りから帰ることにした。


「あ、新野さんのところの」

喫茶店の前を通って、おいしそうなパンケーキセットのメニュー写真に気をとられていたら、急に名前を呼ばれた。

顔をあげると、向かいのアパートの三ツ谷さんが、喫茶店の前に立っている。今帰り？　と尋ねられて、はい、と頷いた。

「今日、始業式だったんです。三ツ谷さんは？」

「ここが職場なんだよ」

三ツ谷さんが、喫茶店の入っているビルを指さす。見上げると、一階が喫茶店、二階が美容院、三階が学習塾になっているようだ。ビルの外に案内の看板が出ている。

「ここは小学生が対象の塾だけど、中学生でも、宿題くらいなら教えてあげるよ」

「ありがとうございます。あ、でも……今は宿題より」

三ツ谷さんは家電に詳しいと、大家さんが言っていたのを思い出し、勝手についたり消えたりするテレビのことを話してみた。三ツ谷さんは、「そういえば、前にあそこに住んでいた人もそんなことを言っていた気がするな」と言って首をひねる。

「立地的に、電波が入りにくいとか、そういうのがあるのかな？　よかったら、今度見てあげるよ」

私はほっとして頭を下げた。

詳しい人に見てもらえる、という安心だけじゃない。そうだよね、立地とか電波とか、そういう原因だよね、と思ったら、気持ちが軽くなった。たまたま春歌が人形を拾ってきたタイミングで気になり始めただけで、テレビの調子が悪いのは、もちろん、人形とは全然関係がないことなのだ。

三ツ谷さんが建物の中に入ってから、私と美波ちゃんはまた歩き出した。

おしゃべりしながらアクセサリーや雑貨のお店をちょっと覗いたり、ショウウィンドウの前で足を止めたり、寄り道とも言えないような寄り道をしながら帰る。

信号を待っているとき、美波ちゃんが私の爪の色に気づいて、「可愛い」と誉《ほ》めてくれた。

昨日春歌に塗られたマニキュアを、とるのを忘れていた。学校で、先生に気づかれなくてよかった。

「妹が、こういうの好きで。私はあんまりだったんだけど、よく練習台にされて……これも、妹の」

「そうなんだ」

友達になったばかりなのに、美波ちゃんはなんだか話しやすい。明るくて親切だけれど、押しつけがましいところがないからだろうか。穏やかな相槌《あいづち》に背中を押されるように、気がついたら、「あのね」と口を開いていた。

「妹、さっきの……春歌っていうんだけど」

突然家族のことを話し出した私に、美波ちゃんはきょとんとした顔で、うん？　と相槌を打つ。

「自由って言うか、すごーく妹って感じの性格で、そのぶん私がちゃんとするみたいになってて、まわりも春歌もそれを当然って思ってる感じがあるんだよね。一個違いなのに、完全に姉と妹って立場っていうか、役割ができてて。別に頼まれたわけじゃないけど、お姉さんっぽくすることを期待されてるのを感じるっていうか」

仲はいいんだけどね、とつけ足した。これは本当だ。春歌が嫌いなわけじゃない。しっかり者のお姉さん扱いされるのも、嫌じゃない。ただ、ときどき、ちょっとだけ。

「たまーに、ちょっと、なんだかなあって思うことがあるんだ。家族にも、いつもしっかりしてるところを見せてなきゃいけないみたいなのが」

深刻な悩み相談みたいにならないように、軽い調子で言ったつもりだったけれど、美波ちゃんは少し困った表情をしている。

あ、引かれたかな、と不安になった。

春歌の悪口みたいだったかな。感じが悪かった？　気をつかわせたかもしれない。せっかく、仲良くなれそうだったのに。

慌てて別の話題を探していると、

「茜里ちゃんすごいなあ」

はー、と息を吐いて、目をぱちぱちさせて、美波ちゃんが言った。

「いつもお姉ちゃんでいるって、すごく大変そう。私は一人っ子だけど、想像したら、それだけでキーッてなる。たまにどころじゃないよ、一日でも耐えられないと思う」

そうかな、と呟《つぶや》くと、そうだよ、と返される。

「そういう気持ちになっちゃうってことは、茜里ちゃんはこれまでずっといいお姉ちゃんだったってことでしょ。超がんばってたってことだよね。すごいよ」

誉められるとは思わなかった。私は同情してほしかったのかな、と思うと、急に恥ずかしいような気持ちになる。そんなつもりじゃなかった、はずだ。じゃあ私は、どうして美波ちゃんに、こんなことを言ってしまったんだろう。

「でもさ、お姉ちゃんでいなきゃって、頑張りすぎると疲れちゃわない？」

「……どうだろ。それが当たり前だったから」

母さんに頼られるのも、春歌の世話をやくのも、嫌いじゃない。お姉ちゃんの自分のことも、嫌いじゃない。

自分はお姉ちゃんだから、というのが、背すじをのばしているための芯《しん》になっていた。面倒くさいとか、私だってたまには甘えたいとか、そんな風に文句を言いながら、でも、そういう自分をちょっと誇らしく思っているところがあったと、「大変そう」と言われて初めて気がついた。

全部私が好きでやっていたことで、もしかしたら母さんも春歌も、そこまで私に「お姉ちゃんでいなさい」なんて思っていなかったんじゃないだろうか。

「無理してるつもりはなかったけど……もしかしたら、私が気にしすぎてたかも。お姉ちゃんらしくしてないとって。嫌なこととかしんどいことは、そう言ってみる」
たとえば、理由はわからないけれど、なんだかあの人形が嫌だ、とか。子どもっぽいかなな
んて思わずに、それくらいは、言ってみてもいいかもしれない。
私は誰かに、ただ、そうしていいんじゃないと言ってほしかったのかもしれなかった。
美波ちゃんは、そうだね、と軽く頷いた。それから、新しく始まったテレビドラマの話をし
ながら帰った。

夕食前に帰ってきた春歌に、私が人形を苦手だと思っていることを話した。
二日続けて変な夢を見たこと、まんまるな目に見られているような気がして落ち着かないこ
と。夜中に目が覚めてしまうこと。
それが人形のせいだなんて根拠はどこにもないのに、捨ててきてほしい、なんて言ったら、
春歌は怒るかもしれないと思った。笑うかもしれないとも思った。
でも、意外にも、春歌はあっさりと、いいよ、と言った。
「そんなに嫌なら、捨てていいよ。茜里ちゃんのほうが大事だもん」
ちょっと残念そうだったけれど、そう言ってくれた。気に入っているようだったから、もっ
と渋ると思っていたのに。
何だ、こんなに簡単なことだったんだ、と笑ってしまった。
リサイクルショップに持っていくとか、どこかに寄付をしたほうがいいのかなと思ったけれ
ど、自分が気持ち悪いと思っているものを人にあげたり売ったりするのは抵抗がある。結局、

ビニール袋に入れて、さらに紙袋に入れて、家の前のゴミ置き場に持っていった。

本当は、明日の朝に他のゴミと一緒に出したほうがいいのだろうが、今夜一晩だって、できれば一緒にいたくなかったのだ。

その夜は、安心して眠ることができた。

でも、変な夢は見た。

チェックのワンピースを着た女の子が、神社の境内を、うろうろと歩き回っている。いびつな円を描くように、ぐるぐる、同じ速度で行ったり来たり、なんだか変な動きだ。見ていると、不安になってくる。

あの神社は、春歌が人形を拾った神社だ。

そう気づいたときに目が覚めた。

夜中ではなかったけれど、まだ、起きるには早い時間だ。カーテンの隙間からうっすらと漏れる光は、弱々しい。

またあの夢。人形、捨てたのにな、と思いながら身体を起こして――どきりとした。

目の前の棚に、捨てたはずの人形が戻っていた。


その後、二回、人形を捨てた。でも、二回とも戻ってきた。

一度は神社まで持って行って、落ち葉を集めてあるゴミ袋の上に置いて帰ったけれど、それでも朝になると人形は棚に戻っていた。

インターネットで探して、人形を引き取って供養してくれる市内のお寺を見つけたけれど、お金がかかるみたいだ。怖い話が好きな春歌も、さすがに気味悪そうにしていて、人形を拾ってきた責任を感じているのか、「お寺のお金、半分出すよ」と言っている。今は、母さんに相談しようか、迷っている。

変な夢は続いていた。

あれから女の子は、神社を出て、また夜道を歩いている。

もしかして、この家に近づいてきているんじゃないか、と気づいたのは、今朝のことだ。

今夜、眠るのが怖いような気がしていた。

「ねえ、新野さんと井上さんも、今日ちょっと時間ある？　一緒にやらない？」

考えごとをしながら帰り支度をしていると、前の席の園田《そのだ》さんに声をかけられた。

うん？　と、生返事をしたら、「よかった！　ありがとう」と園田さんは花が咲いたような笑顔になる。

「友理奈《ゆりな》とやるはずだったんだけど、今日休みで、どうしようかと思ってたんだ。もともと、あと一人は今日誰かに声をかけるつもりだったんだけど。最低三人はいないとね。絵的には、四人くらいのほうが盛り上がるんだけど」

ごめん、聞いてなかった、と続けるつもりだったのに、どんどん話が進んでいる。

園田さんは、席が私の前なので話をすることはあるけれど、特別仲がいいというわけでもないクラスメイトだ。そういえば、彼女は動画配信サイトにチャンネルを持っていて、自分で撮った動画をインターネットにあげたり、生配信をしたりしていると言っていた。

今日は、「守護霊さん」という遊び……占い？　をやるところを動画に撮るという。

一緒に帰る約束をしていた美波ちゃんも、私が「うん」と言ったせいで、参加する流れになってしまったようだ。

園田さんが、「はい」「いいえ」と数字と五十音が書かれた紙を机の上に置く。赤いペンで書かれた鳥居のマークが目に入って、どきっとした。

「それって、こっくりさん……」

「違うよ、『守護霊さん』。こっくりさんは狐の霊を呼び出す降霊術だけど、『守護霊さん』はもともと一緒にいる自分たちの守護霊さんと話をするんだから、危なくないの。なんでも質問に答えてくれるんだよ。訊きたいこと、考えといて」

園田さんはまだ何人かの生徒が残っている教室を見回し、「どこかの空き教室を使ったほうがいいかな」なんて思案顔になっている。

「今夜中には動画をアップしたいの。だから、今日撮りたいんだ。カーテン引いて暗くしたら、教室って結構雰囲気出るよね」

ただでさえ、人形のことで怖い思いをしているのに、この上さらにこっくりさんもどきで霊に呼びかけるなんてことはしたくない。でも、なんでも質問に答えてくれる、という言葉には、一瞬心が揺れた。「守護霊さん」は、捨てても戻ってくる人形への対処法を教えてくれるだろうか。

やるともやらないとも言い切れないでいると、春歌が教室の入口から顔を出した。

「失礼しまーす。茜里ちゃん、一緒に帰る？　今日は友達、委員会があるから、私一人なんだぁ」

「あ、私……」

今日は用事が、と言いかけて、春歌と一緒に帰ると言えば、動画撮影を手伝わなくて済む、と一瞬考えた。でも、それでは、美波ちゃんが取り残されてしまう。

机の上に置かれた紙と春歌を見比べたとき、私の視線を追ったらしい春歌が、「何それ」と声を弾ませた。

「こっくりさん？　私もやる！」

「えっ……」

「入っていい？　四人なら定員オーバーじゃないよね。あっ、私、一年の新野春歌です！　姉がお世話になってまーす」

教室に残ったクラスメイトたちは誰も、一年生の春歌が二年生の教室に入ってこようとしていることを咎《とが》めようとしない。マイペースでのんびりした雰囲気のクラスでよかった。

春歌の勢いにあっけにとられているのか、鞄にぶらさがるうさぎのルルに驚いているのか、美波ちゃんも園田さんも、目を丸くして私と春歌を見比べている。

「……ごめん、一緒にやってもいいかな？　人数多すぎたら、私は撮る側に回るから」

ため息をつきながら私が言うと、園田さんはすぐに、「全然いいよ」と笑った。

「多すぎないよ！　むしろちょうどいいから。誰もつきあってくれなかったらどうしよーって思ってたから、ほんと助かる。……ここ、まだ人がいるから、空いてる特別教室を使おう」

私たちは廊下に出て、春歌と一緒に技術室へ移動した。部活で使われることがないから放課後は人が来ないし、机が大きいので、紙を広げやすいということで、園田さんは前から目をつけていたようだ。

電気を消して薄緑色のカーテンを引いた技術室は薄暗くて、園田さんの言ったとおり、雰囲気がある。

園田さんのスマホの後ろに設置された携帯用のライト（動画を撮るために買ったらしい）は、私たちじゃなく、机に置かれた紙を照らしている。カメラに映るのは、手と、制服のせいぜい胸の辺りまでだ。顔は映らないように撮って、もし映っても、後で編集してくれると言うので、少し安心した。

机の四つの面それぞれに、四人で立って、紙の上の十円玉に指をのせる。

「守護霊さん守護霊さん、おこしください……」

園田さんの、ちょっと緊張した声を聞きながら、私は、彼女にあらかじめ言われたとおり、十円玉にのせた指の力を抜く。

「守護霊さん」が現れたら、私から右回りに順番に一つずつ質問をすることになっていた。私、春歌、美波ちゃん、最後が園田さんだ。

「守護霊さん、いらっしゃいますか。いらっしゃいましたら、『はい』にお進みください」

鳥居のマークの上にあった十円玉が、すっと動いた。――「はい」。

園田さんがつばを飲み込んだのがわかった。美波ちゃんも、はっとしたように目を見開いている。

私は思わず春歌を見た。

「守護霊さん、質問を――」

園田さんが言いかけたとき、また十円玉が動いた。――「い」。「つ」。次は、「も」の上で止まる。

「はい」は鳥居の真横だったから、ほんの数センチ横にずれただけだったけれど、十円玉は今度はするすると、文字盤の上を滑っている。

「いつも」「いっしょに」「いる」。

美波ちゃんが、ひゅっと息を吸い込んで、後ろへ下がった。十円玉から指が離れる。

園田さんが、「だめ、指をはなさないで！」と焦った声をあげ、美波ちゃんはまた、十円玉に人差し指を置いた。

園田さんは、予定通り続けようかどうしようか、迷っているようだった。

十円玉はまだ、「る」の上にある。

「……守護霊さん、守護霊さん、鳥居の位置までお戻りください」

十円玉は、しばらくの間動かなかった。美波ちゃんが不安そうに園田さんを見たとき、ようやく動き出し、鳥居の上へ戻る。

「守護霊さん、どうぞお戻りください」

園田さんは、祈るような口調で言った。

十円玉は「はい」へと移動した後、また鳥居の上へ戻って、動かなくなった。

「……ありがとうございました」

明らかにほっとした様子で、園田さんが言う。私と美波ちゃんも、春歌も、「ありがとうございました」と続けた。

美波ちゃんの声が震えていた。

動画編集をしなければいけないから、と園田さんが帰ってしまい、春歌も、美波ちゃんがトイレに行っている間に逃げてしまった――ちょうど仲のいい子の委員会が終わる時間だから一緒に帰ると言っていたけれど、あれは絶対、気まずくて逃げたのだ――ので、私は美波ちゃんと二人で帰り道を歩いている。

「守護霊さん」に質問はできなかったけれど、これはこれで、怖くていい動画が撮れた、と園田さんは満足げだった。でも、美波ちゃんは本気で怖がっていた。

さっきの春歌でしょ、と私に追及されて、春歌は「盛り上がるかなって。えへーごめん」なんて舌を出していた。園田さんが喜んでいるようだったから、私もその場では何も言わなかったけれど、本当のことを言っておかないと、美波ちゃんに悪い。

歩きながら、元気がない美波ちゃんに、「あのね」と口を開いた。

「さっきのことだけど……十円玉が動いたの、守護霊さんじゃないから」

美波ちゃんが、えっ、と言ってこっちを見る。

「春歌が動かしてたの。ふざけてたんだと思う……ごめんね」

春歌のかわりに頭を下げた。

美波ちゃんは驚いた顔をして、それから、困った顔になった。視線が、ゆらゆら、空中を泳ぐ。それから、そっか、と小さく呟いた。

「……私こそ、ごめん。びっくりして」

美波ちゃんは怒らなかった。でも、春歌のいたずらだったとわかって、「なーんだ」ともならなかった。

「あのね、私……ちょっと前まで、心霊現象っていうか、怖いことがあってね。今はもう大丈夫になったと思うんだけど、落ち着いたばっかりで。だからさっき、あのメッセージを見て、怖くなったんだ」

いつもよりゆっくり歩きながら、美波ちゃんは話し出す。

「捨てた人形がね……戻ってくるの」

どきっとして、今度は私が、美波ちゃんを見た。

人形。春歌が拾ってきた、あの人形が、頭に浮かぶ。

美波ちゃんは、少しうつむいて、私のほうは見ないまま話を続けた。

家族で観ていた古い海外ドラマに人形が出てきて、いいな、と思っていたときにちょうどフリマアプリで安く売っているのを見つけて、布人形を買ったこと。その人形が届いてから、変な夢を見るようになったこと。夢の意味はわからなかったけれど、何だか嫌だと思ったこと。人形を怖いと思うようになって、手放そうとしたこと。捨てても、戻ってきてしまったこと。

「区役所のリサイクルボックスに入れてみたり、ゴミの日に出したこともあるんだけど、朝起きたら元の場所に戻ってるの。最初はお母さんが拾ってきたのかなと思ったんだけど、そんなことしてないって。すごく怖くなって……」

それって、赤いチェックのワンピースを着た、女の子の人形じゃない？　と訊いたら、美波ちゃんは話をやめてしまうかもしれない。私はドキドキしているのをおさえて訊いた。

「売った人に、連絡してみた?」
「うん。メールを送ったけど、返事は来なかった。住所もわかっていたから、スマホの地図アプリで調べてみたんだけど……」

アプリで見た航空写真によると、その場所は駐車場になっていたという。

それだけで、ぞっとした。人形を売った誰かは本当に存在したんだろうか、と思うともちろん怖いし、売った人が、わざと嘘の住所を書いたとしても、それはそれで怖い。その人には、絶対に人形を送り返されたくない理由があったということだ。

「……それで、どうしたの?」

美波ちゃんはさっき、「今は大丈夫になった」と言った。ということは、解決したということだ。

美波ちゃんは、「おばあちゃんに相談したの」と答えた。

「私のおばあちゃん、霊感があるんだ。よその人から相談を受けたりしてるんだよ。人の形をしたものにはたましいが入りやすいから、古いものを気軽に買っちゃだめとか粗末にしちゃだめだとか、前に言われたことがあったから、買ったことも捨てようとしたことも叱られると思って最初は黙ってたんだけど、そんなことも言っていられなくなって」

美波ちゃんのおばあちゃんは、美波ちゃんが夢を見るのは人形のせいだと言ったそうだ。最初の持ち主が、美波ちゃんと同じ年ごろの女の子で、髪型も似ていたから、あの人形は美波ちゃんを最初の持ち主だと勘違いしていて、だから、何度も戻ってくるんだろうと。

「だからね、茜里ちゃんと初めて会った日、私、人形を神社に捨てて……その後、美容院で髪を切って、家に帰ったの。髪型を変えたら、最初の持ち主と似てなくなると思って。家の前に盛り塩もした。盛り塩ってわかる？」

私は頷いた。日本料理のお店の前なんかで、小皿の上に塩が三角すいの形に固めてあるのを見たことがある。確か、お清めとか、魔よけの意味があったはずだ。

「そしたら、人形は戻ってこなくなったの。夢も見なくなったけど、やっぱりまだ、ちょっと不安で」

私と書店で会ったとき、美波ちゃんは神社に人形を捨ててきた後だったのだ。その人形を春歌が見つけて、拾った。美波ちゃんがフリマアプリで買った人形が、今、私の家にいる。

そのことを美波ちゃんに伝えようか迷って、言えないでいるうちに美波ちゃんの家に着いてしまった。

人形は、今は、納戸にしまってある。捨てても戻ってきてしまうとわかって、無駄なことはしなくなったけれど、部屋の中に置いておくのは嫌だったから、苦肉の策だった。

それでも、あの夢は見るし、気配のようなものを感じることもある。バスタブに茶色い髪が落ちていたのはあの一度だけだったけれど、廊下やリビングで、同じような髪の毛を見つけたことはあった。テレビやエアコンの調子も、悪いままだ。一度、三ツ谷さんに家電を見てもらったけれど、原因はわからなかった。

最近は、夜中に目を覚ましたとき、外から足音が聞こえた気がしたこともある。もしかしたら、ただ、近所の人が夜の散歩をしていただけかもしれないけれど、怖くてカーテンは開けられなかった。

私が家に着いて玄関の鍵《かぎ》を開けると、先に帰っていた春歌が「おかえり」と二階から下りてくる。

「美波ちゃん、怒ってた？　十円玉のこと」

「……ううん。それより……」

鞄を下ろして、春歌に美波ちゃんから聞いた話をする。

春歌は、洗面所で手を洗う私の隣で、ヘアアレンジの練習をしながら聞いていたが、人形の前の持ち主が美波ちゃんだと聞いたときにはさすがに驚いたようだった。

「なんで人形がうちにあること言わなかったの？　その霊感あるおばあちゃんに、茜里ちゃんも助けてもらえばいいのに」

「美波ちゃんを責めているみたいに聞こえたら嫌だし、そうでなくても、自分が捨てた人形のせいで私が困ってるって知ったら、美波ちゃん、気にするかもしれないでしょ」

「えー、そんな気をつかってる場合じゃなくない？」

夢、続いてるんでしょ。と、春歌が心配そうに言う。

私は、それには答えずに洗面所を出て、一階の廊下の突き当たりにある納戸を開けた。

確かに夢は続いている。夢の中の女の子は、あの人形のたましいか、人形に取りついた霊か何かなのかもしれない。おそらく、あの人形が移動してきたルートをたどっているのだと、私も気づいていた。女の子は神社を出て、今は、夜の住宅街を歩いている。

つまり——私の家へ近づいている。

歩く速さはゆっくりだけれど、このままでは、いつか、この家にたどりついてしまう。

「美波ちゃんは髪を切って、盛り塩をしたら人形が戻ってこなくなったって。同じことをやってみて、解決するならそれでいいんだから」

想像するとぞっとしたけれど、春歌にだけじゃなく自分にも言い聞かせるようにそう言って、私は納戸を開け、ビニール袋に包まれた人形をつかんだ。ビニール袋ごと化粧品会社のロゴ入りの紙袋に入れて、玄関へ向かう。

「どこ行くの？」

「神社に捨ててくる。あと、塩、買ってくる」

美波ちゃんは、神社に人形を捨てて、手放すことができたのだ。前に捨てたときはダメだったけれど、今度は教えてもらったとおり、盛り塩をして家を守れば、人形は戻ってこなくなるのではないか。髪を切るのは、それがダメだったときでいい。

人形を神社へ持っていき、誰もいないゴミ置き場にこっそり置いた。人形がこちらを見ている気がして、振り向かずに走って帰った。

それから、インターネットでやり方を調べて、玄関を入ったところに盛り塩をする。二枚の小皿に塩を盛って、ドアの左右に一対。なるべく目立たないように、靴箱と傘立てのかげに隠して置いた。

母さんに何か言われたら、幸運を呼ぶためのおまじないだと言おうと思っていたけれど、何も言われなかった。仕事で帰りが遅くなって、夕飯の時間が近くなって慌てていたから、気づかなかったのかもしれない。

その夜、あの夢は見なかった。癖になってしまったのか、夜中に一度目が覚めたけれど、寝直した後は、朝までぐっすり眠れた。間違いなく、人形を手放したおかげだ。

「茜里ちゃん、見て。人形、戻ってきてない」

珍しく私より先に起きていた春歌に、揺り動かされて目を覚ます。

ほら、と春歌に指さされて棚を見ると、上から二番目の段、以前あの人形を置いていた場所はぽっかり空いたままだ。部屋の中を見回しても、人形の姿はどこにもない。

「ほんとだ……」

「盛り塩が効いたんだよ。すごい、茜里ちゃん」

春歌が興奮した様子で言う。

私は、頷きながらも、まだ信じられなかった。

顔を洗いに一階へ下りたとき、そっと玄関の靴箱と傘立てのかげを覗いてみたら、盛り塩はちゃんと二つともそこにあった。塩の粒がきらきらしている。

効果があったのだ。玄関に盛り塩をすれば、悪いものが入ってこなくなると、インターネットに書いてあったとおりだ。

朝食を食べて、母さんが作ってくれたお弁当を持って、春歌と一緒に家を出る。

一歩外に出て、凍りついた。

玄関のドアを開けたところに、あの人形が転がっていた。

朝から怖い思いをしたけれど、これまでと違って人形が家の中まで入ってこなかったところをみると、やっぱり、盛り塩の効果はあったのだろう。

今度は、ドアの外に盛り塩をしてみることにした。家を丸ごとバリアで包むイメージだ。

その日は母さんの帰りが早くて、夕飯の後で出かけると怪しまれそうで、人形を捨てに行くタイミングを逃してしまった。仕方なく、またビニール袋に入れて納戸に押し込み、母さんがお風呂に入っている間に玄関のドアを開けて、盛り塩をした小皿を置いた。

人形が納戸にあるのに、外に盛り塩をしても意味がないかもしれないと思ったけれど、夢の中で女の子が近づいてきているのが気になっていた。

あの女の子が家に入ってきてしまったら、よくないことが起こる気がする。

「よくないことって？」

盛り塩作りを横で眺めていた春歌が、私のひとりごとのような呟きを拾って訊いた。

「わからないけど……」

私は塩の袋の口を輪ゴムでとめながら答える。

「想像しちゃうんだよね。夢の中であの子が家にたどりついて……それで目が覚めたら、枕元に、人形じゃなくてあの女の子がいるんじゃないかって」

「怖！　やめてよ茜里ちゃん怖すぎるって！」

私が言い終わるか言い終わらないかのうちに、春歌が悲鳴をあげた。

「私が夜中に目を覚ましたとき、春歌はいつもぐうぐう寝てるじゃない」

「そんなこと言われたら眠れなくなるよー！」

なんでそういうこと言うのー、と涙目で騒ぐ春歌に、春歌が訊いたんでしょ、と返しながら、少しだけ気持ちが軽くなるのを感じる。

春歌がいてくれてよかった。人形のことも、ちゃんと話しておいてよかった。

捨てたはずの人形が棚に戻っているのを目撃したからというのもあるだろうけれど、私があの人形を気持ち悪いと言ったとき、春歌が笑わないで聞いてくれたから、本当にほっとした。その後、人形が戻ってくるようになってからは、春歌も一緒に怖がっていたから、私がしっかりして、解決策を探さなきゃ、と思って頑張れた。

「母さんにも、言う？」

「……まだ、言わない。新しい職場で忙しいときだし。母さんだって、こんなこと相談されても、どうしたらいいかわからないでしょ」

こんな話、信じてもらえるかわからないし、と小さくつけ足した。聞こえるか聞こえないかくらいの小さな声で言ったのに、春歌には聞こえたようだ。「そうかなあ」と首を傾げている。

「信じてくれると思うけどな」

「大人は信じないよ、普通。ていうか、たぶん私だって、自分が体験してなかったら信じない」

ふざけているか、かまってほしくて嘘をついていると思われたら。口に出してはそう言わなくても、面倒だと思われたら。

想像しただけで心臓がきゅっとなった。

お風呂場からは、母さんのシャワーの音が聞こえている。

母さんがお風呂からあがる前に、私は塩の袋を持って二階の自分の部屋へあがった。春歌が、「えー」「そうかなあ」と言いながらついてくる。

人形を捨てに行けなかったからか、その夜はやっぱり、夢を見た。

女の子が歩いている。うつむきかげんで、ゆら、ゆらと左右に揺れながら進むたび、長い髪も揺れた。

よく見れば、茶色の髪はところどころからまって、束になっていて、ワンピースも、あまりきれいじゃなかった。どことなく、荒《すさ》んだ感じがした。

そして、もう、はっきりとわかった。彼女が歩いているのは、近所の道だった。

この家に向かっている。

あともう少しでこの家が見える。見つかってしまう。

女の子の顔は、やっぱりよく見えない。怒っているのか、笑っているのか――。知りたくない。見たくない。顔をあげないで、と祈った。

そこで目が覚めた。

まだ夜中だ。

横を見る。春歌は眠っている。

背中に、汗をかいていた。女の子が歩いているだけの夢だったから、意味がわからなかったころは、怖い夢だという意識がなかったけれど、今は、はっきりと怖いと思った。

少し身体を起こし、暗い中で目をこらして、棚を見る。空間が空いたままだ。納戸にしまいこんだ人形が、戻っているということはない。

ほっと息を吐き、枕元の時計を手にとって見ると、二時過ぎだった。

いつもこの時間だ。

夢の中では、女の子は、この家のすぐ近くまで来ていた。

カーテンを開けたら、二階の窓から見えるくらいの距離だ。――現実なら。

もちろん、そんなことをするつもりはないし、あれはあくまで夢だと、わかっているけれど――。

そのとき、足音が聞こえた。

ざ、ざ、というような、靴音が地面をこする音。

昼間なら気づかないような音が、静かな夜は、聞こえてしまう。気になってしまう。

誰かが家の前の道を通り過ぎただけだ。……前にも、こんなことはあった。

夢とは関係がない、ただの通行人だ。そう思うのに、耳を澄ますのをやめられなかった。

そして、気づいてしまった。足音が、遠ざかっていかない。

止まった、気がする。

この家の前にいる？

夢で見たのと同じ女の子が、家の前で、窓の下で、こちらを見上げている――そんな想像をした。

女の子は赤いチェックのワンピースを着ていて、その髪は焦げ茶色で、白い顔に二つ並んだ目は、ボタンでできている。

自分の想像にぞっとして、頭から布団をかぶった。

考えない。考えちゃだめだ。

ぎゅっと目を閉じて、耳をふさいで、布団の中で丸まる。

そのままの姿勢で、長い間じっとしていた。

いつのまにか、朝になっていた。

歯を磨きに一階へ下りて、そっと納戸を開けてみたら、人形はビニール袋にくるまれたままそこにあった。

昨日の夜、家の外で足音が聞こえた気がしたのは気のせいか、ただ単に誰かが夜の散歩をしていただけだったのだろう。

ほっとしたけれど、夢の中の女の子がすぐ近くまで来ていることは間違いない。このままでは、今夜のうちに家まで来てしまう。

もちろんそれは夢の中の話で、現実にそこにいたわけではないだろうけれど、彼女が夢の中で家にたどりついてしまったら、何が起こるのか。

納戸の人形をそのままにしておこうか、それとも持って行こうか、しばらく迷った。一度は納戸を閉めたけれど、学校に行く直前に鞄に入れる。

捨ててもどうせ戻ってきてしまうとわかっているけれど、何もしないまま今夜を迎えるのは嫌だった。

神社に捨てて、髪を切って、新しい塩でもう一度盛り塩をしよう。

朝食を食べながら母さんに髪を切りたいと切り出したら、母さんは驚いたようだった。私は小学生のころからずっとロングヘアだったから、無理もない。失恋でもしたのか、と思われていそうだったので、「ちょっと気分を変えようと思って」となるべくなんでもないことのように言う。母さんは、まだ少し心配そうにしていたけれど、美容院に行くお金をくれた。

「茜里ちゃん、髪切っちゃうの？」

春歌が残念そうに言うのに、「しょうがないでしょ」と答える。私も長い髪は気に入っていたけれど、背に腹は代えられない。

今日は母さんと同時に家を出ることになった。

玄関のドアを開けた母さんが、「何これ」と声をあげる。

しまった、盛り塩を隠すのを忘れていた、と思い出し、私は慌てて言った。

「あ、それ、おまじないで——」

ドアに手をかけて顔を出し、小皿を拾い上げようとして、言葉が途切れる。

玄関先に、塩が飛び散っていた。二枚の小皿は、少し離れたところにひっくり返っている。

ドアがぶつかるようなところには置いていなかったのに、まるで、誰かが蹴《け》り飛ばしたかのようだった。

「あ、盛り塩してたのね。びっくりした。玄関に塩を撒《ま》いたのかと思っちゃった」

めちゃくちゃになった盛り塩に混乱していたけれど、母さんの手前、笑顔を作って頷く。

「風水とか？　誰かに教えてもらったの？」

母さんは、私が盛り塩をしていたことについては、それほど不思議に思わなかったようだ。

私は、

「うん、友達」

と、曖昧《あいまい》に返事をする。

「風でこんなにはならないよね。猫かな？」

「そうかも。ごめん、帰ったら掃除しておくから」

遅刻しちゃうよ、と私に言われて、母さんはやっと玄関の鍵をかけ、駅に向かって歩き出す。

数メートル進んだところで振り向いて、私と春歌に手を振った。

二人で手を振り返し、私たちも学校へ――母さんとは反対方向へ歩き出した。

「茜里ちゃん、これって……盛り塩、効かないってこと？」

歩き出してすぐ、春歌が言った。塩まみれの玄関を思い出しているのか、ぬいぐるみのルルを鞄ごと抱いて、家のほうを不安そうに何度も振り返っている。

夢の中の女の子が少しずつ近づいてきていて、もう、すぐ家の近所まで来ていることは、春歌にも伝えていた。昨日の夜、足音を聞いた気がすることは話していなかったけれど、何か感じているようだ。

私も焦っていた。今日、髪を切って帰っても、もう遅いかもしれない。

あの女の子は、今夜には家に着いてしまう。昨日の夜、もう家の前まで来ていたのかもしれない。だとしたらあとは、家の中に入ってくるだけだ。

美波ちゃんは、髪型が変わったから、それまで自分を最初の持ち主だと思っていた人形が戻ってこなくなったと思っているようだったけれど、たぶんそうじゃない。人形が美波ちゃんのところへ戻らなくなったのは、別の人が――春歌がそれを拾って、持ち帰った先に、同じ髪型の私がいたからだ。だったら、私が髪を切ることに意味があるかどうか、わからない。

盛り塩が効かないのなら、私には、それを止める方法はない。

どうしよう。

震えそうになる足を、無理やり動かした。怖い。指先が冷たい。

でも、不安そうな春歌を見ていたら、なんとかしなきゃ、と思えた。

唇を結んで、顎《あご》をあげる。鞄を握る手に力が入った。

「……今日、美波ちゃんに話してみる。霊感があるっていうおばあちゃんに、相談できないか、頼んでみる」


放課後、事情を話すと、美波ちゃんは泣きそうな顔で、その日のうちにおばあちゃんの家に連れていってくれた。

春歌には、先に家に帰ってもらった。母さんが先に帰ってきたら、私は友達の家に遊びに行ったと伝えてもらうことになっている。

制服のまま訪ねてきた孫とその友達を見ても、美波ちゃんのおばあちゃんは驚かなかった。

私を一目見て、なるほど、というように頷き、ちゃぶ台のある和室で、お茶と、個包装のお菓子を出してくれる。

美波ちゃんが手放した人形が今私の家にあること、私が美波ちゃんと同じ夢を見ていること、人形が戻ってくること――昨日の夜あったことも全部話した。おばあちゃんは、頷きながら聞いてくれた。

「人形はね、人の形をしているぶん、持ち主の想いや、霊が入り込みやすいから、気をつけないといけないんだよ」

話を聞き終えると、おばあちゃんはそう言いながらお茶をすすり、

「その人形は、悪いものってわけじゃないけど、持ったままでいるのはよくないね」

私が脇に置いていた鞄に目を向ける。人形は鞄から出していなかったのに、ここにあるとわかっているようだった。

「夢の中に出てくる女の子は、この人形についている幽霊ですか？」

人形が女の子を引き寄せているようだったからそう思ったのだけれど、おばあちゃんは首を横に振る。

「たぶん、人形の最初の持ち主だね。人形をとっても大事にしていて、人形も、その子が大好きだった。でも、その子が亡くなって、人形は人の手に渡って……その子も人形も、お互いのことを捜していたんじゃないかな」

ということは、人形が戻ってくるのと、夢の中で女の子が近づいてくるのは、別の霊による、別の現象なのか。

「人形を手に入れたのが美波だったり、茜里ちゃんだったり、元の持ち主と似た年格好の女の子だったから、人形は元の持ち主のところに戻れたと勘違いしていて、もう二度と離れ離れにならないように、捨てられても戻ってきたんだね」

拾ったのは私じゃなくて春歌だが、たまたま最初の持ち主と同じ髪型の私がいたから、捨てられてもあの家に戻ってきてしまったのだろう。そう思うと、なかなかけなげな人形だ。でも、やっぱり怖いものは怖い。

「私の家の前まで来ていたのは、人形じゃなくて、人形の持ち主の霊……ってことですよね」

「そう、人形を捜しているんだろうね。少しずつ近づいて、やっとたどりついた」

おばあちゃんは、ゆっくり言って、ちゃぶ台の上に湯のみを置いた。

「もう家の前まで来ているのなら、今から髪を切ってもたぶん意味がないね」

私が暗い顔をしていたからだろう。美波ちゃんが、心配するように、私とおばあちゃんとを見比べている。

「どうしたら……」

私の問いかけに、「そうだね」とおばあちゃんは考えるような素振りを見せた。

女の子の霊は、人形を捜している。人形は、持ち主の女の子と一緒にいたい。私は、人形を手放したい――。

人形は悪いものじゃない、と言っていた。それなら、もしかして――と思い当たった。私がおばあちゃんを見ると、おばあちゃんは、私の心を読んだかのように頷く。

それから、私が何をすればいいのかと、そのやり方について、教えてくれた。

家に帰ると、春歌が心配そうに待っていた。

私は、大丈夫、とだけ言って、母さんには、今日は友達の家に行ってしまったから、美容院に行けなかった、と言って美容院代としてもらっていたお金を返した。

そのあと、夕食を食べて、お風呂に入って、母さんがお風呂に入るのを待って、美波ちゃんのおばあちゃんに言われたとおり、人形を家の外へ出した。

玄関先にハンカチを敷いて、重しにペーパーウェイトをのせて、それにもたれさせるように人形を座らせる。それから、今日は盛り塩はしないで、玄関のドアを閉めた。

祈るような気持ちで布団に入ると、隣で寝ている春歌が布団から腕を出して、手をつないでくれた。


チェックのワンピースの女の子が、家の前に立っている。

このワンピースのせいで、最初は夜道を歩いているのが人形のたましいかもしれないなんて思ったけれど、この子が人形の最初の持ち主なら――きっとこの子があの人形に、自分とおそろいのワンピースを着せてあげたのだ。それくらい大事にしていた。

私は夢の中でも、これが夢だとわかっていた。

美波ちゃんのおばあちゃんに言われたとおり、「私は家の中にいる」と強く意識すると、目の前に玄関のドアが現れた。手を伸ばして、私はドアを開ける。

そこに、あの女の子がいた。

うつむいていて顔がよく見えなくて助かった。もう、前ほど怖くはなくなっていたけれど、幽霊の顔なんて、できればまともに見たくない。

私は、ハンカチの上に置いた人形を抱き上げて、女の子に差し出した。

「あなたの人形、返すね」

と心の中で言って、ぐっと両腕を伸ばし、頭を下げる。

女の子は、少しの間、じっと動かなかった。

私はうつむいて、女の子のワンピースの裾だけを見ていた。

幽霊なのに、足があった。茶色い靴を履いている。

やがて、女の子は腕を伸ばして、人形を受け取った。

そして、ぎゅっと抱きしめる。

私はほっとして腕を下ろした。

女の子は、ゆっくりと私に背を向けて、歩き出した。人形を抱いたまま。

チェックのワンピースの後ろ姿が、遠ざかっていく。


目が覚めたのは、朝だった。

私はパジャマ姿のまま、階段を下りて、玄関のドアを開けてみた。

人形はなくなっていた。

ペーパーウェイトとハンカチだけが残っている。

その場に座りこみそうなくらいほっとした。

私はその二つを回収して、顔を洗い、歯を磨き、春歌を起こしに部屋へ戻った。

その日から、あの夢は見なくなった。


人形が消えたことを学校で美波ちゃんに報告して、美波ちゃんのおばあちゃんにもお礼を言いに行った。

人形は、あれから戻ってきていない。変な夢も見ない。夜中に目を覚ましてしまうことはあるけれど、一度起きてもまたすぐに眠れるからあまり気にしていなかった。

夕食のための食器をテーブルに並べながら、平穏な毎日だ、と呟くと、キッチンにいた母さんが、「何か言った？」と振り返る。

母さんに心配をかけずに、解決できてよかった。当たり前の朝の風景に、改めてそう思った。

「なんでもない。おなかすいたなって」

もうちょっと待ってね、と笑って、母さんはフライパンに油をひく。まな板の上に細切りにしたピーマンと牛肉が見えて、今夜のメニューがわかった。春歌の好物だ。二階にいる春歌を呼んでこようとしたとき、「そうだ」と母さんがこちらを見る。

「茜里、井上美波ちゃん、同じクラスでしょ」

「え？　うん」

「美波ちゃんのお母さんね、母さんと同じ会社なんだ。娘さんが茜里と仲良しって聞いてびっくりしちゃった」

「そうだったんだ」

今度うちに遊びに来てもらったら？　と、母さんが言ったのと同時だった。

夕方のニュースを流していたテレビの画面が、ぱっと消えた。

「あ、また」

母さんが顔をしかめる。

「たまになるのよね。調子いい日もあるんだけど……」

私は離れたところにあったリモコンに手を伸ばした。私の手が届くより先に、ぱっとテレビがついて、ニュースキャスターの顔を映し出す。

母さんは、私がリモコンでテレビをつけたと思ったみたいだ。ありがと、困っちゃうね、何だろうね、と軽い調子で言いながらフライパンをゆすっている。

「やっぱり買い替えなきゃだめなのかなあ。三ツ谷さんも専門家ってわけじゃないし、一回、電気屋さんに見てもらおうか」

　私、今、触ってないよ。と、言えばよかったのかもしれない。

　でも、何故か言えなかった。心臓がドキドキし始めた。

　そうだね、と言うのが精いっぱいだった。

　最初、テレビが勝手についたり消えたりするのは、故障か何かだと思って気にしていなかった。変な夢を見たり、人形が戻ってきたりするようになって、テレビも霊のしわざかもしれないと思ったけれど、人形を元の持ち主に返した今も、テレビはときどき変な動作をする。

　夜中に目が覚めることも続いている。

　人形のせいで夢を見ていたとき、いつも同じ時刻に目が覚めてしまっていたから、それが癖になっているだけだと思っていたけれど、果たしてそうだろうか。私は何かの気配を感じて、目を覚ましてしまっているのではないか。

　花壇の土が一部分だけ、顔のような形に湿っていたことを思い出した。

　家に一人でいるときに、トイレの水が流れる音がしたこともあった。

　どれも些《さ》細《さい》なことだけれど、気になりだすと、怖くなってきた。

　まだ、終わっていないんだろうか。

　だとしたら、何が？　何が、終わっていないんだろうか。

　人形はもういなくなったのに。

朝、ゴミの収集場所で三ツ谷さんに会った。

家電の調子はどう？　と訊かれたので、相変わらずです、と正直に答える。

「うーんそうかあ。何が原因なのかなあ」

三ツ谷さんは首をひねっている。

そういえば、あの家に前に住んでいた人も、家電の調子が悪いと言っていたと、三ツ谷さんが以前話していた。三ツ谷さんはその人にも頼まれて、家電を見てあげたことがあったのかもしれない。

だとしたら、やっぱり、我が家のテレビが悪いわけではない。

「三ツ谷さん、前にあの家に住んでた人とも仲良かったんですよね」

「そうだね、僕がここに住んでいるのは四年前からだから、それより前の住人は知らないけど……四年の間に、三回替わったかな。うん、どのご家族とも、ご近所さんとして、おつきあいはあったよ」

「あの……ちょっと変なこと、訊いていいですか」

笑われちゃうかな、中学生にもなってと馬鹿にされるかな、と不安はあったけれど、思い切って言ってみる。

いいよ、何？　と三ツ谷さんが笑顔で促してくれたので、それに励まされて続けた。

「あの家……私の家、幽霊が出るとか、そういうこと、ないですよね」

「幽霊？」

私はゴミ収集所から見える家に、ちら、と目をやってから、また視線を三ツ谷さんに戻す。

三ツ谷さんは、笑ったりはしなかった。

私の顔を見て、冗談で言っているのではないとわかったのだろう。

私と私の家とを見比べて、うーん、と首をひねる。

「僕はそういうのは全然見たことがないし感じるほうでもないから、なんとも言えないんだけど……あの家で亡くなった人は、僕の知る限りいないと思うよ。そんな噂も聞かないし」

ただ、と言いかけて、口をつぐんだ。きまり悪そうに、視線が泳ぐ。

何か思い出したのだ。私にそれを言うべきかどうか、迷っている。たぶん、言わないほうがいいんじゃないかな、と思っている。

迷うようなことなのだ。きっと、それはまさに、今私の知りたいことだ。

「何ですか。言ってください」

「……そういえば、何か気持ち悪いって……言っていた人がいたよ。幽霊がどうとかじゃないと思うけどね。引っ越してきたばかりの家って、慣れなくて、自分の家って感じがしないことがあるんじゃないかな。茜里ちゃんもそうなんじゃない？」

私に詰め寄られて、三ツ谷さんは仕方なくといった様子で答えてくれたけれど、「気持ち悪い」が幽霊のせいだとは考えていないようだ。私を怖がらせないためだろう、わざと明るい声で言う。

「茜里ちゃんとかその人は、他の人より繊細というか、敏感なのかもしれない。そういう風に感じる人がいるってことは、そう思う理由が何かあるのかもしれないね。湿気とか、温度とか……実はちょっとだけ床が傾いているせいで違和感があった、みたいな話もテレビで観たことがあるよ。何かあったなら確認してみたらいいんじゃないかな、原因がわかれば、対処できるはずだから」

その口ぶりがなんだか、学校の先生っぽいな、と思った。塾の先生をしているそうだから、当たり前だろうか。

「気持ち悪いって言っていたのって、どの人ですか？　一つ前の家族か、その前か……」

「えーと誰だったかな、忘れちゃったよ」

きっと嘘だ。あの家に何か感じていたのは、一人ではなかったのかもしれない。もしかしたら、私たちの前に入った三組の家族、皆がそう言っていたのかも。

私はあきらめずに尋ねる。

「家電の調子がよくないって言っていたのも、同じ人ですか？」

「どうだったかな、何人か言っていた人がいたから。前にも言ったけど、たぶん、電波の問題だと思うよ」

何を質問しても、三ツ谷さんは、はっきりと答えなかった。

短期間に何回も住人が替わったのは、偶然なんだろうか。もし、何か理由があるのだとしたら、それは、私が今感じているのと同じことかもしれない。

実際にこの目で見たわけでもないのに、幽霊が出るんじゃないかなんて、口に出すのには勇気が要った。中学生の私でもそうなのだから、大人だったらなおさらだ。

前にあの家に住んでいた人たちは、よくわからないけれどなんだか怖いとか、幽霊がいる気がするとは言えなくて、「気持ち悪い」という言い方になったのだ。きっと。

三ツ谷さんにこれ以上質問しても答えてくれそうになかったので、お礼を言って別れた。

ゴミ収集所から家までは、十数メートルの距離だ。外から見た家は、見学のために初めて訪れたときと同じで、少しも嫌な感じはしない。とても、幽霊が出るようには見えない。――やっぱり、私の考えすぎ、思い込みなんだろうか。

きれいに掃除された玄関先が目に入って、また盛り塩をしてみようかな、とぼんやり思った。

三ツ谷さんはああ言っていたけれど、夜中に目が覚めてしまったり、家の中に家族のものじゃない髪の毛が落ちていたり、そういうのは、湿気や温度や建物の傾きじゃ説明がつかない。

考えてみれば、家電の調子が悪いのも、家の中に髪の毛が落ちていたのも、引っ越してきた初日からだった。人形を拾ってくる前だ。

人形のせいだと思っていた現象のいくつかは、別に原因があったのかもしれない。

庭の花壇に顔の形のしみができていたのも――そのときは、ただその場所の水はけが悪いだけだと思っていたけれど――引っ越してきた初日のことだった。

一つ一つは些細なことだ。もしかしたら全部偶然かもしれないと思えてしまうくらい。

家の中に誰かの髪の毛が落ちていたのも家電の調子が悪いのも、同じ場所にできるしみも、おかしなことではあるけれど、心霊現象以外で説明はつく。幽霊を見たわけでもない。決定的なことは何も起きていない。

捨てたはずの人形が戻ってくるくらい、はっきりとおかしなことがあれば、人に相談もしやすいのだけれど、そうではないからためらってしまう。

自分では確かに何か変だと思うのに、どこがどうおかしいのか、説明するのが難しいのだ。気のせいじゃない？　とかたまたまじゃない？　と言われてしまうと、もうそれ以上どうしようもないし、変な目で見られることが怖くて、きっと「そうだね」と言ってしまうだろう。どうせ無駄なら相談なんかしないほうがいいとすら思えてくる。そもそも、本当に、私の気にしすぎということもありえるのだし——。

「茜里、夜、ちゃんと眠れてる？」

夕食を食べ終わって、洗い物も終わって、三人でテレビを観ていたとき、母さんが言った。いつも隣で寝ている春歌が、えっ、という表情でテレビからこちらへ視線を移す。

私も、えっ、と声が出た。

同じ部屋の春歌が気づいていないことに、どうして母さんが気づいたのだろう。

私が答える前に、母さんは続ける。

「ときどき、夜中にトイレに行っている音が聞こえるから。昨日も」

——それ、私じゃない。

怖さと、緊張と、それから、少しの期待で、心臓がドキドキし始めた。

母さんも、私や春歌じゃない誰かの気配を感じていたのだ。

母さんはそれを、心霊現象だなんて思っていないだろうけれど、それでも、同じ何かを感じたことがあるなら、私の話を信じてくれるかもしれない。急に変なことを言い出した、と思われずに、ちゃんと聞いてもらえるんじゃないか。今なら。

「……あのね、眠れてはいるんだけど、夜中に目が覚めちゃうことがあって……でも」

今、この流れでなら——言えるかもしれない。そう思ったとき、辺りが真っ暗になった。

小さい音でつけていたテレビも消えて、部屋の中に光るものが何もなくなる。

春歌が、何なに、と悲鳴をあげてすがりつくように私の腕をつかんだ。

「気をつけて、お茶、こぼしたらやけどしちゃうから」

母さんに言われ、まだ熱いお茶の入った湯のみを倒してしまわないように、私も春歌も、そっとテーブルから離れる。

テレビが突然消えることにはもう慣れ始めていたけれど、部屋の電気まで消えるのは初めてだった。

「停電?」

「ブレーカーが落ちたのかも」

カーテンの隙間から、外の光が入ってくる。

電気が消えた瞬間は真っ暗だと思ったけれど、だんだん目が慣れてきた。カーテンを全開にすると、街灯や、よその家の明かりのおかげで、室内を歩くのに支障はなくなる。

「他の家の電気はついてるから、うちだけみたい。やっぱり停電じゃなくて、ブレーカーだね」

「私、見てくる。ブレーカーが下がってたら、上げればいいんだよね」

引っ越してきたときに、ブレーカーボックスの場所は教えてもらって憶えていた。家の外、裏側の壁にあったはずだ。

「ちょっと待って、スマホを捜すから……ライトがあったほうがいいでしょ。どこに置いたっけ」

「大丈夫、たぶん」

外なら、むしろ街灯の明かりで、家の中より明るいかもしれない。

母さんがスマホを捜している間に、私と春歌は外へ出た。

思ったとおり、月と街灯のおかげで、外は十分に明るい。西側の壁を見ると、扉型の蓋のついた、金属の箱のようなものが壁に埋め込まれていた。これだ。

「鍵とか、かかってないの？」

「かかってなかったはず。確か、この中にスイッチがいっぱいあって……」

金属製の蓋を開ける。

箱の中は、黒かった。

自分の身体の影に隠れて、一瞬、それが何だかわからなかったけれど、一歩足を引いて、確認して、私はそれが何かに気づく。

黒いかたまりは、糸──違う、髪の毛だ。

ぞっとして、後ろへとびのいた。

昔、図鑑で見た、かいこの繭《まゆ》のように、ぐるぐると髪の毛が巻きつけてある。

私の身体が動いたせいで、空気が動いて、髪の毛のかたまりがぱさりと地面に落ちた。それでも、まだ、何本かの髪はブレーカーにからみついたままだ。

長い、本物の髪の毛だ。触りたくなくて、私は両手を胸に押しつけてぎゅっと握った。

「茜里ちゃん、それ……」

春歌も見てしまったらしい。引きつった顔で後ずさりをしている。

私も混乱していて、大丈夫だよとは言えなかった。

ライトをつけたスマホを持って、母さんが様子を見に来るまで、私も春歌もその場を動けずにいた。

母さんは、ブレーカーに巻きついた髪の毛を見て、「何これ、気持ち悪いね」と顔をしかめた。けれど、怖い、とは思わなかったようだ。

「いたずらかな。わざわざこんなことする人いないか。何かの動物が、巣を作っていたんだろうね、きっと」

そう言って、嫌そうに髪の毛をむしって、ぱっぱっと地面に落とし、ブレーカーを上げる。

家の中の電気がついたのが、窓からの光でわかった。

さっさと家の中に戻ろうとする母さんの後ろを、春歌と二人、顔を見合わせながらついていく。

「ブレーカー、なんで落ちたんだろう」

「不思議だね。そんなに電力を使ってないと思うんだけど。もしかしたら、さっきの髪の毛みたいなの、あれの重みだったのかな？　ブレーカーボックスの蓋、簡単に開けられないようにしておいたほうがいいかもね」

母さんは、やっぱり動物のしわざだと思っているようだ。口調が軽い。

この家に怖いものがいるかもしれない、なんて、母さんは少しも考えていない。

当たり前といえば当たり前なのだけれど、話してみようと思っていた気持ちが、風船がしぼむように小さくなっていく。

後ろを歩いていた春歌が、そっと私の手を握ってくれた。

春歌本人も不安そうな表情だったけれど、「私がいるよ」と言ってくれているようだった。

母さんに話すかどうかは、もう少し考えよう。人形のときのように、何かが近づいていると
か、危険なことがあるわけでもない。

でも、やっぱり、気持ちが悪い。

私は家の中に戻ってから、こっそり小皿を棚から出して、玄関のドアを開けたところに盛り塩をした。


朝、学校へ行く前に確かめてみると、小皿はひっくり返り、塩が玄関先に飛び散っていた。


「茜里ちゃんに、おかしなものはついていないよ」

私の話を聞き終わってから、美波ちゃんのおばあちゃんは言った。

私は、美波ちゃんと並んで、美波ちゃんのおばあちゃんと、ちゃぶ台を挟んで向き合って座っている。

美波ちゃんに事情を話して、お願いして、学校帰りに連れてきてもらった。ほかに相談できる人が思いつかなかったのだ。

この間の人形のことがあるからか、美波ちゃんもおばあちゃんも、私の話を馬鹿にしないで聞いてくれた。美波ちゃんなんて、自分のことのように怖がって、「私の家に泊まっていいよ」とまで言ってくれた。でも、おばあちゃんは、私に幽霊はついていないと言う。

「幽霊とか、悪い念とかね、そういうものを背負《しょ》っている人のことは見ればわかる。でも、茜里ちゃんには何もついていない。安心していい」

普通なら、ほっとするところなのだろう。でも、今の私は、「何もない」と言われても不安になるだけだった。

だって、現実に、おかしなことは起きているのだ。

家の中に落ちていた髪の毛も、変な気配も、家電の不調も、全部偶然だとは思えない。一つ一つは小さな違和感でも、これだけ続けば、さすがに、意味があるものだと考えるのが普通だ。私が神経質になって、なんでもないことが気になっているだけ——と、何も知らない人なら言うかもしれないけれど、絶対にそうじゃない。この家にいる何かは、私に、気づいてほしがっている——怖がらせようとしている気さえする。

だとしたら、やり過ごしているうちにおさまっていくなんてことは期待できない。

このまま我慢していたら、だんだんエスカレートして、いつか、もっと怖いことが起こる気がした。私を怖がらせようとしている「何か」が、あきらめない限り。

「でも……本当に、変なことが色々あるんです」

すがるような気持ちで言った私を宥めるようにおばあちゃんは頷き、

「それが気のせいだとは思わないよ。でも、茜里ちゃんには何もついていない。家で起きていることが霊的なもののせいだとしたら、それは、茜里ちゃん以外についているんだろうけど……」

そこまで言って、言葉を濁す。

「たとえば、家とかですか？」

ブレーカーにからまっていた髪の毛のかたまりは、黒っぽく見えたけれど、明るいところで見ると、茶色い髪の毛だった。風で飛ばされて庭の隅に落ちているのを見たけれど、触りたくないので放っておいた。

今朝は、散らばった塩だけを、ほうきとちりとりで掃除して家を出てきた。

あの髪の毛はまだ、庭にあるだろうか。母さんがテープでとめたブレーカーボックスの蓋を開けたら、また、新しい髪の毛がからみついているんじゃないだろうか。

あの家に、これから私は帰るのだ。そして今夜も、あの部屋で眠る。

おばあちゃんは慎重に、「それはわからないよ」と言った。

「物についているなら、それを手放せばいいし、場所についているなら、そこから離れればいい。お母さんや、妹さんについているんだったら……ついているかどうかは、見ればわかると思うけど、その先は私にはどうしようもない」

美波ちゃんが、私のかわりに「そんな」と声をあげる。

「助けてあげて、おばあちゃん」

おばあちゃんは困ったように美波ちゃんを見て、首を横に振った。

「私は、お祓《はら》いができるわけじゃない。霊が人間にアプローチをしてくるときは、たいてい、何か伝えたいことがあるときだけど、それが何かわからないんじゃね……ただ、人を恨んでいるようなものが相手だと、お手上げなんだよ」

あの人形のときは、幽霊の目的がはっきりしていたから、「元の持ち主に人形を返す」ことで解決した。でも、そんな風に、霊が何をしたいのかはっきりしていることは珍しいのだろう。

あの家で立て続けに起きている小さな「気持ち悪いこと」にメッセージがあるとしたら、「出ていけ」だとしか思えない。私たちは逃げるしかない。あの家から引っ越せば、怖い思いをすることはなくなるし、これから先、危険なこともないだろうけれど――子どもの私が、簡単に決められることじゃない。

「お母さんや妹さんを連れてきてくれれば、二人についていているかどうかは見てあげられる。家を見れば、家についているかどうかもたぶんわかると思う。でも、そこからどうするかは、私がどうにかできる話じゃないよ」

うつむいてしまった私に、美波ちゃんのおばあちゃんは、言い聞かせるように言った。

「……母は、信じないかもしれません」

浜松《はままつ》に引っ越してきたのが不満で、新しい家が気に入らなくて、嘘をついていると思われたらどうしよう。母さんの気を引きたくて、とか……そうでなくてもどうかしてしまったと思われるかもしれない。

母さんのことだから、面と向かって私を嘘つき呼ばわりしたりはしない。きっと、何か理由があって言っているんだと思って、私のために何ができるか考えようとするだろう。

でも、たぶん信じてはもらえない。

私はしっかり者のお姉ちゃんだったはずなのに、母さんにとってのやっかいごとになってしまう。母さんがそう口には出さなくても。

困った顔をさせてしまうのを想像したら、それだけでもう、心がくじけそうだった。

「でも、話してみないとね」

穏やかだけれど、はっきりとした口調だった。

おばあちゃんは湯のみを両手で包んで、まっすぐに私を見る。

「まず大事なのは、向き合うことだと思うよ」


家に何かある、もしくは、いる、ということを意識し始めると、ひどく落ち着かない気分になった。

引っ越してきた家に、変な人が住みついていたようなものだ。話し合って、出ていってもらえるならいいけれど、ダメなら我慢して一緒に住むか、私たちが出ていくしかない。問題は、その、家に住みついている変な人に気づいているのが私だけということだ。

それどころか、私自身も、はっきり姿を見たわけではない。だから、本人に出ていってくださいと言うことも、母さんに「あそこにいるよ」と示すこともできない。

それでも確かにいるんだ、なんて言っても、そう簡単に信じてもらえるとは思えない。

こうなると、あの人形が戻ってきたときに、母さんに相談しておけばよかった。捨てた人形が戻ってくるのは、わかりやすい怪現象で、説明も説得もしやすかったのに。

今は、形として見せられるようなものがない。花壇の土は毎日顔の形に湿っているわけじゃないけれど、今度見つけたら写真に撮っておこう。でも、たまたま三か所にしみがあったから、顔の形に見えるだけだと言われてしまいそうだ。髪の毛は外から飛んできたか、家族の誰かの服についていたものが落ちただけ、ブレーカーの髪の毛も、虫か動物が巣を作ろうとしていただけ。テレビの不調はただの故障。母さんは、そう思っている。あとは、私が夜中に目を覚ましてしまうとか、気配を感じているとか、証明しようのないことだけだ。

「何があれば信じてくれるかな」

部屋の窓から庭を眺めながら、呟いた。

今日は晴れていて、今は、こうして見下ろしても、花壇に顔の形のしみはない。帰ってきてから家の中を見てまわったけれど、茶色い髪の毛も落ちてはいなかった。今度見つけたら、証拠としてとっておこうと思っているのだが、探すと見つからないものだ。

ルルの首に新しいリボンを結んでいた春歌は顔をあげ、本棚の怪談本に目をやって首を傾げた。

「目に見えるものがないとダメってこと？」

「そう、こんなことがあったよって話したら、誰でも即、それは心霊現象だ、って思うようなことって何かなと思って」

そういうものがないと、やっぱり、話しにくい。「気のせいじゃなくて？」と言われたときに反論できるような、はっきりした何かがほしい。

春歌は怪談本の背表紙を視線でなぞるようにして、さらに深く首を傾げる。読んだことのある怖い本から、心霊現象を思い出そうとしているようだ。

「うーん……どこかの隙間から手が出てきたとか、その手につかまれたあとが手首に残ってるとか……」

「怖いよ」

「長い髪の女が、膝を抱えてバスタブの中に座っていたとか……」

「怖いってば」

信じてもらえるとしても、そんなものは見たくないし、そんな目にもあいたくない。

私が顔をしかめると、春歌は「だよね」とちょっと笑ってから、

「大丈夫だよ、茜里ちゃん」

きっぱりした声で言った。

「そんなのなくたって、母さんは信じてくれるよ。絶対」

左腕でルルを抱いて、右手を私の手の上に重ねて、もう一度、「大丈夫」と繰り返す。

「でも、もし、もしも信じてくれなくても、何回でも話せばいいよ。私、一緒に説得する」

春歌がいてよかった、と改めて思った。

ただそこにいてくれるだけで、私を信じてくれているだけで、こんなに嬉しい。

「心強いよ」

私が言ったら、春歌はにこーっと嬉しそうに笑った。

その後、私が母さんに、「明日、夕食の後で話がある」と伝えるときも、春歌が隣にいてくれた。

母さんは、ぎゅっと手を握り合った私と春歌を見て、何かを察したような、少し不安そうな表情をしていたけれど、私が明日と言ったからだろう、何も訊かずに、わかったと言ってくれた。

その夜は、無駄かもしれないと思いながら、玄関ドアの外に新しく盛り塩をして、それから、

お守りみたいに、春歌の手を握って眠った。

春歌のおかげで安心して眠れたはずなのに、私はやっぱり、夜中に目を覚ました。

物音が聞こえた気がしたのだ。

今夜、また目が覚めて、気配を感じたり、足音が聞こえたりしたら、窓の外を見てみようと決めていた。

まず向き合うことだと、美波ちゃんのおばあちゃんも言っていた。何もないことがわかれば、これから先、気にならなくなるかもしれない。何かあったとしても、怖いものの正体がわかれば、人形のときのように、対処の仕方を考えられるかもしれない。

注意して耳を澄ませると、土を踏む足音が、かすかに聞こえた気がした。

布団の上で起き上がり、さらに耳を澄ませる。

また足音が聞こえた気がしたけれど、近づいてくる音なのか、遠ざかる音なのか、そもそも本当に聞こえたのかどうかも、よくわからなかった。

春歌は眠っている。

私はそっと布団から出て、窓に近づいた。

今窓を覗けば、家の裏の道を歩いていく通行人が見えるかもしれない。

幽霊なんかじゃないとわかれば、安心できる。そう自分に言い聞かせても、心臓の鼓動は速まっていた。

窓に顔を近づけて、カーテンの隙間から覗いてみる。

街灯にぼんやりと照らされた家の裏の道には、誰もいなかった。

そのかわり、もっと近く――庭に、人影があった。

ひっ、と息をのむ。

顔まではっきり見えた。ぼさぼさの髪をして、茶色い上着を着た、男の人だった。

生気のない、暗い顔で、どこか悲しげにも見える目で、こちらを見上げていた。

驚いて肩が動いた拍子にカーテンに触ってしまい、心臓が跳ねあがる。ほんの少しだったけれど、カーテンが揺れたのを、相手は見ただろうか。私に気づいただろうか。

確かめるのも怖くて、私は窓から離れた。

そうだ、春歌。

眠っている春歌を、急いで揺り起こす。

「春歌……春歌、起きて」

春歌は、うーん、とうなって寝返りを打った。

「庭に人がいるの」

私が言うと、ようやく、おでこにしわをよせてうっすら目を開ける。

それだけで少しほっとした。

「庭、見て。誰かいる」

庭にいる誰かに聞こえるとは思えなかったけれど、声をひそめた。

母さんを呼んできたほうがいいだろうか。母さんにも見えるだろうか。

春歌はまだ寝ぼけまなこだったが、のそのそと起き上がって、私に言われるまま、窓に近づく。カーテンに手を伸ばすので、慌てて止めた。

「あんまり近づきすぎないで。向こうもこちらに気づくかもしれないから」

素直に手を引っ込めた春歌は、カーテンの隙間から庭を見下ろす。何度か、角度をかえて眺め、

「どこ？」

眠そうな目でこちらを振り返る。

もう一度窓の外を見ると、そこにはもう誰もいなかった。


一日中、なんだか落ち着かなかった。

朝、学校に行く前に、盛り塩が無事なのを確認して、庭に何の痕跡《こんせき》もないのを確認して、それでも、少しも安心できなかった。

人形の元の持ち主の女の子が家の前まで来ていたときは、盛り塩は崩されていた。今回は崩されていない。何が違うのだろう。あの男の人は、女の子の霊よりも弱いということだろうか。それとも、家の中に入ってこようという意思はないということだろうか。

だったらどうして、彼はあそこにいたのだろう。

私の部屋の窓を、見上げていたようだった。何か、伝えたいことがあるのだろうか？

そうだとしても、私には何もできない。向き合うことだと、美波ちゃんのおばあちゃんは言ったけれど、これ以上は無理だ。

おばあちゃんだって、幽霊の正体をつきとめろとか、立ち向かえなんて意味であぁ言ったわ

けじゃない。家で起きていることが本当に幽霊のしわざなのかを確かめて、自分一人で悩まずに、どうするかを家族で話し合えという意味なのはわかっていた。

そのとおりだということも、わかっている。本当は、前からわかっていたけれど、なかなか決心がつかなかったのだ。

おばあちゃんはそれを見抜いて、向き合えと言ったのだろう。

授業の終わった教室で、鞄に教科書を詰めながらため息をつく。

寄り道したい気分ではないが、まっすぐ家に帰りたくもない。

あの家に帰る心の準備ができていない。

昼休みに、庭に男が立っていた話をしたら、美波ちゃんは青ざめていた。彼女はこの後、班での発表のための作業があるから、一緒には帰れないと聞いている。

のろのろと帰り支度をしていた私に、班の仲間たちから離れて、美波ちゃんが近づいてきてくれた。

「茜里ちゃん、今日、うちに泊まる？　私、まだ帰れないけど、一回家に戻って着替えとかとってくれば……先に家に行っててもらってもいいし」

心配してくれているのが伝わってきた。それだけで、少し気持ちがやわらぐ。

「ありがとう、でも大丈夫。春歌を一人にできないし」

私が首を横に振ると、美波ちゃんのほうが泣きそうな表情になった。

「春歌ちゃんも一緒に連れてくればいいよ」

「それだと、母さんが一人になっちゃうから」

母さんは気づいてないから、何も怖がってはいないけれど、だから安全とは言い切れない。あの男の霊が悪いものだったら、そして、何も知らない母さんが一人でいるときに、家の中に入ってきてしまったら……と思うと、自分たちだけ安全なところにいるわけにはいかなかった。

「どこかに避難させてもらっても、いつまでもってわけにはいかないし……根本的に解決する方法を考えなきゃね。春歌とも相談して」

美波ちゃんは、泣きそうな表情のまま、うつむいた。

せめてこれ以上心配をかけないように、笑顔を作って手を振り、教室を出る。

春歌がいたら一緒に帰ろうかと一年生の教室を覗いてみたけれど、見つからなかった。仕方なく、一人で校舎を出て歩き出す。駅前を通って、遠回りして帰ることにした。寄る場所もないのだから、家に着くのが数分遅れるだけの、意味のない抵抗だ。

しばらくの間はうつむきながら歩いていたが、途中で、しっかりしなければ、と思い直して背すじを伸ばす。どうやって向き合えばいいのかはまだわからないけれど、とにかく、私がしゃんとしていなければ。

顔をあげると、数メートル先に学習塾の看板が見えた。その少し先からこちらへ向かって、三ツ谷さんが歩いてくる。私が気づくのと同時に、彼のほうも私に気づいたようだった。

「西里ちゃん。こんにちは。今帰り？」

前にも一度この近くで会ったことがある。すぐそこの建物が勤務先だと教えてもらったのを思い出した。

私が「こんにちは」と頭を下げると、三ツ谷さんは、あれ、というように首を傾げた。

「何か、元気がないような気がするんだけど」

気のせいかな、と困ったような表情で言う。

ただのご近所さんなのに、すごく親しいわけでもないのに、この人に、こんなことを言っても仕方がないのに――事情を知らない大人に優しく声をかけられただけで、胸がいっぱいになった。

「相談したいことがあるんです」

気がついたら、そんなことを言っていた。

「僕に？　何かな」

口を開きかけて、やめる。「うちに、幽霊が出るみたいなんです」？　そんなことを言って、信じてもらえるだろうか。

三ツ谷さんには、家電を見てもらったり、前に住んでいた人のことを訊いたりしているし、私があの家をなんとなく気味悪がっていることは伝わっているはずだ。でも、だからなおさら、幽霊を見たなんて言っても、きっと、気のせいだと思われてしまう。

どう言えば、真剣に聞いてもらえるだろう。

「あの、今住んでる家……出ていきたいんです」

考えた末に、私はそう言葉を選んだ。

「えっ、どうして？」

「なんだか、気持ち悪くて」

幽霊とか、そういう言葉を使わないで、私が気持ち悪いと感じているという事実を伝える。

これなら、少なくとも作り話だとは言われないだろう。前にあの家に住んでいた人も同じことを言っていたそうだから、少しは説得力があるはずだ。

「色々、変なことがあるし……夜、庭に、男の人が立ってるのも見たんです」

「えっ」

実際に見た、という話はやはりインパクトがあったようだ。三ツ谷さんは表情を変え、私を見る。動揺しているのか、「それって」と言いかけて通行人にぶつかりそうになり、慌てた様子で身体を引いた。

道に立ったままだと邪魔になることに気づいて、私も建物の側へ寄る。三ツ谷さんと二人で、学習塾の入っているビルの中へ半ば入り込むような形になった。

「ごめん、びっくりして。……それ、夢とか、見間違いじゃなくて？」

三ツ谷さんが、言いにくそうに尋ねる。当然の反応だ。そう言われるだろうとは思っていたから、ショックは受けなかった。笑い飛ばされなかっただけましだ。

「夢じゃないと思うけど、証拠はないから、母には言っていないんです。その夜だけのことかもしれないし、心配させたくなくて。でも、別の日にも、足音が聞こえたことがあって」

「知らない人？　たとえば、近所の人が酔っぱらって間違って入ってきちゃったとか……」

三ツ谷さんは、やっぱり、男のことを幽霊だとは思わなかったようだ。警察には言っていないんだね、と言われて、私は小さく頷く。

「家の中まで入ってきたわけじゃないから、警察に言うほどじゃないと思って……証拠もないし」

私の言葉に、三ツ谷さんは「それもそうか」というような表情をした。やっぱり大人はそう思うんだ、と複雑な気持ちになる。

あの夜、私がすぐに母さんに話して、警察へ通報していたとしても、警察はとりあってくれなかっただろう。母さんは、信じてくれただろうか。嘘をついているとまでは思われないだろうが、寝ぼけていたのではと言われてしまったんじゃないだろうか。

ましてそれが、酔っぱらいや不審者ではなく、幽霊かもしれないなんて言ったら――。

「酔っぱらいだったかどうかは、わかりません。顔は、ちゃんとは見てないんですけど、知っている人ではなかったと思います。それに」

私はつばを飲み込んだ。

「それに、もしかしたら、生きている人でもないのかもって、思って」

笑われるかと思ったけれど、思い切ってつけ足す。

三ツ谷さんは笑わなかった。

「そうか……」

眉根を寄せて、少し腰をかがめるようにして、私と目の高さを近づけ、

「怖かったね」

と言った。

信じてもらえないかもしれないし、たとえ幽霊を見たことが本当でも、それくらいで家を出たいなんて大げさだと言われるかもしれない。そう思っていたから、いたわるようにそう言われて、私はまた泣きそうになる。

怖かった。私はずっと怖かったのだ。

幽霊が、あの家が、家の中に落ちている髪が、テレビが勝手につくことが、変な夢を見ることが、あの家で起こるおかしなことすべてが。

でも、それと同じくらい、母さんに疑われたり、呆れられたり、がっかりされたりすることが怖かった。だから、もうあの家にいたくないと言えなかったのだ。

声を出せば本格的に泣いてしまいそうで、ただ、何度も首を縦に振る。

「僕は、そういうことについては詳しくないから、茜里ちゃんが見たものとか経験したことが何だったのかはわからない。大したことじゃないなんてもちろん言えないし、反対に、今すぐ家を出るべきだ、とも言えない。自分で経験したわけでもないしね。でも、茜里ちゃんにとって、あの家が、居心地が悪くて安心できない場所だっていうことはわかった」

それは重大なことだよ、と三ツ谷さんは、真剣な表情で続けた。

「怖いから出ていきたい、って気持ちは、ちっとも大げさじゃないよ。茜里ちゃんが、今まさに怖くて不安な気持ちでいるんだったら、それを我慢しているんだったら、なんとかしなきゃいけない」

なんとかする。

ただ我慢して、「怖いこと」が過ぎ去るのを待っても、いつ終わるのか、いつかは終わるのかもわからない。待っている間に、もっとひどいことが起きるかもしれない。

何より私は、これ以上、あの家で我慢なんてしたくない。

それなら、自分で、なんとかするために動くしかない。

「……向き合って、乗り越えなきゃいけないってことですよね」

ぎゅっと胸の前で両手を握って、自分に言い聞かせるように呟いた。

三ツ谷さんは、ゆっくりと首を横に振る。

「解決するとか乗り越えるとか、そんなことは考えなくてもいいと思うよ。向き合った結果、逃げるしかないことだってある。茜里ちゃんがそれで安心できるなら、逃げたっていいんだ」

私は、はっとして三ツ谷さんを見上げる。

そうだ、美波ちゃんのおばあちゃんも言っていた、向き合いなさいというのは、目を逸らさずにちゃんと見て、どうするべきか考えなさいということだ。

怖いものからは逃げていい。そのために私が向き合わなければいけないのは、幽霊でもあの家でもなかった。

「僕なんかじゃなくて、お母さんに話してみたほうがいい。お母さんは、どんなにしっかりした大人の話より、茜里ちゃんの話を信じてくれると思うよ」

私の気持ちを見抜いたかのように、三ツ谷さんが言った。


夕食は、あんまり味がしなかった。

春歌にも美波ちゃんにも美波ちゃんのおばあちゃんにも、三ツ谷さんにも励まされた。自分でもわかっている。向き合わなければいけない。今日こそ。

ごはんを食べながら黙り込んでいる私を、母さんは、気づかわしげに見ていたけれど、話は食事の後でと昨日伝えておいたからか、何も言わなかった。

片づけを終えて、食後のお茶を飲んで、向かい合って座った状態で、

「母さん、あのね」

まだ少し迷いながら、口を開く。

いつ話し出すのかな、と隣でそわそわしていた春歌が、はっとしたように姿勢を正した。自分が話すわけじゃないのに、と思うと少しおかしい。ちらっと見ると、励ますように頷かれた。

母さんも、少し緊張しているようだ。でも、私が話しにくくならないように、うん、と柔らかく相槌を打ってくれる。

二人の態度に背中を押されて、私は話し出した。

「あのね、私、……この家、怖い」

自分でも呆れるほど端的な一言目に、母さんは「え？」と目を瞬かせる。

「家？」

母さんは、私が学校でいじめられているとか、そういう話だと思っていたのかもしれない。困惑した様子が伝わってきた。

「家の中に、茶色い髪の毛が落ちてたことあったでしょ。憶えてる？」

バスタブの中とかに、とつけ足すと、母さんは、きょとんとしていたが、少しして、ああ、と頷く。「そういえばそんなことがあったような……」程度の反応だ。

心がくじけてしまう前に、急いで続ける。

「風で飛んできたのかなって母さんは言ったけど、あの後も、家の中に落ちてたことがあった。私たちのじゃない、茶色い長い髪。気持ち悪いなって思ってた。……一昨日の夜、ブレーカー

に巻きついてたのも、同じような茶色い髪だった。動物とか虫が巣を作ってたんじゃないと思う。髪の毛だけで、木の枝とか葉っぱとか羽根とか、そういう巣っぽいものは全然なかったし」

「でも、じゃあ……」

「何かはわからない。だから怖いの。いきなりブレーカーが落ちたのだって、おかしいよ」

母さんは、私の勢いに押され気味だったけれど、そこまで聞いて、あっと思い当たったかのような表情になった。

「茜里が家の前に盛り塩をしてたのって……」

私は、強く頷く。

「おまじないって言ったけど、幽霊が入ってこられないようにしてたの。でも、朝になったら盛り塩が壊されてたこともあった。誰かが蹴り飛ばしたみたいに。母さんは、野良猫とかのしわざだろうって思うかもしれないけど、二回もだよ」

昨夜《ゆうべ》置いたものは無事だったけれど、その理由はわからない。

昨夜壊されなかったからといって、今夜もそうとは限らない。

根拠はないけれど、危険かもしれないとわかってほしくて、言い募った。

「誰かに見られているような気がしたこともあるし、夜はいつも、同じくらいの時間に目が覚めるの。この間、母さん、夜中に私がトイレに行く音を聞いたって言ってたけど、その日は私、部屋から出てない。布団の中で目を覚ましちゃっただけだよ。だから、母さんは幽霊だと思ってなかったかもしれないけど、母さんも、何か聞いたり感じたりしてるんだと思う」

母さんはまだピンときていない様子だったけれど、真面目に聞いてくれている。私の話の内容を、かみ砕いて、理解しようとしているようだった。急にたくさんしゃべりすぎたかも、と気づいて、私は少しペースを落とす。

「夜中に、気配を感じたり、家の前を歩く足音が聞こえたことも何度かあって……気のせいかもしれないと思っていたけど」

ここまでは、私の気のせいか、勘違いで済んでしまう話だ。母さんが私ほど危機感を持っていないのがわかったから、私は、一度そこで言葉を区切った。

「昨日の夜ね」

息を吸い込んで、吐き出す。

「窓から見てみたら、庭に男の人が立ってた」

母さんの表情が変わった。

春歌は、庭に立つ男の姿を見ていない。でも、見間違いだとか、寝ぼけていたんだろうなんて言わず、私を信じてくれた。

だから、何の証拠もなかったけれど、私は昨夜のことを、母さんに話すことにした。

気配がしたとか夜中に目が覚めたとかいう曖昧な話より、実際に姿を見たことのほうが、インパクトがあるはずだ。

「絶対、見間違いじゃない。そこにいたの。目が細くて、頬がこけてて、髪はちょっと長くてぼさぼさだった。すごく痩《や》せてた」

こちらに悪意があるようには見えなかったし、家に入ってこようともしていなかった。なんとなく悲しそうな顔で、ただそこにいるだけだったけれど、それでも、怖いものは怖かった。

今は危険なものではなくても、いつまでも私たちが出ていかなかったら、しびれをきらして、態度を変えるかもしれない。

　具体的な話を聞いて、母さんの表情はますます強張《こわば》っていく。

「私の部屋を見上げているのが、はっきり見えたの。暗かったけど、茶色いジャケットを着ていて……」

　話しながら、急に、一つの考えが頭に浮かんだ。

　私が見たあの男は、もしかしたら、この家の前の住人なのではないか。ここで死んだか、ここに埋められたとか、そういう理由があって、だから庭に出るのではないか。

　たとえば、あの庭。顔の形のしみができる、花壇の下……。

　この家で死んだ人はいないと、三ツ谷さんが言っていたけれど、それは三ツ谷さんが引っ越してきて以降の話だし、そもそも、死体が見つかっていないだけという可能性もある。

　誰かの死体が庭に埋まっているのなら――でも、もちろん、掘ってみる気にはなれなかった。

　夢でも見たんじゃないのと言われるかと思ったけれど、母さんは、最後まで私の話を真剣な表情で聞いてくれた。

　それから、「茜里が、何かに悩んでるみたいなのは、気づいてたよ」と、少しうつむいて言った。

　その後、顔をあげて、正直に言うとね、と続ける。

「夜中に目が覚めることは母さんもたまにあるし、テレビのことは変だと思ってた。でも、家の中に幽霊がいるのかもって感じたことはないよ。この家を気持ち悪いと思ったこともない」

予想していた反応だったけれど、やっぱり、心臓がぎゅっとなった。ほんのちょっと否定されただけで、あきらめそうになってしまう。変な子だと思われる前に、私が言っていることがどれだけおかしいかを母さんに説明される前に、引きさがってしまいたくなる。

「でもね」

どう言えばわかってもらえるんだろう、と私が絶望しかけたとき、私じゃなくて、母さんが「でも」と言った。

「母さんが何も感じなかっただけで、茜里がそう言うなら、きっと、そういうことはあったんだろうし、庭に立っていた人がもし母さんには見えないものでも、茜里に見えるなら、放っておいちゃいけないと思う。それで茜里が、このままじゃ危ないとか、怖いとか、感じているなら、ちょっとでも早く、茜里が安心できるようにしたいと思う」

母さんの表情は真剣だ。テーブルの上で両手の指を組んで、まっすぐに私の目を見ている。

私は、ドキドキしながら、母さんの言葉の続きを待った。

「明日、お休みだから、一緒に不動産屋さんに行って家を探そう。引っ越そう。きっと、もっといい、安心できる家が見つかるよ」

信じられない。

でも、母さんははっきりと、「引っ越そう」と言った。

「……ほんと？」

びっくりして、ほっとして、嬉しくて、涙がじわじわ滲《にじ》み出すのがわかった。

「信じてくれる？」

当たり前でしょ、と言って母さんは目元と口元を緩める。

「話してくれてよかった。母さん、全然気づかなかった」

ごめんね、悩んだんだよね、と言われて、私は慌てて首を横に振った。母さんが謝ることじゃない。きっと信じてもらえないと思って、ずっと話さなかったのは私だ。

私も、母さんを信じていなかった。

「母さんが、私のこと、困ったやつだなって思ったらどうしようって。信じてもらえないかもって思ったら怖くて、言えなかった。ごめんなさい」

「いいよ。茜里は悪くないよ」

母さんは私の肩に手を置いて、なぐさめるように優しくさすった。

「茜里がしっかりしてるからって、母さん、甘えてたのかもしれない。困ってるとか悩んでるとか、いつだって、母さんに言っていいんだよ」

私が泣きそうなのにつられたのか、母さんまで目をうるませている。

「母さんはね、茜里が生まれたときに初めて、お母さんになったんだよ」

洟《はな》をすすって急須《きゅうす》に手を伸ばし、湯のみにお茶のおかわりを注ぎながら、突然そんなことを話し出した。

「つまり、母さんのお母さん歴は、十三年なの。初心者ではないかもしれないけど、まだベテランとは言えないくらい」

二つの湯のみに、交互にお茶を注いで、足りなくなったので、電気ポットのお湯を急須に注ぐ。

「だから、どうしたらいいかわからなくなることもある。茜里がどうしてほしいのか、わからないこともあるし、間違えちゃうこともあるけど」

八分目くらいまでお茶が入った湯のみを、一つ私の前に置く。もう一つは自分の手元に引き寄せて、母さんは微笑んだ。

「ちゃんと言ってね。聞くからね。いつでも、すぐ、答えをあげられるとは限らないけど、一緒に考えるから」

茜里は、一人じゃないんだからね。

そう言われて、くすぐったさを感じながら「うん」と応える。

春歌も、笑顔で頷いている。

私も、湯のみに手を伸ばした。口をつけたお茶は、ちょっと薄かった。

「家を探していたとき、この家とどちらにしようか迷ったマンションがあるんだ。まだ空いてるかな。庭はないけど、広めのベランダがあるところ」

母さんは、わざとだとわかる、さっきよりも一段明るい声で言った。

「二人で、新しい家に引っ越そうね」

え？

私は、思わず母さんを見る。

「二人？」

母さんの言い間違いだと思って、聞き返した。

それから、隣にいる春歌を見る。

「ひどーい、私は？　忘れちゃったの？」と唇を尖《とが》らせると思っていた春歌は、黙っている。

私は、母さんを見て、春歌を見た。それから、また母さんに視線を戻す。

春歌は？　と私が訊く前に、

「もちろん、その子も一緒にね。春歌のお金がまだあるから、大丈夫」

母さんは小さく笑ってつけ足した。

「茜里が、ぬいぐるみに『はるか』って名前をつけて、春歌がしていたみたいに抱いて歩くようになったとき、本当はちょっと心配だったの。でも、茜里は、元気になった。春歌がいたときみたいに」

じんわりと、不安が胸に湧きあがる。

私は、ぬいぐるみに名前をつけない。大体、ぬいぐるみなんて持っていない。ぬいぐるみや人形が好きで、名前をつけて可愛がっていたのは——可愛がっているのは、春歌のほうだ。

何かが引っかかった。

今私は一瞬、春歌のことを過去形で考えた。

母さんもそうだ。「春歌がいたときみたい」？　——変な言い方だ。

それでは、まるで、今はもういないみたいだった。

変だよねと笑おうとして、顔が引きつった。春歌を見たけれど、春歌は笑っていなかった。

「茜里はいつも、自分が『大丈夫』になるためにどうすればいいか、考えてるんだよね。考えて、そのとおりに行動してる。それってすごいことだよ。引っ越しも、そのために必要なことなんだったら、母さん、喜んでする。そのためにお金を使うなら、春歌も、きっと喜んでくれるよ」

優しく話す母さんの声は、私の身体の表面を撫《な》でていく。

水の中にいるみたいに、部屋の中がゆらゆら、ぼんやりして見えた。

うさぎのルルを膝にのせて座っている春歌だけが、その中で浮かび上がっている。

そうだった。思い出した。

春歌は、半年前、突然いなくなってしまった。

雨の日に、スリップした車にはねられたのだ。

病院にも、お葬式にも行ったのに、どうして忘れていたんだろう。

急に、せき止められていた水が流れこむかのように、色々なことが頭に浮かんだ。

棺《ひつぎ》。花とぬいぐるみとお気に入りのものたちに埋もれた春歌。母さんの泣き顔。うさぎのルルだけは棺に入れなかったこと。一段しか使わなくなった二段ベッド。二人で使っていた部屋で、一人で眠るのが苦しくなったこと。私が、学校に行けなくなったこと。

保険会社から振り込まれた賠償金で、引っ越しをしたこと。

浜松に引っ越してきたばかりのころ、家族を亡くしてかわいそうだねと、大家さんたちが話していた。あれは、ずっと前に死んだ父さんのことじゃなかった。

「守護霊さん」をするとき、園田さんが、ルルを鞄からさげた春歌を、不思議そうに見ていた。あれは、一年生が二年生の教室に入ってきたからでも、ぬいぐるみを連れていたからでもなかった。園田さんには、春歌が見えていなかったから。私が、ぬいぐるみを「春歌」と呼んで椅子に座らせたからだ。

会ったばかりのころ、私が春歌の話をすると、美波ちゃんが、ちょっと緊張したような表情になったこと、その意味も、やっとわかった。

少し前までの私だったら、変な子だと思われていたんだ、皆に気をつかわれていたんだと気づいたら、恥ずかしくて消えたくなっていたと思う。

でもこのとき、私の頭に浮かんだのは、みんな優しいなあ、というしみじみとした嬉しさだった。

美波ちゃんのお母さんは、母さんと同じ会社だと言っていたから、きっと美波ちゃんはお母さんから、春歌のことを聞いたのだ。園田さんも、もしかしたら、美波ちゃんから聞いたのかもしれない。

気をつかわせた、というのは間違いないし、申し訳ない気持ちもある。でも、嫌じゃなかった。

気をつかうというのはきっと、優しくするということと、同じようなものだ。

私は、まわりの人たちに、ずっと優しくされていた。

その人たちに、母さんに、もう大丈夫だよと、言わなければ。

ずっと私のそばにいてくれた、春歌にも。

「私は幽霊じゃないよ。茜里ちゃんに見えているだけ」

私の心を読んだかのように、ルルを抱いた春歌は言った。

「本当の私は、天国にいるんだよ」

そっか、と、私は心の中でだけ呟く。

春歌は、天国からおりてきたわけじゃない。

私の中にいた春歌が、少しの間姿を見せてくれたのだ。そして、そばにいてくれた。私が大丈夫になるまで。

私は、そこにいるようにしか見えない、でもきっと私にしか見えていない、大事な妹に向き直った。

「私、もう、大丈夫みたい」

優しくしてくれてありがとう。

一緒にいてくれてありがとう。

大好きだよという気持ちを込めて、その目を見つめる。

「大丈夫だよ」

うまく笑えたかどうかわからない。でも、春歌は、「わかってるよ」というように微笑んで頷いた。

それから、空気に溶けるように、消えた。

うさぎのルルだけが残っていた。


引っ越し先は、母さんが言っていたマンションに決まった。

学校には、むしろ近くなるし、美波ちゃんの家とも近いから、また一緒に帰れる。怖いことの起こる家から引っ越せることになったと伝えたら、美波ちゃんは一緒に喜んでくれた。

それから、私にずっと春歌の姿が見えていたことと、今は見えなくなったことも話した。

「美波ちゃんは知っていたんだよね。色々ありがとう」

私がそう言ったら、美波ちゃんは今度は泣いてしまった。私も一緒に、ちょっと泣いた。

大家さんは残念がっていたけれど、母さんがうまく話してくれたようだった。三ツ谷さんは、私が幽霊のことを相談していたからか、「さびしくなるけど」と前置きしたうえで、よかったねと言ってくれた。

引っ越し業者さんのトラックはもう出発して、家の中はがらんとしている。あとは大家さんに鍵を返しに行くだけだ。

何もなくなった部屋の中から、私は殺風景な庭を眺めた。花壇に花を植える前でよかった。新しい家はマンションで、庭はないけれど、広めのベランダがあるから、今度こそ花を植えようと母さんと話している。

ベランダなら、誰かが埋まっているかもしれないなんて心配もない。

朝の光が降り注いで、庭はきらきらしていた。

この庭に、本当に、人が埋まっているのかどうかはわからない。あの男が、埋められた人の幽霊なのかどうかも、私が勝手に想像しただけで、本当のところはわからない。

私は、確かめないことにした。死体が出てきても、出てこなくても——やっぱり、あれは埋められた人の幽霊だったんだ、とはっきりするのも、死体がなくて、じゃああの男の人の霊は誰なんだろう、どうして庭に出たんだろうともやもやするのも、どちらも嫌だった。だから、何も知らないままで、ここを出ていく。

ホラー映画だったら、第一章で終わらせてしまうようなものだ。私はきっと、主人公には向いていない。でも、私はホラー映画の主人公になんてなりたくないから、始まる前に逃げ出すのだ。それでいいと思っている。

ときには逃げ出すことも、自分が「大丈夫」でいるために必要なことなのだ。

だから後悔はしていないけれど、こうして庭を見ていると、ほんの少し、さびしいような、申し訳ないような気分になった。

悲しそうな目でじっと見ていた彼は、私に、どうしてほしかったんだろうか。

もしかして、家から追い出そうとしていたんじゃなくて、ただ、気づいてほしかったんだろうか。

だとしたらごめんなさい、と心の中で謝って、私は庭に背を向ける。

「茜里、大家さんに鍵返しに行くよー」

「はーい」

ルルを抱いて立ち上がった。

もうルルを持ち歩いてはいないし、学校にも連れていかないけれど、段ボールに詰めるのはちょっとまだ抵抗があったので、新しい家までは抱えていくことにした。

ルルはもう、春歌の姿には見えない。でも、春歌が大事にしていたから、私にとっても大事なものだ。

私が春歌を思い出すとき、一緒にいてほしいなと思ったとき、春歌はそこにいる。でも、それは、幽霊になって、ということじゃないのだ。

玄関を出ると、日差しがきらきらしていた。

右腕に抱えていたルルを、春歌がしていたように、両腕で抱え直す。お守りみたいに。
こうやってルルを抱いていた、最後ににっこり笑った、春歌のことを思い出した。
さびしいとは思わなかった。
あのとき春歌は、私の中に帰ったのだ。
だからきっと、今も私の中にいる。

第2話

その家には何もない

人が居つかない家というものは存在する。

日当たりが悪くてすぐカビが生えるとか、迷惑行為をやめない隣人がいるとか、そこに納得できる理由があることももちろんある。しかし中には、これといった理由もなく、やたらと住人の入れ替わりが激しい、という物件がある。理由らしい理由がないから、大家にも対応のしようがない。

空き家のままでは一円にもならないが、できることといえば、新しい住人が早く入るよう、家賃を下げてみることくらいだ。私は事務所のパソコンを操作し、該当物件の大家に依頼されたとおりに、物件紹介のチラシに記載された家賃の月額を修正した。

この物件に住んで一年か、それ以内に退居した賃借人は、これで四組目だ。

浜松市内の庭つき一軒家にしては、この家賃は安いし、立地も悪くないのに何故だろう。築年数が経っているから、見た目の古さは感じるものの、家自体に傷みはないはずだ。

短期間での退居も、二回目、三回目までは、たまたまタイミングが悪く、住人の病気や転勤などの事情が重なっただけかとも思ったが、四回目ともなると、家のほうに原因があるのではないかと考えないわけにはいかない。

次々と賃借人が入れ替わる物件は、私たち不動産仲介業者にとっては、何度も稼がせてもらえるいい物件と言えるのかもしれないが、単純に不思議だった。

「朝見《あさみ》ちゃーん」

執務スペースと来客用のスペースを区切るカウンターの向こうから、高田《たかだ》が作業中の私を呼ぶ。

「なんかさあ、すっごい事故物件とかないの。住んだら死ぬとか呪われるとかそういうやつ」

彼はカウンターの上に片腕を置いて、上半身を傾けた姿勢で、もう何度も見たはずの物件ファイルをめくっている。客用のファイルだから、もちろん、そんなところに事故物件の情報など載っていない。告知事項ありの物件ファイルは別にしてあるし、そもそも、住んだら死ぬような物件が存在するとしても、そんなものをあっせんするわけがない。

私が、できる限り冷たい声で「あるわけないでしょう」と返すと、高田は「えー」と不満げに唇を尖らせた。四十手前の男がそんな顔をしても可愛くもなんともない。

「なんでだよ、何のための不動産仲介業だよ」

「少なくとも高田さんにネタを提供するためじゃないです。行儀悪いですよ、せめてまっすぐ座ってください。その席、外から丸見えなんですから」

事務所は一面がガラス張りになっている。襟足の長い髪をオールバックにして、色あせたアロハシャツにだぼだぼのコットンパンツ姿という、どう見ても勤め人には見えない風体の高田が店内にいると、ほかの客は入店をためらってしまいそうだった。しかし今日の午後は来店予約もないし、高田は社長の友人で私の大学のOBでもあるので、あまり邪険にもできない。

ちなみにシャツはヴィンテージの、割と高価なものらしく、私が以前「大分年季が入ってそうだし、もうちょっと柄のいい服を買ったらどうですか」と言ったらショックを受けた顔をしていた。

「じゃあさ、内覧してて、ここヤバいって感じた物件とかは？　朝見ちゃん、そういうのわかる人じゃん」

「ありませんってば。それに、私、特に霊感が強いとかでもないですし。そこから誤解してます」

大学生のころ、サークルのOBだった高田の発案で、数人で心霊スポットと言われているトンネルに肝試しに行ったことがある。若気の至りだ。特に何が起きたわけでもないのだが、そのとき、全く何も感じなかったメンバーと、寒気がして気分が悪くなったメンバーとに分かれた。私は後者だった。人の気配を感じて、もやっとした人形のようなものを視《み》た。今思えば、怖い怖いと思っていたせいで幻覚でも視たのではないかという気がするし、それ以来、幽霊めいたものを視たこともない。しかし高田は今でもそれを覚えていて、会うたび私に「怖い話ない？」と訊いてくる。私がその期待に応えられたことは一度もなかった。

私は家賃部分を修正した物件情報を出力し、高田がめくっているファイルをとりあげて、該当物件のページを入れ替える。予想はしていたが、高田がすぐに食いついて、身を乗り出すようにファイルを覗き込んだ。

「何、値下げ？　何かあったの？　誰か死んだ？」

「死んでません。短期間で出ていく人が続いたんで、試しにちょっとだけ下げてみようかって、大家さんが……。事故物件でもないですよ」

過去に人が死んでいる家なんて珍しくもないが、それだけでは事故物件とは言えない。死者が出ても、それが病死や自然死の場合は、入居予定者への告知義務はない。日常生活の中での不慮の事故による死亡の場合もそうだ。それら以外の、告知義務のある物件にしても、一度告知すべき事項が生じたらずっと義務が続くわけではない。他殺や自殺があった家でも、おおむね三年が経過すれば、賃貸の際の告知義務はなくなる。事故物件扱いではなくなるのだ。

そもそもこの物件は、過去に事故物件だったこともない——そこで不審死を遂げた人がいるという事実自体がないはずだった。

「人死にがあった家じゃないんだ？　事故かどうか微妙なケースとかもなし？」

「そのはずですよ。少なくともここ十数年の間には……古い家ですから、そりゃ、亡くなっている住人はいるでしょうけど、この家の中でっていうのはないみたいです。脳卒中で倒れたけど亡くなったのは入院後、病院で……とか、そういうのはカウントしませんから」

「なんかズルくね？　それ。住人が家ん中で刺されても、病院に搬送された時点で息があったら、その後死んでも事故物件にならないってことだろ」

「まあそうですけど、この家では、他殺の記録はないですよ。さすがに」

件《くだん》の家は、住宅街の中にある一軒家だ。道を挟んだ斜め向かいに、大家の橋口倫子《はしぐちりんこ》が住んでいる。短期間に何度も店子《たなこ》が替わっている関係で、私は何度も顔を合わせているが、彼女は話し好きな女性で、家を購入した経緯から、歴代の店子たちのことまで、色々と話して聞かせてくれた。

橋口曰《いわ》く、彼女が子どものころに、空き地だったというその土地を購入し、今ある家を建てて最初に住んだ家族は、夫婦と子ども二人の四人家族だったという。彼らは長くそこに住み、子どもたちが独立してからもしばらく夫婦が二人で暮らしていたが、やがて夫は介護施設に入り、妻のほうも息子夫婦と同居することになって家を出ていった。その後、何年か間を空けて、下の娘が誰もいない実家へ戻ってきて一人で住んでいたが、彼女は数年で亡くなり、空き家になった家を親族が売りに出して、橋口が購入したのが、今から十五年ほど前のことだ。

「死んでんじゃん、人」

私が橋口から聞いた話をかいつまんで伝えると、カウンターに肘《ひじ》をついて聞いていた高田がすかさずツッコミを入れる。

「家の中で亡くなったわけじゃないですから。それに、十五年も前ですよ」

しばらくして借り手がつき、退職した夫婦が何年か住んでいたが、二人して介護つきマンションへ引っ越すことになって出ていき——それ以降の賃借人は誰も、長くその家に居つかなかった。新婚の夫婦、男性の一人暮らし、老夫婦、それから、ごく最近退居した母娘《おやこ》。老夫婦と母娘に至っては、一年ももたずに出ていっている。今は空き家の状態だ。二組が立て続けに数か月で退居してしまったことを受け、橋口は家賃を五千円ほど下げたが、もともと相場としては決して高くない金額だった。築年数の古さを差し引いても、悪くない物件だと思うのに。

「最後に住んでた母娘はなんで出ていったんだ?」

「二人で一軒家は広すぎたからって言ってましたけど」

「何かとってつけたような理由だな」

最後に住んでいた新野母娘と、その前の住人だった老夫婦には、この事務所で次の物件を紹介した。二組とも、今は一軒家ではなく、マンションに住んでいるはずだ。

「他には何も言ってなかったのか？　何か出るとか視たとかさあ」

「ないですよ。……あ、でも」

そういえば老夫婦のほうには、一度、前の住人について訊かれたことがあった。あれは確か、転居先の相談を受けたときだ。

「その前に住んでいたご夫婦は、退居を決めたとき、『前にこの家に住んでいた人から、何か聞いていませんか』……って。訊き返したら、なんでもないですって言われちゃったんですけど」

高田は私に人差し指を突きつけ、「それだ」と言った。

「それだよそれ。やっぱあるじゃん。決まりだな」

何がですか、何もないですよ、と高田をあしらいながら、私は内心、少しだけ不安になる。

確かに、二組続けて一年以内の退居で、その理由もはっきりしないというのは、私も気になっていた。特に新野母娘の場合、同じエリアでの引っ越しで、引っ越した先のマンションの家賃は、元の家のそれと比べてさほど安いわけでもなかった。二人暮らしには広すぎた、と言っても、掃除に困るほどではないだろうに、何故、たった数か月であの家を出ていってしまったのか。

新野母娘は転居の手続きをしに二人でこの事務所へ来て、私がその対応をしたが、そのとき、退居理由について詳しいことは言わなかった。苦情が入ったわけでもないので、こちらもわざわざ深く訊こうとはしなかったが——マンションの契約手続きを済ませたとき、中学生の娘のほうが、ほっとした表情を浮かべたのを、私は今さら思い出した。

「前の住人に連絡つくだろ。話聞けない？」

「……なんでですか」

「ちょっとおもしろそうじゃん。興味あるなーこの家」

開いたファイルのページを、とんと手の甲で叩《たた》いて、高田はにやっと笑う。

何を言おうとしているのか、顔を見ればわかった。

「このファイルにあるってことは、内覧できるんだろ。一回、中見せてよ」

「冷やかしはお断りです」

「なんでよ。借りるかもしれないだろ。検討したいから内覧希望って言ってんの」

「そんなとってつけたような……」

取材目的なのは明らかだが、借りる気はあると言われて内覧希望を出されると、不動産仲介業者としては断りにくい。高田はそれをわかっていて言っているのだ。

「記事にするとしても、特定できないようにすっから。まだ記事になるかどうかもわかんねえし。つうか、よさげな家だったら普通に借りて住むよ俺」

取材目的であっても、手続きを踏んで借りて住む気があるのなら、お客様には変わりない。本当に住む気があるかは怪しいが、形の上では内覧希望のお客様候補だ。

迷い始めた私の心を読んだかのように、高田が畳みかけた。

「そんで、前の住人の忌憚《きたん》のない意見が聞きたいからさ、ちょろっとこうセッティングっていうか、つなぎつけてもらってさ」

「は!?　無理です！　お客様に迷惑はかけられませんっ」

「迷惑はかけないって！　借りるかどうか検討中の客が前の住人に住み心地を聞くとか、そんな変な話でもないだろ。連絡先教えろって言ってるんじゃない。朝見ちゃんから連絡して、俺が話を聞きたがってるって伝えてくれるだけでいいから。取材とかじゃなくて、あくまで、内覧希望者からの問い合わせってことで」

な、頼むよ、と言って、拝むように両手を合わせてみせる。

「朝見ちゃんだって、自分のとこで扱ってる物件のことなんだから、何かあるんなら知っておいたほうがいいだろ。出ていった住人に理由を聞くのはちょっと気まずいだろうけど、内覧希望者に言われて仕方なく取り次ぐ形なら、角も立たないし」

確かに、それはそうかもしれない。

そう思ってしまった時点で高田の手のひらで転がされているのかもしれないが、今後、高田のように、何故この家には人が居つかないのかを気にする客が出てこないとも限らない。そんなときのために、心配するようなことは何もないと、確認しておきたい気持ちはあった。

「本気ですか」

「本気。いや、金額次第ではマジで住むから。今のワンルームしょぼすぎだと思ってたとこだし」

私が断ったら、高田は自力で前の住人たちの居場所をつきとめて単独で話を聞きに行くだろう。「事故物件に関する取材で」とかなんとか、取材相手への配慮に欠けることを言わないとも限らないし、私からあの家のことを聞いた、と言われたら、この事務所へのクレームにもつながりかねない。それよりは、私が間に立ち、暴走しないよう監視しながら、契約を検討している客として話をさせたほうが、まだましだった。

私がわかりましたと言うと、高田はぱっと顔を輝かせる。

「やった！　恩に着るよ。さすが朝見ちゃん。持つべきものは後輩だ」

調子のいいことを言いながら、腕を伸ばして私の腕を軽く叩いた。

私は、「内覧に付随するあれこれの範囲内で、ですからね」と念を押す。わかってるって、と高田は、到底わかっているとは思えない軽い調子で応じた。

高田は昔からこんな感じで、一見ただ頼みこんでいるだけなのに、しれっと自分の要求を通してしまう。それでいてどこか憎めなくて、本気で恨みを買うようなことはないのが得な性分だった。フリーのライターがどんな仕事なのかはよくわからないが、存外顔が広いらしく、私をこの事務所に紹介したのも高田だ。そんな事情もあって、私はなかなか彼の頼み事を断れない。

高田はホワイトボードの来客予定が真っ白なのを確認して、「俺、今からでも行けるよ」と言った。


住む人がいなくなった件の家は、外から見てもどこかさびしげな佇《たたず》まいだ。

入口から東側に回ると庭があったが、木が一本と、小さな茂みが一か所にまとまってあるだけで、手入れされた状態とは言えない。レンガで縁取られた花壇にも、何も植わっていなかった。

庭に面した、カーテンのかかっていない窓から見える部屋の中は、当然だが、がらんとしていて生活感がない。

「見た感じ、お化け屋敷って感じじゃないな」

「当たり前でしょう。先月まで人が住んでいた家ですよ」

失礼なことを言う高田をたしなめて、私は腕時計を見た。内覧前に、すぐ近くに住む大家の橋口に、挨拶をしに行くことになっている。玄関脇に取りつけられたキーボックスの暗証番号はあらかじめ聞いてあり、いつでも鍵を取り出せるので、いつもは内覧のたびにいちいち大家を訪ねたりはしないが、橋口の家は内覧先の物件の目の前で、高田が彼女に会いたがったのだ。内覧の前に、少しでも家に関する情報を得ておきたいのだろう。

高田が「善は急げ」と急《せ》かすので——それが善なのかどうかはさておき——内覧に出る前に、あの家の元住人たちにしぶしぶ電話をかけてみたが、まだ誰とも話せていない。最新の住人からさかのぼっていこうと、母娘の母親のほう、新野香子《きょうこ》の携帯電話にまずかけてみたのだが、数回のコールの後、留守番電話に切り替わった。平日の昼間だから、仕事中なのだろう。何と言えばいいかわからなかったので、メッセージは残さないでおいた。

次に、新野母娘の前の住人である老夫婦に電話をかけてみたが、コール音が続くだけでつながらなかった。その前の住人男性に至っては、おかけになった電話番号は現在使われておりません、のアナウンスが流れるだけだった。

あまり何年も前に出ていっている住人に内覧希望者が話を聞きたがっていると伝えても怪しまれるだけだろうから、さかのぼるのはそこまでにした。

私としては、かけてみたけどつながりませんでした、残念でしたね、で終わらせたかったのだが、高田は、折り返しを待ちつつ、また日を改めてかけてみて、と当然のように言った。逃れられないようだ。

「朝見ちゃん、何か感じる？　外からじゃわかんねえか」

「前、内覧で中に入りましたけど、そのときも何も感じませんでしたよ。というか、私は特別霊感が強いわけじゃないんですってば」

何度も言いますけど、別にここは事故物件ってわけでもないですし——と高田に苦言を呈そうとして、彼があさっての方向を見ているのに気づいた。

視線の先に目を向けると、二十代後半か、三十代前半くらいに見える男性が、道の向こう側に立っている。

どこかで見た顔のような気がしたが、具体的なことは思い出せない。この辺りの人なら、前回やその前の内覧のときに見かけたのかもしれない。爽《さわ》やかで、見るからに好青年といった風だ。高田とは正反対のタイプだった。

高田が「こんにちは」と声をかける。男は近づいてきて、「こんにちは」と挨拶を返した。

「新野さんだったら、引っ越されましたよ」

「あ、いえ……」

「この家を内覧予定なんです。その前に大家さんにご挨拶に行こうと思って、今」

私がどう返そうか考えているうちに、高田が愛想よく答える。

男は一瞬驚いた表情になり、それから、「そうなんですか」と言った。

「近くにお住まいの方ですか？　これから、ご近所さんになるかもしれませんね」

高田の言葉に、そうですねと答えながら、彼は目を泳がせる。口元には儀礼的な笑みを浮かべていたが、何か言いたげ……というか、思うところがありそうだ。

「この家、何かあるんですか?」

当然、高田もそれには気づいたらしく、すかさずそう尋ねた。

「いえ、そんな。いい家だと思いますよ。駅からは少し離れてますけど、歩ける距離ですし……」

男は、慌てた様子で否定する。

「本当に……何もないです。これまで住んでいた人たちも、いい人ばかりでしたし……皆すぐに出ていっちゃいましたけど」

「え、そうなんですか?」

白々しく高田が声をあげた。

「ええ、まあ……だから単純に、入れ替わりが激しいなと思っただけです。たまたまだと思いますけどね」

気にしないでください、と言って男は小さく会釈をし、歩き出す。

その背中を見送ってから、高田は私を見てにやっと笑った。

「家については語ろうとせず、意味深な態度をとる隣人。盛り上がってきたねえ」

これは、大家の話にも期待できそうだな、と高田は嬉しそうに両手を擦り合わせる。

高田が一人で勝手に盛り上がっているだけだと思ったが、これはもう、止めても無駄なようだ。

止まらないとわかっていて止めるより、気が済むようにさせて、なるべく人に迷惑がかからないよう近くで見張ったほうが賢明だった。

だって、どうせ、この家には何もない。

高田がそれを理解するまで、つきあう覚悟を決めた。

私たちは、すぐそこに見えている大家の橋口宅へと向かった。


橋口倫子は、私と高田にお茶を出してくれた。

続けて、「こんなものしかないけど」とテーブルの上に置かれたのは、菓子鉢の中に、個包装のチョコレート菓子やおかきなどが入った、「おばあちゃんの家で出されるおやつ」といった感じのお茶請けだ。高田は「これ好きなんです」と遠慮なくサラダせんべいに手を伸ばし、橋口は「あらよかった」と機嫌よさげにしている。平日の昼間にアロハシャツ姿で内覧に来る三十代は、五十代半ばの橋口にはうさんくさく見えるのではないかと思っていたが、その心配は無用だったようだ。

橋口は自宅周辺に複数の不動産を所有して管理しているが、商売人、という感じはしない。話し好きで世話焼きな主婦、という印象だ。サスペンスドラマなら、ご近所に関する噂話を悪気なく聞かせてくれる情報提供者のポジションだろう。

私はこれまでにも何度か会ったことがあり、顔見知りだ。

内覧前にご挨拶に寄りましたと伝えると、まあ、わざわざご丁寧にね、と彼女は感心した様子だった。

「鍵はキーボックスにあるんだから、いつでも自由に見てもらってかまわないのに」

「私からお願いしたんですよ。これからお世話になるかもしれないんだから、大家さんにもちゃんとご挨拶しておきたいと思いまして」

せんべいの小袋を小さく畳んで湯のみの脇に置きながら、高田が言う。いつもはお菓子の包装を畳むどころか、ゴミ箱にさえ捨てずにそのままにしているくせに、一人称は「私」だし、ぴんと背すじを伸ばして、座り方まで違った。普段を知っている私からすれば、よくもまあと呆れるほどだったが、その甲斐《かい》あってか、橋口は高田を気に入ったようだ。

「そういう考え方、心がけっていうのかしらね。いいわねえ。私もね、できるだけそういうこと、人間関係っていうか、ご近所づきあいは大事にしようと思ってるのよ」

「じゃあ、店子の方々とは割と交流がある感じなんですか？」

そうねえ、と橋口は眉をハの字にして、困ったように笑う。

「長く住んでいた人たちとは、それなりにね。その後に入った人たちも、皆いい人ばかりだったし、顔を合わせればにこにこ挨拶をしてくれたんだけど……仲良くなる前に出ていっちゃったのよ。若い夫婦は、子どもができたらもっと保育園に近いほうがいいからとか、お年寄りはやっぱりマンションのほうが便利で安心だとか、そういう理由でね」

私も高田も知っている話だった。前の住人が短期間で出ていってしまったことについて、橋口は特に不審に思っていないようだ。

そうなんですね、と高田は初めて聞くような顔で相槌を打った。

「先月まで、中学生の娘さんとお母さんが住んでてね。二人ともきちんとしてて、いい店子さんだったのに、出ていっちゃったのは残念。広々と住めて、二人家族にはいいと思うんだけど、かえってもてあましちゃうのかしらねえ」

首を傾け、自分の頰に手を添えるようにして、橋口が残念そうに息を吐く。

「母一人子一人で、それも、去年下の娘さんを事故で亡くしたばかりで、それでも明るくけなげに頑張っててね……」

こちらから訊くまでもなく、前の住人である新野母娘のことを話してくれる。高田は前のめりになって聞いた。上手に相槌を打ったり質問を挟んだりしながら、橋口から情報を引き出していく。失礼なことを言うのでは、と心配していたのだが、そこはプロのライター、インタビューも慣れたものなのだろう。怪しまれないよう、あくまで橋口にしゃべらせて、自分から突っ込んだ質問はしない。放っておいても問題はなさそうだ。

私は、そっと窓の外へ目を向けた。橋口宅の庭には低木の植え込みがあるだけで、塀はなく、庭に面した居間の窓からは、あの家の玄関が見える。

こうして見ても、やはり、普通の家だ。


挨拶だけしに寄ったはずが、四十分近く橋口とおしゃべりをしてしまった。色々とかつての住人たちの話を聞けて、高田は満足そうだったが、私はいつまでも出歩いているわけにはいかない。まだデスクワークも残っている。そろそろ、と声をかけ、橋口宅を後にした。

やっと内覧開始だ。

鍵を開けて中へ入ると、無香料の置き型消臭剤が、玄関に置いてあった。橋口が用意したものだろう。

高田はいそいそと靴を脱いであがり、「思ってたより明るいな」と感想を漏らす。

今は電気もガスも通っていないが、カーテンのかかっていない窓から外の光が入る。特に居間は庭に面した大きな窓のおかげで、部屋の隅まで光が届いていた。

古くても、住みやすそうな家だ。二人暮らしでもてあましてしまうほど広すぎるということもなく、ちょうどいいように思える。この家に、人が居つかないというのはやはり不思議だった。

私には、高田が期待しているような霊感はない。それでも、嫌な感じのする物件というものは、たまにある。単に、日当たりや湿気の問題なのかもしれず、必ずしも霊的なものだとは限らないが、なんとなく不穏な気配を感じるのだ。

この家にはそれがなかった。

クリーニングが入った後なのか、前の住人がきれいに掃除をしていったからか、古くても清潔感があるし、特に空気が重いとか冷たいとか湿っているとか、そういうことも全くない。

人の住んでいない家特有の物寂しさのようなものはあるものの、それだけだ。

「いい家だと思うんですけどね……何がダメなんでしょう。やっぱり家に問題があるというより住人側の都合で、それがたまたま続いただけじゃないですか」

「たまたまが三回四回と続いたら、そこには理由があるって考えるのが普通だろうよ」

高田は持参したスマートフォンで何枚も写真を撮り、動画まで撮影している。

一階と二階に二部屋ずつ、風呂場とキッチンとトイレと廊下。階段までしっかり確認して、また居間へと戻ってきた。

「ね、何もなかったでしょう」

「壁とか天井に人の形のしみが浮き出してるとかだったら、大家が気づくだろ。住んでみないとわからない何かがあるんだよ。あー、カメラ設置して帰れねえかな。夜の間にしか起きない何かがあるとかだったら……」

「ダメですよ」

高田は残念そうだったが、引きさがった。

実際に家を見てみれば、普通だな、とがっかりして興味を失うだろうと思っていたのに、その様子はない。

住人が頻繁に入れ替わるだけで、誰一人、あの家に幽霊が出るとは言っていない。しかし高田は、何かあると信じているようだ。

純粋に不思議に思って理由を尋ねたら、

「ライターの勘だよ、勘」

高田はスマホのカメラの設定をいじりながらそんなことを言った。本気か冗談かわからない。私は質問したことを後悔した。

さんざん撮影したのにまだ足りないのか、と呆れつつ居間の窓を開け、殺風景な庭を眺めて高田の気が済むのを待つ。

何気なく、何も植わっていない花壇に目をやり、あれ、と思った。

別の種類の土でも混ざっているのか、一部分だけ、色が濃くなっている——気がする。

私が目を凝らしていると、高田が隣へ来て、私と私の視線の先とを見比べた。

「何、何かあった？」

「いえ……」

光の加減か何かだろう。単純に見間違いということもある。

それでも、一瞬どきっとした。

そこに、顔が見えた気がしたのだ。

気のせいだとは思ったが、玄関から出て庭へ回ってみる。こういうのは、そのままにしておくといつまでももやもやしてしまうから、その場ですぐに確認したほうがいいのだ。

花壇を見下ろすと、端のほうの一部の土の色が違っていた。濡れて、色が濃くなっている。いびつな丸の形のしみが、逆三角形を描くように三か所。それが目と口に見えたのだ。

わかってみればどうということはない。ほっとする一方で、言いようのない気持ち悪さのようなものも感じた。

ここだけ水はけが悪いのは何故だろうか。それ以前に、最後に雨が降ったのはいつだったろう。土が湿っていること自体がおかしいのでは？

朝露、にしては時間が遅い。土の中から沁《し》み出している？　何故、何が。

それに――さっき、橋口宅へ行く前に庭先を覗いたときには、こんなものはなかった気がする。気づかなかっただけだろうか。

私を追って、高田も庭へ出てきた。

靴の踵《かかと》を踏んでひょこひょことこちらへ近づき、花壇を覗き込む。

「お、何これ。顔みたい」

高田は嬉しそうにそう言って、花壇のしみの写真を撮った。

新野母娘が住んでいるマンションは、駅から歩いて十分ほどの距離にあった。エントランスの前には、植え込みで囲うように小さな子どもが遊べるスペースが設けられていて、住人用だろうベンチもある。

小学生らしい女の子が二人、並んでベンチに腰掛けて一冊の漫画を読んでいたが、片方の親が帰宅したタイミングで解散となったようだ。マンションの住人だったのは一人だけらしく、じゃあねーと手を振って、もう一人の女の子は道の反対側へと歩いていってしまった。

高田は空いたベンチに腰を下ろし、「へー、いい感じじゃん」と辺りを見回した。

「マンションの場所を確認するだけって言いましたよね。いきなり訪ねるのはダメですよ」

「わかってるって。でもほんと、あの家から余裕で歩ける距離だな。こんな近くに引っ越すって、やっぱり不自然だって。あの家に住みたくない理由があったんだよ」

日の長い季節で、空は明るいが、時刻はもう五時を過ぎている。外出していた住人たちが、そろそろ帰ってくる時間だ。エントランスの前に知らない顔がいればそれだけで目立つ。まして、高田は長髪に色あせたアロハシャツにだぼだぼのパンツというスタイルだ。

私はスーツを着た自分の背中で通行人の目から高田を隠すように立って、もう行きましょう、と声をかけた。

「不審者がうろうろしているなんて噂が立ったら、今後新野さんに話を聞きにくくなりますよ」

「ひっでえな、俺のどこが不審者なんだよ」

「その自由業全開って感じのファッションと髪型です、主に」

高田は私が言うのを無視してベンチから立ち上がり、エントランスの中にある集合ポストやエレベーターの前をうろつき始める。ベンチよりさらにプライベートなエリアだ。私は慌てて追いかけた。

「もういいでしょう、行きますよ」

「そんなびくびくしなくても大丈夫だって。ここの物件も仲介してんだろ、内覧希望ってことでいいじゃん」

このマンションも自社の取り扱い物件ではあるが、今日は内覧予定がなかったから、鍵を持っていない。確認されたらすぐにばれてしまう。

私がそう言っても、高田は「ばれないばれない」ととりあわず、集合ポストの名前を確かめるなどしている。

そのとき、エントランスの自動ドアが開き、誰かが入ってきた。

住人だ、まずい――とさりげなく背を向けようとしたら、

「朝見さん？」

と声をかけられる。

えっ、と振り返ると、エコバッグを片手に提げた新野香子が立っていた。

「ああ、やっぱり。朝見さんですよね、不動産屋さんの」

「新野さん。こんにちは」

集合ポスト前にいた高田がこちらを見、香子の肩越しに私と目が合う。「ラッキー」と高田の顔に書いてあった。ここへ来た時点で、あわよくば、と思っていたのだろう。

「お電話をいただいていましたよね。ごめんなさい、出られなくて」

「いえ、新しいお家の住み心地というか、問題はないかなと思ってお電話しただけですから」

内覧ですか、と何気なく訊かれ、私は曖昧に頷く。面と向かって嘘をつくのは抵抗があって、目が泳いだ。

「朝見さん、こちらの方は？」

白々しく高田が訊いてくる。声がもう、よそいきだ。

私に連れがいたことにそのとき気づいたらしい香子が、あら、というように振り返って高田を見る。

高田はすかさず、愛想のいい笑顔を作って会釈をした。

「このマンションにお住まいの、新野さん……以前、あのお家に住んでいらした方です」

「あ！　そうでしたか。こんにちは、高田と言います」

さっきまでと違い、背すじが伸びている。橋口に対するときともまた違い、はきはきとしているのに押しつけがましさがなく、敏腕営業マンのようだ。アロハシャツ姿も、むしろ爽やかに見えてくる。癪《しやく》だが、彼がうちの会社に来たら、きっと売上があがるだろう。

「私、今、引っ越し先を探していまして、新野さんが以前お住まいだった家も内覧したんですよ。今のところ、第一候補です」

「……そうなんですか」

香子はぎこちない笑みを浮かべた。

あの家の前で会った男性と、似たような反応だ。驚き、思うところがあるのを隠して、うわべを取り繕っているように見える。高田も、それを見て、何かあると確信したようだった。

「そうだ、今、少しだけお時間いただけませんか。そこのベンチででも……あの家について、お話をうかがいたいんです」

爽やか営業マンの調子のまま、たった今思いついたというように提案する。

「実は、ちょっと気になっていることがあって……あの家って、居住者が結構頻繁に入れ替わっているようなので。前の住人の方からお話を聞けたら、と思っていたんです」

新野は困った顔でちらっと私を見た。

高田の申し出に困惑してもいるのだろうが、それ以上に、仲介業者の私がいるところで、あの家についてネガティブなことを言っていいものかと気にしているようだ。

「背中を押せ」という高田の視線を受けて、私は仕方なく口を開いた。

「私のことは気にしないでください。ご紹介した物件に何か問題があるのなら、私も知っておきたいですし……もしご迷惑でなかったら」

朝見さんもこうおっしゃっていますし、と高田が畳みかける。

「お願いします。小学生の娘がいまして……周辺の治安なんかも含めた住環境を確認しておきたいんです。実際に住まれた方から、忌憚のないご意見をお聞きできたら本当に助かります」

「お嬢さんが……そうですか」

口から出まかせだが、娘がいるという高田の言葉は、香子の気持ちを動かしたらしい。

もうすぐ娘が帰宅する時間なので、それまでの少しの間だけなら、という条件つきで話を聞かせてもらえることになった。

エントランスを出たところのベンチに、三人並んで座る。香子はベンチの端にエコバッグを置いていた。ちらりと牛乳パックや野菜が見えたが、すぐに冷凍庫に入れなければならないようなものは入っていないようだ。冷凍食品などを買っていたら、このままここで話は聞けなかったかもしれない。こういうところで、高田は運がいい。

「そうですね……家自体の住み心地はよかったです。環境面も、よかったと思います。歩いて行ける範囲になんでもあって、駅から少し離れているので夜も静かでしたし」

香子は考え考え、といった様子で話し始めた。

「あの家はまわりに塀がないので、カーテンを開けていると前の道から家の中が見えてしまうとか、入ろうと思えば誰でも庭に入れるとか、そういう意味では、特にプライバシーを大事にしたい人には向かないかもしれません。でも、そのぶん、玄関や庭の様子はまわりの家からも見えるので、それはある意味、防犯面ではよかったのかも……外から見えるというと、一見不用心なようですけど」

「ああ、空き巣とか、誰かが侵入しようとしても、近所の人たちに見られてしまうわけですね」

高田の相槌に、香子が頷く。

「近所の人たちとの距離が近いと、最初は戸惑いますけど、お互い顔を知っていると、何かあったときに気づいてもらえたり、頼れたりするのがいいですよね。すぐ近くに大家さんが住んでいたのは安心できました。住宅街で、治安のいいエリアですし」

「でも、新野さんは引っ越されたんですよね」

「私の場合は娘と二人ですし、マンションのほうが、セキュリティの面ではさらに安心かなと思って。それだけなんです」

やはり私が隣にいるからだろうか、はっきりとネガティブなことは言わない。かといって、あの家に何も問題がなかったわけではないのは、どうにも歯切れの悪い物言いや、なかなかこちらと目を合わせようとしないこと、眉の下がった表情から察しがついた。

そもそも、一軒家よりマンションのほうがセキュリティ面において優れているだろうことは、家を借りる前からわかっていたはずだ。何かあったのでなければ、たった数か月で出ていくわけがない。

「じゃあ、総合的には、あの家はおすすめということでいいですか?」

「そう――ですね」

高田は、突っ込んで話を聞き出したいのをこらえている。うまく隠していたが、私にはそれがわかった。

香子は気づいていない。迷うように視線をさまよわせている。

「何かあるんですか?」

私が促すと、ようやく、香子は話し出す。「少しだけ、気になることがあったんです」――。内心色めき立っているだろうが、高田はそれを表には出さず、黙って彼女の言葉の続きを待った。

「はっきりしないのにこんなことを言うのは、よくないかもしれないんですけど。大家さんにも悪いですし、なんというか、いたずらに怖がらせてしまうのもどうかと思って……お話しすべきか、迷ったんですけど」

話し出したものの、まだためらっているらしく、途中でまた口ごもってしまう。

私が「何でしょう」と促すと、彼女は、参考程度に聞いてください、と前置きをしてから言った。

「娘が――あの家を、怖いと言ったんです」

来た、というように高田の目が光った。

きっと私も、「まさか」と表情に出てしまっていただろうから、うつむきかげんに話す香子がこちらを見ていなくてよかった。全く想定していなかったわけではないが、本当に、退居が心霊絡みの理由だったとは。

「怖い、とは――古いからとか、家の中が暗いとか、そういう?」

すぐにでも幽霊の話を聞きたいだろうが、それを表には出さず、慎重な態度で高田が尋ねる。

香子は小さく首を傾げた。

「もしかしたら、それもあったのかもしれません。でも……それだけではないように思います」

香子の話によると、彼女の中学生の娘の茜里は、引っ越して数日経ったころから、様子がおかしくなったのだという。

「おかしい、というのは違うかもしれません。それまで通り、聞き分けもよくて、明るくふるまっていたんですが……どこか、不安そうというか。小さなことが気になるようでした」

香子は、娘は新しい環境に慣れようとしているところなのだろうと考え、しばらくは様子を見ようと思っていたのだという。彼女は膝の上で両手の指を組み、そこへ視線を落として続ける。

「娘は、随分一人で悩んだようです。私に心配をかけまいと思ったんでしょう。でも、とうとう、この家が怖い、こんなことがあった、あんなことがあった……と話してくれて。もっと早く、話を聞いてあげればよかったと後悔しました」

「具体的には、どんなことですか？」

「誰かに見られている気がするとか、夜中に足音が聞こえたとか、家の中に知らない人の髪の毛が落ちていたとか……」

入居した直後から家電の調子が悪く、特にテレビが、消したはずなのにいつのまにかついている、ということがよくあった。目の前で突然ついたり消えたりすることもあった。大家の橋口に紹介されて、電気関係に詳しい近所の人に見てもらったが、配線等におかしいところはないということだった。

夜、突然ブレーカーが落ち、外に設置されているブレーカーボックスを開けてみたら、ブレーカーに髪の毛がからまっていたことがあった。

香子は淡々と具体的なエピソードを挙げた。聞きながら、私は次第に自分の顔が引きつり始めるのを感じる。

それは――さすがにそれだけ続くと、なかなか怖いのではないか。

ちらりと高田を見る。真剣な表情で頷きながら聞いてはいるが、膝の上に置いた手がぴくぴくと動いていた。本当は今すぐメモをとりたいのを我慢しているのだろう。

「全部偶然かもしれないですけど、娘が本気で怖がっているのがわかったので、引っ越しを決めたんです。あの子が安心して暮らせない家なんて、意味がないですから」

一番の理由は、セキュリティ面を考慮してのことなんですけどね、と今さら取り繕うようにつけ足して、香子が言葉を切ったちょうどそのとき、まっすぐな髪を肩におろした制服姿の女の子が、左右を植え込みに挟まれた道を歩いてきて、ベンチの横で足を止めた。

あっと思って立ち上がる。私の隣で、香子も腰を上げた。

新野茜里だ。内覧のときと、住み替えの相談のときに会っているので、顔は知っている。

「母さん？」

「茜里。おかえり」

ただいま、と応じながら、茜里は、高田と私を見、私の顔に見覚えがあると気づいたようだった。私には会釈をしてくれたが、座ったままの高田に対しては、戸惑った目を向けている。

母親が自宅の前で、柄の悪そうな男と並んでベンチに座っていれば、警戒するのは当たり前だ。高田は笑みを浮かべて立ち上がり、「こんにちは」と気さくに声をかけた。

「高田と言います。茜里ちゃんが前に住んでいたお家を借りようか迷っていて、不動産屋さんと一緒に、お母さんに話を聞いていたんだ」

茜里は、礼儀正しく「こんにちは」と挨拶を返したが、あの家を借りようか迷っている、と高田が言ったとき、明らかに表情が変わった。

香子の話では、あの家を怖がって引っ越したいと言ったのは茜里だということだったから、当然といえば当然の反応だ。しかし、すぐに取り繕って会釈をしたところからは、母親と同じで、いたずらに家に関するネガティブな情報を広めることを躊躇《ちゅうちょ》する思慮深さを感じる。

高田は香子に向き直って頭を下げ、改めて礼を言った。

「参考になりました。入居のことは、よく考えてみます」

あの家で主に怪現象を経験したのは茜里だ。彼女からも話を聞きたいと言い出すのではないかと思ったが、高田は「お邪魔しました」とにこやかに言って、あっさりその場を後にする。

香子が高田に会釈を返す。茜里は――何か言いたげな様子に見えた。

しかし高田はもう、彼女に背を向けている。

少し歩いてから私が振り返ると、エコバッグを提げた香子がマンションの中へ入るところだった。

茜里は、まだこちらを見ていた。


新野母娘の新居を訪ねた二日後、久しぶりの土曜休み。

遅めのランチを終え、デパートのコスメフロアを冷やかした後、特に目的もなく書店に寄ったら、文庫の棚の前に新野茜里を見つけた。

今日は制服を着ていないが、まっすぐ肩におろした髪型が同じなので、印象はあまり変わらない。

声をかけようか迷っていたら、視線を感じたのかちょうどこちらを振り向いて、目が合った。

「あ、……ええと、朝見さん？」

「そう。覚えていてくれたんだ。こんにちは、茜里ちゃん」

茜里は小さく頭を下げた。

私は、茜里の手の中の文庫本を見る。海外翻訳もののミステリ小説だった。二、三年前に映画化されて、私も配信で観た覚えがある。

「それ、ちょっと前に話題になってた本だね。映画は観たんだけど、原作は読んだことないな」

「私もです。映画がおもしろかったから、読んでみようかと思って」

茜里は文庫を持ってレジに向かおうとする。私は一瞬だけ迷い、意を決して呼びとめた。

「ね、この後、ちょっと、時間あるかな」

ここで会えたのも何かの縁だ。そこまで積極的に高田に協力することもないかと思ったのだが、彼はいずれ彼女から話を聞くつもりでいるだろう。どうせそれにつきあわされるのなら、今話を聞いてしまったほうがいい。高田に対するよりは、私相手のほうが、茜里も話しやすいはずだ。

茜里は足を止め、振り向いて私を見る。戸惑っているのがわかる。

突然こんなことを言われたら、警戒するのは当然だった。けれど、茜里も、全く予想していなかったわけではないはずだ。

高田があの家を借りようか考えている、と言ったとき、茜里は何か言いたげだった。

「あの家で、怖い思いをしたって聞いたんだけど……そのこと、聞かせてもらえないかな」

「……どうしてですか？」

「あそこに何かあるなら、知っておきたいの。次にあの家に住む人が、何も知らずに怖い思いをすることがないように」

茜里が真面目な性格であることは、数回会っただけの私でもわかっていた。こういう言い方をすれば、話してくれると思った。騙《だま》しているようで心苦しい気もしたが、高田はともかく、私の気持ちとしては嘘ではない。

茜里は少しの間考えているようだったが、やがて心を決めたように表情を引き締めて、「わかりました」と言った。

書店を出て、すぐ近くのチェーンのコーヒーショップへ移動し、甘いものを飲みながら話を聞くことになった。

狭いテーブル席に向かい合って座った茜里は、改めて近くで見ると、思っていた以上に子どもだった。今日は私服姿だからだろうか。私は、中学二年生ってこんなに子どもだったっけ、と思う。小学校を卒業してから二年も経っていないのだから、こんなものか。

しかし、話し出すと、茜里は礼儀正しく、しっかりしていた。筋道立った話し方をする。今度は、中学生ってこんなにしっかりしていたっけ、と感心した。少なくとも私が中学生のころは、もっとずっと幼かった。

香子が言っていたとおり、彼女は思い込みでむやみやたらと新しい家を怖がったり、大人の興味を引くために作り話をしたりするタイプには見えない。

茜里は、「いただきます」と私に一声かけてから、アイスロイヤルミルクティーにストローを挿した。

「信じてもらえないいんじゃないかと思っていたから、なかなか、母には相談できなかったんです。……あ、嘘つき扱いされると思ったって意味じゃなくて……私の精神状態が不安定なんだと思われるんじゃないかとか、心配をかけるだけなんじゃないかとか、そういうことです」

私はわかっている、と示すために頷いた。

茜里は安心したように頷き返し、ストローでミルクティーをかきまぜながら続ける。

「そのうち気にならなくなるかもしれないと思って、しばらく様子を見ていたんですけど、全然おさまらなくて、それどころか、だんだんエスカレートして……怖くて、我慢できなくなって。それで母に話しました」

「それで、引っ越すことになったんだね」

「はい」

今ではすっかり落ち着いて、新しい家で母親と二人、平和に暮らしているという。

「逃げ出したことは後悔していません。でも……私は逃げ出せたけど、次に住む人はどうなるのかなって、考えたことはありました」

怖い思いをしたことは忘れたい思い出のはずだが、話してくれる気になったのは、彼女自身にも、誰かにあの家のことを警告しなくていいのかと思う気持ちがあったからなのだろう。

しかし、誰に言えばいいのか、そもそも言ったほうがいいのかもわからなかった、と茜里は言った。あの家で起きた怪現象の大部分は、彼女が一人で体験したことで、後から他人に証明するのが難しかった。どの程度怖いと感じるかは人それぞれだし、実害があったといえるかどうかも微妙なところだ。他人に警告をすることまで必要か、と躊躇する気持ちは理解できる。

「気のせいだった、とは思わないけど、誰が住んでも同じことが起きるわけじゃないかもしれない。同じことが起きても、人によっては、大したことだと感じないかもしれない。だから、言わないほうがいいのかもしれない。大家さんには、営業妨害みたいになっちゃうかもしれないし……って」

「うん、わかるよ」

私は茜里を力づけるつもりで強く頷いた。彼女は常識的だ。こういう考え方をする子の話なら、信用できる。

来歴を聞いた限りでは、あの家に曰くらしい曰くは何もないはずだが、この子が怖いと言うのなら、実際に、何かが起きたのだろう。

頭から否定したり、変におもしろがったりせずに、きちんと話を聞きたい。

「あの家で何かあったんだとしても、むやみに言いふらしたりはしない。でも、起こることに何か原因があるんだったら、たとえば、ちゃんと供養するとかして……もうそういうことが起こらないようにしないと、私たちも、安心してお客様に紹介できないから」

具体的なことを聞かせてほしいと、と改めて頼む。

茜里は、わかりました、と言って、ストローでミルクティーを一口飲む。そして、一度静かに深呼吸をしてから、話し出した。

「引っ越してすぐのころから、あれっと思うようなことはあったんです。最初は、考えすぎかな？　って思ったんですけど……」

体験した出来事を挙げているだけなのに、茜里の話は、なかなか終わらなかった。細部まで記憶の限りに話してくれているのもあるが、経験した出来事の数が多いのだ。香子からすでに聞いた話もあったが、茜里のほうが細かく内容を覚えていて、話に臨場感があった。

　これだけの目にあって、よく親に泣きつかず我慢していたものだ。

「夜中に目が覚めるのが癖みたいになって……もしかしたらそれも、無意識に、何かの気配を感じていたからなのかもしれないんですけど。布団の中でじっとしていたら、外を歩いている足音が聞こえたこともありました。確かめていないから、深夜に散歩していた人がいただけかもしれないんですけど、でも、ちょうど目が覚めたときに足音なんか聞いてしまうと、それだけで怖くって」

「そうだよね……」

　住宅街に住んでいると、夜は、辺りが静かなせいで、足音などの物音がやたらはっきり聞こえたりする。引っ越したばかりの家で、眠れないとき、布団の中で耳を澄ましてしまう心境はよくわかった。

「それで、一度、目が覚めたときに、窓の外を見てみたことがあったんです」

「すごい、勇気あるね」

「見てみて、何もなかったり、近所の人の散歩だったりしたら、もう怖がらなくてよくなると思ったから……」

　茜里はまたミルクティーを一口飲み、「カーテンの陰から覗いてみたんですけど」と続ける。

「そしたら——知らない男の人が、庭に立っていたんです」

「えっ」

　それはもう、「気のせいかも」では済ませようのない話だ。

これまで聞いていたのは、姿の見えない何かの気配にじわじわと追いつめられるような出来事ばかりだったのに、不意を突かれた。

私は、急に出てきた、現実的な厚み、存在感を持った怪異の話題に動揺して、危うくグラスを倒すところだった。肘が当たって傾きかけたグラスを反対側の手で慌てて支え、跳ねた水を紙ナプキンで拭《ぬぐ》う。茜里が、テーブルを拭くのを手伝ってくれた。

「それって……幽霊?」

「わかりません。でも、そのときはそう思いました。私の部屋は二階なんですけど、その人はこちらを見上げているように見えたので、慌てて窓から離れて……もう一度覗いたら、消えていました」

痩せていたこと、髪がぼさぼさだったこと、茶色いジャケットを着ていたことまで、彼女は詳細に覚えていた。朝になっても、夢だったんじゃないかなどとは到底思えなかったそうだ。

さすがに茜里も、様子を見ようなどとは思っていられなくなり、それがきっかけで、香子に話をすることを決めたのだという。

確かに、実際に姿を視てしまったとなると、それまでとは怖さのレベルが違う。痕跡や気配だけでなく、実体を視たことで、これまで起きていた出来事もすべて、「気のせいだったのかもしれない」とごまかすことができなくなったのだ。

目を逸らしてやり過ごそうとしていたものが、逃げるなどでもいうように目の前に突きつけられる、恐怖が現実のものとして押し寄せてくる感覚を想像して、寒気を感じた。

香子はその話をしていなかったが、娘がそんなものまで視たと言ったことが、引っ越しまで決めた大きな理由だったのだろう。

「実際に幽霊を視るまで、誰にも相談しなかったの？」

「友達には話して……その子のおばあちゃんにアドバイスをもらったりはしていました。その人は、霊感が強くて、そういう相談にも乗ったりしている人だったから。その人に見てもらって、私自身に何かが取り憑《つ》いていることはないと言われたので、やっぱり家に何かあるんだと思って」

そのうち気にならなくなるかもしれないと「様子を見」続けた結果、庭から窓を見上げる男を目撃するに至り、とうとう母親に打ち明けたというわけだ。

橋口も話していたが、新野家は当時、下の娘、茜里の妹を事故で亡くしたばかりだったはずだ。茜里も、その時期は、精神的に不安定だったとしてもおかしくない。だから些細なことがよけいに気にかかった、というのはあるかもしれないが、だからといってすべてが彼女の思い込みだとも言えないだろう。それだけでは説明がつかない。香子のほうも、ブレーカーが落ちたりテレビが勝手についたりといった現象は体験しているのだ。

むしろ、そんな時期に追い打ちをかけるように起きた出来事だったからこそ、なおさら、香子は茜里のことを気遣って、すぐに引っ越しを決めたのだろう。

「あの家で起きた変なことは、それで全部？」

「それくらいだと思います。気配とか視線を感じたこともよくあったけど、それは怖い怖いと思っていたから……私が過敏になっていたのかもしれません」

他人事《ひとごと》のように冷静に分析してから、茜里はストローで半分ほどに減ったミルクティーを混

ぜ、

「一度だけじゃなく何度かあったのは、髪の毛が落ちていたのと、テレビやエアコンの不調と、あ、あと……そうだ、庭の花壇の土が、顔みたいな形に濡れていたことがありました」

記憶をたどるようにゆっくり出来事を挙げ、最後に思い出した、といった風につけ足す。

「本当に些細なことですし、それこそ、たまたまだったのかもしれないんですけど」

怖いと思うからそう見えるだけだ、とか、気にしすぎだ、と笑われると思ったのかもしれない。茜里は先回りするように、自分からそんな風に言う。

しかし私は笑えなかった。

高田とあの家を内覧したときも、花壇の土に顔の形のしみがあったことを思い出していた。

私が新野茜里と二人で会って話を聞いたと知ると、高田は、「俺も呼んでくれればよかったのに」と唇を尖らせた。全然可愛くない。

「新野茜里には、そのうちタイミングを見はからって声をかけるつもりだったんだよ。偶然を装ってさ。そのために、こないだはさらっと退散したのに」

「抜け駆けしたわけじゃないですよ。休日に偶然会ったんです」

高田を宥めて、茜里から聞いた内容をそのまま伝える。

高田は事務所のカウンターに乗り出すようにして聞いていた。また聞きの情報なのに、スマートフォンで録音までしている。

今日は事務所に私一人ではなく、社長もいる。午後は内覧の予定が入っていないとはいえ、さすがに上司の前で、高田の相手ばかりしているわけにはいかない。私はファイルの整理をしたり、データの打ち込みをしたりしながら、あくまで仕事の片手間に、という体で話をした。

高田のほうは、もともと社長の知り合いなので、おかまいなしに「それで?」「そういうことって何度かあったって言ってた?」などと話しかけてくる。社長もそれを特に咎めない。昨夜二人で飲みに行ったそうなので、あらかじめ話がついているのかもしれなかった。

「本当に幽霊屋敷なんでしょうか、あの家」

私がパソコンのキーボードを打つ手を止めて呟くと、高田は「どうかな」と返す。

間違いない！　と言うものと思っていたので意外だった。思わずそちらを見ると、高田は何やらスマホをいじっている。録音しながら、音声を文字に起こせるアプリを起動させていたらしく、内容を確認して音声認識の不正確な部分を手打ちで修正しているようだ。

「高田さんは肯定派だと思ってました。幽霊が出ると思ってるから、あの家に興味を持ったんじゃないんですか?」

「幽霊肯定派ってことか?　それとこれは別だろ。短期間で人が入れ替わる物件には、何かあるだろうとは思ってるけどな」

内覧したときは喜んで写真を撮りまくっていたのに、頭から心霊現象が原因だと信じていたわけではないのか。そういえば、高田は住人の入れ替わりが激しい理由について「何かあるはずだ」と言っていただけで、あの家に幽霊が出ると決めつけてはいなかった。

「世の中には呪われた物件も存在するんだろうけど、そうそう本物には当たらないだろ。この間見に行ったときも、特におかしなところはなかったし」

花壇にしみがあったじゃないですか、と指摘すると、ああ、あったな、とそれには頷く。

「俺たちの目にも見える現象が起きたっていうのは大きい。心霊現象なのかはさておき、土に濡れた跡があった、って事実自体は確認できたわけだからな。人が居つかないのが心霊現象の……元住人たちが心霊現象だと思っているもののせいだったとして、それは特定の個人の妄想じゃなかったってことだ」

茜里も、花壇の土が濡れていた、と言っていた。彼女が住んでいたときも、同じことが起きていた——言い換えれば、彼女が住んでいたときに起きていたことが、今も起きている、ということだ。

住んでいる人間がいないときも、あの家の中では何かの気配が動き回り、庭には男の幽霊が立つのだろうか。

「心霊現象だと思っているもの……って、何か別の原因があるってことですか？　地中から何か沁み出してるとか？」

「花壇のしみだけじゃないだろ、怪現象は」

「でも、茜里ちゃんから聞いた話だけでも相当ありますよ。怪現象のすべてが偶然とか思い込みだとは思えませんけど」

そこまで言って、ついこの間までは、高田があの家に「何かある」と繰り返すのを私が否定していたはずなのに、いつのまにか逆になっていることに気がついた。

高田も気づいたようで、にやにやしている。

癪に障る笑い方に一言言ってやろうと私が口を開きかけたとき、

「どうせなら、人が住んでいない今のうちに、一回ちゃんと調べたほうがいいかもな。古い家だし、建材に有毒な成分が含まれてないかとか……」

それまで黙って私と高田のやりとりを聞いていた社長が、初めて口を挟んだ。

社長のデスクは奥にあるので、通常業務中はカウンター前にいる相手からは見えないのだが、椅子のキャスターを滑らせて、私や高田と互いに顔が見える位置まで出てくる。

「あの家、前に一回、視てもらったことあるんだよ。短期の退居者が続くなあと思ったから、知り合いの紹介でさ、視える人に。けど、何かが取り憑いてるってことはなさそうだって言われたんだよなあ」

椅子をくるりと半回転させて私のほうを向き、「朝見さんも何度も内覧に行ってもらってるけど、変な感じはしなかったって言ってたよね」と確認する。

「はい……え、私が担当になったのって、まさかそのためですか」

「いやまあそれだけじゃないけど、高田から、朝見さんは霊感があるって聞いていたからね。どうせならと思って」

高田よりいくつか年上の社長は、少し照れたように言って頰を掻《か》いた。

「そういうの、結構好きなんだよ。実は」

だから高田が入り浸っていても何も言わないのか。

仲がいいだけのことはある。取材ついでに、高田があの家について調べてくれれば事務所としても助かる、とも考えているのだろう。

私を採用したのも霊感があると聞いたからじゃないだろうな、と内心疑いながら、私は愛想笑いを返した。

「朝見さんに担当を引き継ぐ前に俺も見に行ったけど、変な感じはしなかったんだよな。でも何故か人が居つかないんだよ。昔はそうでもなかったんだけどなあ。賃貸になる前は同じ家族が長く住んでたらしいし、賃貸になってからの最初の賃借人も、何年かは住んでたはずだし」

なんで今は皆あんなにすぐ出ていっちゃうのかなあ、と社長は首をひねっている。

「事情を聞こうと思って新野さんの前に住んでいた人たちにも電話をかけてみたんですけど、連絡がつかなくて」

「知らない番号からの電話には出ないようにしてる人もいるからな。高齢者は特に。留守電があればいいけど……」

「前の前の入居者の方は、電話番号自体変わっちゃってるみたいです」

「ああ、えーと倉木《くらき》……倉木道隆《みちたか》さん、だったかな。退居してすぐ、連絡つかなくなっちゃったんだよな」

一人暮らしの男性だったと橋口が言っていた。退居は今から二年ほど前だから、私がここで働き始める前か、入所したてでまだ研修中だったころだ。

「理由も言わずにいきなり出ていっちゃったんだよ。内部のクリーニング代とか、置いてったものの処分費用とかは振り込んでくれたけど、書類なんかも全部郵送で。こっちには新しい住所も教えないいんだ。いや、ホテルかどっかの住所が書いてあったかな……。書類のやりとりが終わったら電話もつながらなくなって、それきり、完全に連絡不通。今後一切かかわりたくない、って断固とした意志を感じたたな」

「それは……確かに、意味深というか。いかにも何かありそうですね」

中学生の女の子である茜里だけでなく、成人男性ですら、逃げ出すほどの何かということだ。しかし、家に対する苦情があったわけではないらしい。出ていくほどのことがあったなら、その前に大家に対してなり仲介業者に対してなり、何か相談があってもいいのではないか。

「幽霊が出た、聞いてない、こんな家出ていく、みたいな話はなかったんですよね」

「全然。そもそもあの家は事故物件でもない……事故物件扱いだったことは一度もないはずだ。強いて言うなら、今の持ち主の所有になる前に、住人のガス中毒で救急車が来る騒ぎになったことはあるらしいけど、家の中で亡くなったわけじゃないし」

「えっ、そうなんですか」

私が声をあげると、社長は「うん」と腕を組んで頷く。

「あの家を建てた家族の下の娘が、親が高齢になって施設に入ったか上の子と同居するかして出ていった後、しばらく一人で住んでいたんだけどね。たまたま訪ねてきた親族がガスのにおいに気づいて、倒れている彼女を見つけて救急車を呼んで……。運ばれたときは息があったけど、結局帰ってこられなかったって話じゃなかったかな。どうやら自殺だったらしい。賃貸物件になる前の話だから、あんまり詳しいことは知らないけど」

家を建てた家族が出ていった後、娘だけが住んでいたこと、彼女が亡くなり、家が売りに出されたことは橋口からも聞いていたが、家の中で倒れて、亡くなっていたとは初耳だ。高田が言っていたとおり、搬送されたときには生きていたから厳密には「人が死んだ家」ではないとしても、それなら立派な「曰くつき」の家だ。

昔のこととはいえ、家の価値を下げるかもしれない、少なくとも印象は悪くなるだろう情報だから、橋口が内覧希望者にそれを伏せたのは当たり前だった。

高田と社長は、「その女が例の家に憑いてるってことかな」「いや、彼女が自殺をはかったこと自体、家のせいだったのかもしれない」などと話をしている。

「怪現象が霊的なものだって決めつけるのは早えよ。俺たちも朝見ちゃんも、あの家からは何も感じなかったわけだしさ」

「霊能者も何も憑いてないって言ってたしなあ」

「あ、でも朝見ちゃんの話だと、新野茜里が霊能者だかなんだかに相談したときは、家に憑いてるって言われたんじゃなかったっけ？　本人には憑いてないって言われただけか。となると、やっぱ家に……いや、母親のほうに憑いてたってことも」

「引っ越してからは平和に暮らしてるって言ってたんだろ。本人や家族に憑いてたんなら引っ越してもついていったはずだ。やっぱり家に憑いてたんじゃないのか」

私はパソコンへと向き直り、形だけは業務を再開したが、二人の話し声が気になって、つい手が止まってしまう。

こっそり聞き耳をたてていると、備えつけの電話が鳴った。仕事に集中していなかったことを咎められたような気がして、慌てて受話器をとる。

電話は橋口からで、まさにあの家についての問い合わせだった。

『昨日の夜、どなたか内覧してました？』

「え？」

お決まりの挨拶の後、電話越しに投げかけられた質問に、私は思わず聞き返す。ちら、と高田のほうを見ると、高田もこちらを見ていて、目が合った。

「いえ……うちでは誰もご案内していませんけど」

そうよねえ、と電話の向こうで橋口が言う。

『変なこと訊いてごめんなさい。近所の人が、夜に誰かがいるのを見たって言うから。でもきっと見間違いね。窓に映った自分でも見たのかも』

私もたまに自分の姿見てビクッとしちゃうことあるもの、と電話口で笑う彼女に、ああ、ありますね、と返しながら、私は動悸《どうき》が激しくなるのを感じていた。

やはり、あの家では何かが起きているのか。誰も住まなくなった今でも。

何かが今も、そこにいるのか。

『内覧には、いつ来てもらってもいいんだけどね。電気が通ってないから、夜に見に来たって真っ暗なのにって思って、ちょっと気になって。駅からの道の明るさとか、辺りが夜どんな感じかを見るのは意味があるかもしれないけど』

「あ、そうですね。夜じゃないとわからないこともあるかもしれません。夜の内覧、いいかもしれないですね。内覧じゃなくて外覧かな」

冗談を言って、橋口がそれに笑うのを聞いて、「またお願いします」と型通りの挨拶をして、表面上は軽やかに通話を終える。

受話器を置くなり、高田が「何だって？」と訊いた。

「橋口さんでした。昨日の夜、あの家を内覧したかって……」

私が電話の内容を伝えると、高田はなるほどね、とひげが伸びかけている顎を触った。目が輝いている。

嫌な予感がした。

「夜か。夜だな。よし、早速今夜だ」

「本気ですか」

「社長さん、内覧希望です！」

小学生のように手を挙げて高田が申告する。

社長が、はいどうぞと答えてしまったので、私に拒否権はなくなった。

午後六時を少し過ぎたころ、私は高田と二人で再びあの家の前に立った。

辺りは暗くなり始めているが、特に、昼と比べて家が大きく表情を変える、というようなことはなかった。

内覧したところで、何が起きるとも思えない。一応ぐるりと周辺を回ってみたが、当然、前回と変わったところはなかった。

「どうします？　中、入ります？」

私の問いかけに高田が答えようと口を開きかけたとき、横から声をかけられた。

「あれ、この間の……」

前に内覧に来たときにもここで会った、あの男だ。

「こんばんは。またお会いしましたね」

高田が、一瞬で笑顔を作って挨拶をする。

「高田と言います。こちらは仲介業者の朝見さん。これからご近所さんになるかもしれないので、そのときはよろしくお願いします」

私も慌てて頭を下げる。男は三ツ谷と名乗り、こちらこそよろしく、と礼儀正しく返した。

「僕の家、そこなんです。高田さんがここに住まれたら、きっと毎日のように顔を合わせることになりますよ」

通りを挟んだ反対側、斜め向かいのアパートを示して三ツ谷が言う。橋口の家の隣だ。確かあそこも、橋口の管理している物件だったはずだ。

単身者用のアパートだから、三ツ谷は独身なのだろう。でも彼女はいるだろうな、もてそうだもんな、と一瞬で値踏みした後で、軽い自己嫌悪を感じ、俗っぽい考えを振り払った。

「お仕事帰りですか」

「いえ、今日は休みで……夕飯を買いに。お二人は今日も内覧ですか？」

親しげな笑みを私に向けて、三ツ谷は言う。

「昨日の夜も、内覧にいらしていたでしょう。あ、別の方かな」

二日連続で内覧なんて、この家人気ですね、と無邪気に続けるのを聞いて、私と高田は顔を見合わせた。

彼も、夜、この家に誰かがいるのを視たのか。

「夜に内覧なんて、珍しいなと思ってたんです。でも、確かに、夜に周辺がどんな感じかとか、知っておきたい人もいそうですもんね。この時間なら、西日がどれくらい入るかとか……」

私が別の客を連れて内覧していたのだと思い込んでいる三ツ谷に、本当のことを言うかどうか一瞬迷っていたら、高田に目配せをされた。

「えー、ほかにもこの家見てる人がいるんですか？　朝見さん、そんなこと言ってなかったじゃないですか」

三ツ谷から何を見たのか聞き出すためには、ちゃんと言ったほうがいいということだろう。確かに、そのほうが話を広げやすい。

「いいえ、私じゃないですよ。昨日は……うちの事務所からは、誰も来ていません」

「え？　そうなんですか」

私が否定すると、三ツ谷は首を傾げ、頭を掻いた。

「じゃあ、見間違いか……大家さんが、掃除でもしてたのかな」

「誰かいるのを見たんですか？　何時ごろですか？」

「たぶん、夜十時……ちょっとすぎくらいでしょうか。仕事が珍しく遅くなって、コンビニに寄った帰りだったので……」

「どんな人でした？」

「いえ、ちらっとしか……あ、誰かいるな、こんな時間に内覧かな、って思っただけで、ちゃんと見たわけじゃないので」

「そう言わず、思い出してみてくださいよ」

猫をかぶるのはもうやめたのか、高田はぐいぐいと前へ出る。笑みを浮かべてはいるが、もはや押しの強さを隠そうともしない、いつもの高田だ。

「ほかの仲介業者さんか、大家さんに直でアクセスしたお客さんですかね。気になるなあ、ライバルになるわけですし、印象だけでも教えてくださいよ」

詰め寄られた三ツ谷は、「ええー」と困った顔をしていたが、

「わからないですけど……確か、女性だったかな」

目を泳がせながら、ようやくそう答えた。

女性。

ちらりと高田を見る。

私は、ガス自殺をはかったという最初の住人一家の娘のことを思い出していたが、高田が何を考えているかは、表情からはうかがえなかった。

「顔とか髪型とかはわかりません。注意して見ていたわけじゃないので……性別も、たぶんそうかな、くらいの感じなんですけど」

「ほかにも迷っている人がいるなら、ぐずぐずしていると、とられちゃうかもしれませんね。早く決めないと」

高田が礼を言うと、三ツ谷は小さく会釈をして歩き出した。解放されてほっとしているだろう。

高田が家に向き直ったので、「入りますか」と声をかける。あの後橋口には電話をかけ直して、夜、辺りがどんな感じか知りたいという内覧者を連れていく、敷地内にも入るかも、と念のため伝えて了承を得ていた。

しかし高田は気乗りしない様子で、「夜、って感じがしねえなあ」と呟く。

「もっと暗くなってからじゃないと雰囲気出ないし、先に飯食って、八時、九時くらいにまた来よう。本当は、時間合わせたほうがいいんだろうけど、十時まで時間潰すのはちょっときついだろ」

「そんな遅くなくてもいいんじゃないですか？　暗くなっていればいいなら七時くらいとか……」

「七時に幽霊が出るかよ。そういえば、例のガス自殺があったのって何時ごろなんだろ。聞いときゃよかったな。電話して確認してもらうか」

「ちょっと、声が大きいですよ……」

慌ててたしなめ、振り向いたが、三ツ谷には聞こえなかったらしく、彼は振り向かずに歩いている。

ほっと胸をなでおろした。この家で自殺未遂があったことは、近隣住人たちには知られていないはずだ。

十数年前のこととはいえ、妙な噂が立ったら橋口に申し訳ない。

お好み焼きが食いたい、などと言いながら、高田が駅のほうへと歩き出してしまったので、私は仕方なく追いかける。

勤務時間外なんですけど！　と恨みがましく声をかけると、高田は情けない表情で振り向いて「奢《おご》るから」と言った。

軽い夕食を終え、家の前に戻ってきたときには、すっかり夜になっていた。

街灯があるので、道は割と明るいが、駅前と比べると人通りは格段に少ない。まだ九時前なのに、住宅街に入ってから、二、三人としかすれ違わなかった。辺りは静かで、黙っていると、どこかの家のテレビの音がかすかに聞こえるくらいだった。

高田に促されて玄関の鍵を開けながら、私は茜里や、橋口や、三ツ谷の話を思い出していた。深夜に庭に立っていた男。家の中で感じた気配。無人のはずの家で、近隣住民たちに目撃された誰か。

「夜十時は、内覧にしては遅すぎですよね」

「まあ、忙しくて夜しか来られないってことでもなければ、普通は明るいうちに来るよな」

ドアを開ける。靴を脱ぐ。

置き型消臭剤につまずきそうになり、かろうじて避《よ》けた。

「三ツ谷さんが視たのは、女性だって話でしたね。唯一この家で変死したのも、女性……」

「男か女かの確率は二分の一だろ。そもそも目撃者が幽霊を視たとは限らないし、幽霊だったとしても、それがガス自殺した元住人の霊かはわからない」

「そうですけど」

怖くなってきた？　と、高田が訊く。てっきりからかわれると思っていたが、意外にもその声におもしろがるような調子はない。

「そういう……わけじゃないですけど」

それでも素直に認めるのは癪な気がして、言葉を濁した。

「さすがに、夜になると、ちょっと雰囲気あるなと思って」

茜里たちの経験に加え、かつての住人だった女性が自殺したとか、行方不明になっている元住人がいるとか、さらに不穏な話を聞いた後ではなおさらだ。

「朝見ちゃんは何度もこの家に来てるのに、何も感じなかったんだろ？」

「私の霊感なんてあてになりませんよ」

「自分の感覚を信じろよ」

感覚を信じるというのなら、特に悪寒がするとか、空気が重いとか、視線を感じるというようなことはなかった。日中内覧に来たときと同じだ。

薄気味悪く感じるのは、単純に暗いのと、色々と話を聞いて先入観があるせいだ。

そう思うと、少し気持ちが軽くなった。

私はスマホのライトで照らせばいいと思っていたのだが、高田は小型の懐中電灯を持参していた。とはいえ、外にある街灯の明かりが窓越しに入るので、家の中も、真っ暗というほどではない。部屋の隅のほうは多少見えづらいが、歩くのに不自由はなかった。

ぐるっと一階を見てまわり、高田はつまらなそうに「何もないな」と言った。

「そりゃそうですよ。あったら怖いですよ」

二階へ続く階段は、光が入らないところにあるので真っ暗だった。ライトがなければ、足元も見えない。

「上も見てくるわ」と一言残して、高田は階段を上っていった。

おまえも来いとは言われなかったので、そのまま一階で待機することにする。

庭に面した窓があり、一番明るい居間へと戻ってきたちょうどそのとき、どこかから、コツ、と小さな音がした。

音がしたのは、庭のほうからだ。

前の道を通る車が小石でも飛ばして、窓に当たったのだろうかと思ったが、車や自転車が通ったような音はしなかった——と思う。気づかなかっただけだろうか。

かすかに、土を踏む足音も聞こえた気がした。……いや、足音くらいするだろう。人通りが少ないと言っても、住宅街なのだ。誰かが前の道を通っただけだ。

気にするほどのことでもない、と思う一方で、念のために見てみるべきではないか、という考えも同時に浮かぶ。

たぶんなんでもない。もし何かあるのだとしたらそれはそれで怖いから放っておきたい。いつもなら無視するところだ。しかし、今日は調査に来ているのだから、少しでも変わったことがあったら確認しなければ、来た意味がない。

数秒間の葛藤《かっとう》の末、私は室内を横切り、庭に面した窓を開けた。

窓から顔を出して見回したが、特に何もない。車が通ったのだとしても、人が通ったのだとしても、もう家の前は通り過ぎているだろうから、今さら外を見ても見つからないのは当たり前だ。目につくところに、足跡などの痕跡もなかった。

窓に石が当たってひびでも入っていないかと、ガラスを確かめようとして、何かのにおいに気がついた。

玉ねぎの腐ったような——どこかで嗅《か》いだことがある、と思い、次の瞬間には記憶と結びつく。

ガスだ。ガスのにおい。

私はとっさに室内を振り返る。

ガス漏れ？　しかし、この家には、ガスは通っていないはずだ。念のため、キッチンを覗いてみたが、元栓はしっかり閉まっていた。耳を澄ましても、ガスの漏れる音なども聞こえてこない。

改めて鼻で息を吸い込んでみたが、もう、ガスのにおいはしなくなっていた。鼻が慣れてしまって、わかりにくくなっているだけか？　ガス台に鼻を近づけて嗅いでみたが、何のにおいもしない。

気のせいだったのか、いや、その割には、はっきりと感じた。

キッチンが発生源ではないのか。

最初の住人だった女性は、ガス中毒で病院に運ばれ、死んだ。そのことが頭に浮かんだが、振り払う。わかりやすい結論に飛びつくべきではない。

ここではなく、近くの家から漏れているのかもしれない。私は玄関へ回って靴を履き、表へ出た。

空中に漂っているかもしれないにおいを嗅ぎとろうと注意しながら右へ左へとうろうろしていると、かすかにまたガスのにおいを感じる。やはり、気のせいではない。

かすかなにおいをたどって庭へ回ると、はっきりと嗅ぎとれるようになった。普通なら、さっき私が開けた窓から室内のガスのにおいが漏れているのだと考えるところだが、部屋の中にいたときよりも、庭にいる今のほうが強く感じる。

外を通っているガス管が破れているとか、そういうことだろうか。いったいどこから、と辺りを見回し、庭をうろうろと行ったり来たりして、何気なく花壇に目をやった。

そこに、しみがあった。

暗くてわかりにくかったが、土は確かに濡れている。顔の形に――初めて高田を連れてきたときと同じように。同じ場所に。

まただ。偶然ではないのだ。そう思ったとき、ガスのにおいが鼻を突く。強いにおいだ。近くの家のガス漏れなんかではない、今まさにここでガスが漏れている、それくらいのにおいだった。

私が家を振り返ると、開いたままの窓の前に、誰かがいた。

誰か、と言っていいのかもわからない。ぼやけたような、わずかに白っぽい、人形《ひとがた》のかげろうのようなもの。

私が昔、心霊スポットで視たのと似た、目鼻もわからない輪郭だけの何かだ。

ひぃやっ、というような、情けない悲鳴が口から漏れる。

私は腰を抜かした。

「朝見ちゃーん？　どうしたぁ」

悲鳴を聞きつけたらしい高田の、のんきな声がする。

混乱しているせいか、声がどこから聞こえたか、とっさにわからなかった。

「高田さん、庭、庭です」

上ずった声をあげながら、どちらに向かって助けを求めたらいいのかと辺りを見回し、視線を前へ戻すと、白っぽい人影はもう、消えていた。

玄関のほうから、靴をつっかけた高田が、ひょこひょこと近づいてくる。

「何、転んだの？」

「ゆ、ゆうれいが」

「え？　マジで？」

きょろきょろし始める高田の腕をつかみ、支えにして、私は立ち上がった。

「とにかく、いったん出ましょう。ちょっと……いったん。離れましょう」

スカートと手のひらの砂を払って、よろよろと歩き出す。

鍵も窓も開けたままだが、とりあえず、この場にいたくない。街灯の下でもなんでもいいから、もう少し明るいところで落ち着きたかった。

高田をその場に置いたまま、私が家の敷地から一歩出ると、こちらへ近づいてくる三ツ谷が見えた。

「あ、やっぱり、不動産屋さん。どうしたんですか？」

一目見るなり、大丈夫ですか？　と声をかけられる。

そんなに心配されるほど動揺して見えるのか、と思ったが、改めて自分を見下ろすと、靴もストッキングも砂まみれだった。なんでもないとごまかすには、ちょっと無理がある。

「窓からぼやっと明かりが見えた気がして……夜の内覧ってどんな感じなんだろうと思って、ちょっと覗いてみるつもりで出てきたんですけど。近くまで来たら、声が聞こえたので」

三ツ谷は、気遣うように私を見ている。心配して駆けつけてくれたらしい。

あの情けない悲鳴を聞かれてしまったかもしれない。

大丈夫です、ちょっと転んでしまって――と言おうとした私の言葉をさえぎるように、

「幽霊を視たって言うんですよ」

高田が笑って言う。

ちょっと、と慌ててたしなめたがもう遅く、三ツ谷は、「幽霊ですか」と目を瞬かせた。

変な人だと思われたらどうしてくれるのか、と思ったが、三ツ谷の見ている前で高田に肘鉄を食らわせるわけにもいかず、私はとりあえず笑顔を作る。

「はい、まあ……いえ、見間違いかもしれませんけど」

「幽霊って、僕は視たことないんですけど、どんな感じなんですか？」

馬鹿にしないで話を振ってくれる気遣いがありがたいような情けないような、微妙な気持ちだ。

どう返すのが正解なのか、私が考えているうちに、お、興味ありますか？　三ツ谷さんもいける口ですか？　と高田が嬉しそうに絡み始めた。三ツ谷も、さすがにそれには引き気味で、引きつった笑みを浮かべている。

「女の人だったような……。あっでも、そんな気がしただけです。本当にぼんやりした輪郭でしたし……そもそも、本当に幽霊だったかも怪しい感じで」

私はできるだけ軽い調子で言った。

「実は、ここへ来る前に、怖い話を聞いたばかりで。何か出るかも、って思っていたから、視えたような気になったのかもしれませんね」

何かの間違い、というところに着地するのが一番無難だと判断して、そう締めくくる。

それについては僕はなんとも言えませんが、と三ツ谷は少し困ったような表情になった。

私自身が気のせいかもと認めていても、視たものを否定するようなことを言うのは失礼だと考えているのか、言葉を選んでいるのがわかる。

「この家には、特に曰くとかはなかったはずですよ。僕の知る限りでは」

実はそうでもない、全くないとも言えないのだが、やはり三ツ谷は知らないようだ。

そのほうがいい。私はそうですよねと言おうとしたのに、

「わかりませんよ。知られていない何かがあるのかも」

また余計なことを高田が言う。

私は三ツ谷には見えないように、背中に回した手で高田の腰の辺りを小突いた。

しかし高田は私には見向きもせず、三ツ谷に笑顔を向け、「それに」と続ける。

「何の曰くもないはずなのに何か起こるほうが、怖いし、おもしろいと思いませんか?」


私と高田は三ツ谷と別れた後、家へと戻った。あんなことがあった後に戻りたくはなかったが、玄関の鍵や窓を開けたままにして帰るわけにはいかない。

私が、鍵の閉め忘れがないかチェックをしている間、高田は、庭で写真を何枚か撮っていたようだ。

用が済んだらさっさと帰ろう、と玄関の鍵を閉め、庭先で合流した高田からは、ガスのにおいがした。

「そんなにおうか？」

私が顔をしかめたのに気づいたようで、高田は自分のアロハシャツの肩口に鼻を寄せ、くんくんと嗅ぐ。高田もガスのにおいを感じているということだ。自分の感じたものが幻臭、幻覚ではなかったことにほっとすると同時に、不安にもなる。

においをしみつかせたままということは、家にいるよくないものも一緒に連れて帰ることになるのではないか――。

まだ幽霊とか言ってるの？　と呆れられるかもしれないと思いつつ、私が懸念を口に出すと、高田は「大丈夫」と答えて駅の方向へと歩き出した。

「連れて帰るのはにおいだけだから。今日は解散して、明日話そう。さすがにこのにおいさせてどっかの店に入るわけにもいかないしな」

「話すって、何を……」

私が視た幽霊のことか。だったら、記憶の新しいうちに話してしまいたい。そうしなければ、今夜ゆっくり眠れそうにない。

「幽霊の正体っていうか、この家で何が起きていたのか、かな。筋道立てて話せるように、今夜中にまとめておくから――あ、新野母娘にも教えてあげたほうがいいよな。会って話したいって連絡しといて。確かめたいこともあるし」

「はい？　え、……教えてあげるって、それって」

「だから、新野母娘が、っていうか新野茜里が体験したあれこれの正体だよ」

「正体、がわかったんですか」

「仮説だけどな」

ちょっとまだ、裏とらなきゃいけないこともあるから、一週間後くらいがいいかな、などと高田はうそぶいている。

歩きながら、数メートル後ろへと遠ざかったあの家を振り返り、高田が言った。

「安心しろよ、あの家には何も憑いてない。たぶんな」


あの家について話したいことがある、と新野香子に連絡をした。香子は最初戸惑っている様子だったが、調べてみてわかったことを報告したい、と伝えると、土曜日の午後に時間をとってもらえることになった。彼女も、あれは何だったのかと、気にしてはいたのだろう。

私と高田が新野母娘のマンションを訪ねると、玄関先に二人が出てきて迎えてくれる。

茜里も同席を、とあらかじめ言ってあった。

四人掛けのダイニングテーブルに、私と高田が並んで座り、その向かいに茜里と香子が座る。母娘は少し緊張しているようだった。

「あの家を借りた人たちが、皆短期間で出ていってしまっているのがわかって……理由を知りたくて、調べてみたんです。朝見さんにも協力してもらって」

話し出した高田は、目の前の二人の表情が硬いのを見てとると、話を中断して、自分の前に置かれた背の高いグラスに、「いただきます」と手を伸ばした。

冷えた麦茶を一口飲み、笑顔で「おいしいですね」と感想を言う。母娘が少し表情を和らげた。

「前に住んでいたご家族が、すぐに出ていってしまったことは、ご存じでしたか？」

香子より早く、茜里が「はい」と答える。

「理由は聞いていませんけど、入居者が四年の間に三回替わった、って聞きました。近所の人に」

「前の住人の方々からは話を聞けなかったんですが、おそらく彼らも、新野さんたちと同じような体験をして……茜里ちゃんと、と言ったほうがいいかな。とにかく、怪現象としか言いようのない目にあって、それで、耐えきれなくなって出ていったんじゃないかと俺は考えています。本人たちに確かめたわけじゃないですが、あの家の曰くを、朝見さんや大家の橋口さんに尋ねた人もいたようです。何かおかしい、と感じていたからじゃないでしょうか」

一人称が「俺」になった。嘘をつかずに向き合うことにしたのだろうか。

高田はグラスをコースターへ戻して続けた。

「曰くを尋ねた、とは言っても、幽霊が出るんじゃないですか、なんて訊いたわけじゃなく、遠回しな訊き方だったようですが。前に住んでいた人は何か言っていませんでしたか、とか、それとなく探りを入れるような……告知事項はないとわかると、それ以上深くは訊かなかったそうです。俺みたいになんでも知りたがって調べるタイプじゃなかったんでしょう」

それに、よほど気を許した相手でもなければ、あの家には幽霊がいるかもしれないなんて、なかなか言えませんよね。

そう高田が言うと、思い当たるふしがあったのだろう、茜里がうつむく。

「幽霊がいるかもしれないなんて、不動産屋や大家に相談したところで、自分がおかしいと思われるんじゃないかと心配したり、言ってもどうせ信じてもらえないだろうから無駄だとあきらめたりして……彼らは黙って出ていくことにした。幽霊が怖いから出ていくとは言えなかった。その結果、あの家に住むと何かが起きる、という事実は次の住人にも、その次の住人にも伝わらず、何度も同じことが起きては住人が入れ替わったんです」

もちろん、住人たちも最初は気のせいだと思っただろう。住み続けるうち、どうやら気のせいじゃないとわかってからも、即出ていこうとはせず、いずれ落ち着くかもしれないと考えて、しばらくはやり過ごそうとしたはずだ。茜里と同じように。しかし、怪現象は終わらなかった。もしかしたら、こっそりお祓いを試みるくらいのことはした人がいたかもしれないが、効果はなかったのだろう。最終的に、彼らは出ていくしかなかったのだ。それも、茜里たちと同じだ。

「茜里ちゃんが見たり感じたりしたことは、全部現実だと思います。夢とか、思い込みとか、見間違いなんかじゃない。怪現象の一部は、ここにいる朝見さんや俺も経験しているし、おそらく前の住人たちも」

茜里が顔をあげる。

「じゃあ、やっぱりあの家には……」

いえ、と高田は首を横に振った。

「俺は、あの家には幽霊はいないと思っています」

茜里が何か言おうとするのを制して、高田は続ける。

「怪現象は実際に起きた。それを前提に、俺は色んな可能性を考えていました。それで、先日、大家さんの許可をもらって、朝見さんと二人で、夜の九時過ぎにあの家に行ってみたんです」

高田が私を見る。あの家で起きたことを話せ、とあらかじめ言われていた。ただ、いたずらに茜里を怖がらせないように、現象として私しか体験していない、説明もできない、白っぽい人影を見たことについては、伏せることになっている。

「高田さんが二階を見ている間に、私が一階の居間の窓を開けたら、異臭がしました。……あ、その前に、物音が聞こえた気がして。小石が窓に当たるような音です。それで、窓を開けたんですが、そのとき、ガス臭いようなにおいがして」

当時のことを思い出しながら話し始めた。

「あの家は今空き家になっていて、ガスは通っていないはずなのに、おかしいなと思いました。念のためにキッチンの元栓を確認しましたが、何もなくて……近くの家からガス漏れしているのかもしれないと思って、外に出てみたんです」

もったいぶるつもりはないのだが、話し漏れがないよう注意しつつ順を追って説明すると、おのずとゆっくりになる。

茜里と香子は、真剣な表情で聞いていた。

「においは、庭のほうで強く感じました。どこからにおうんだろうと思ってうろうろしていたら、花壇の土が、顔の形に濡れているのに気づきました。前に内覧に行ったときも、同じように濡れていたのを思い出して……偶然だとしても、なんだか怖くなって」

その後、幽霊を視た。

しかしそのことは、二人には言わない。花壇のしみやガスのにおいと違い、私だけが知覚したものについては、幻覚でなかったことが確認できないし、検証もできないからだ。

「……ガスのにおいにもくらくらして、座り込んでしまったところに、高田さんが来てくれて、一緒に敷地の外へ出ました。少し休んで落ち着いてから、戸締りをしに戻りましたけど」

そのときスマホで撮った花壇の土の写真を、高田が二人に見せる。

こうして見れば、ただ土が濡れているだけだ。顔に見えると言われればそう見えなくもない、というだけで、ほとんどの人が、怖くもなんともないと思うだろう。しかし、何かあるかもしれない家だと思うと、これがまるで、苦痛に歪んだ顔のように思えてきてしまうのだ。

「私が住んでいたときも……こんな風に土が濡れていたこと、何度かありました」

香子はピンときていないようだったが、茜里はあまりはっきりとは撮れていないスマホの写真を見てそう言った。当然いい思い出ではないだろうから、複雑そうな表情だ。

「俺が庭に出ると、確かに、ガス臭いようなにおいがしました。つまり、においは、朝見さんだけが感じたわけではないということです。でも、ガスが止まっている家で、感じるはずのないにおいですよね」

スマホをしまって、今度は高田が口を開く。

「実は俺たちは、以前その家で、ガス漏れ事故で病院へ運ばれた住人がいるという話を聞いていました。十五年も前の、あの家がまだ貸し家になる前の話です。橋口さんの所有ですらなかったころですね」

ガス漏れの話は、新野母娘は知らなかったはずだ。高田はさらりと口にしたが、二人とも、えっと小さく声をあげる。事故――自殺？――があったとはいえ昔のことで、不動産賃貸時の告知事項には当たらない事実だ。二人はもう引っ越しているし、彼女たちが近所の人たちに言いふらすとも思えないので、伝えてもいいだろう、ということになった。高田はそこについてはそれ以上触れずに続ける。

「そういう事情を知っていると、誰も住んでいない家でガスのにおいがするというのは、過去の事故と関係があるんじゃないのかと考えてしまいます。心当たりと結びついて、心霊現象ではないのかという考えが浮かぶ……そのまま逃げ帰ってしまっていたら、『昔ガス漏れ事故のあった家でガスのにおいを感じた』という怪現象の事実だけが残ってしまっていたはずです。でも、俺はその後、においがどこからするのか、周辺を探ってみました。そうしたら」

高田は足元に置いていた鞄を探り、ジップつきの密封できるビニール袋を取り出してテーブルの上に置いた。

「これが見つかりました。居間の窓の庇《ひさし》の上に、テープで貼りつけてありました」

透明のビニール袋の中には、うっすらと汚れのついた白いガーゼが入っている。香子がビニール袋ごと手にとり、裏側も見て、またテーブルに戻した。

「ガーゼの……ハンカチ、ですか？」

「その中に、脱脂綿がはさまっています。つまり、脱脂綿をガーゼでくるんだものですね。これがにおいの発生源でした」

また母娘がえっと声をあげる。

ガスが漏れていなくても、ガス漏れのにおいをさせることはできるんです、と高田は言って、ビニール袋の口を少し開けた。

高田に袋を差し出され、半信半疑といった様子で鼻を近づけた香子と茜里は、とたんに顔をしかめて身体を後ろへ引く。

高田はビニールのジッパーを閉じ、「ね」というように口元に笑みを浮かべてみせた。

「私たちの知っているガスのにおいというのは、人工的につけられたものなんです。付臭とか着臭と言うそうですが」

高田は少し袋を開けただけなのに、まっすぐ座ったままの私にも、ガスのにおいを嗅ぎとることができた。庭で嗅いだときほど強くはないが、密封されていたからか、数日経っても、まだにおいは残っている。

「ガス臭いと感じるのは、ガスそのものじゃなくて、その付臭剤のにおいなんです。ターシャリーブチルメルカプタン……という名前で、腐った玉ねぎのような、嫌なにおいなんですが」

舌を嚙《か》みそうな薬剤の名前を、危うげなく告げて、高田はビニール袋を鞄の中へしまった。

それでもまだ、空中ににおいが残っている気がする。香子が立ち上がり、ダイニングとつながったキッチンの壁にある換気扇のスイッチを入れた。

香子が戻ってくるのを待って、高田が続ける。

「誰かがその付臭剤を脱脂綿に含ませて、それをガーゼで包んで、庇の上に仕込んだんだと思います。人工的に、ガスのにおいを漂わせた。そのへんに流通しているような薬剤ではないですが、別に規制されるような劇薬でもない。どうとでもして入手できますからね。今はネットでなんでも買えますし」

ガスのにおいが、漏れたときに気づけるように後からつけられた人工的なものだということくらいは聞いたことがあったが、薬剤だけを嗅いだことなんてないから、私には——おそらくはほとんどの人にとっては、これは「ガスのにおい」だった。このにおいがしたら、ガスだ、と思ってしまう。

私は高田から先に説明を受けていたが、実際に脱脂綿のにおいを嗅がされるまでは信じられなかった。

「どうして、そんなことを……誰が？」

「誰が、はわかりませんが、目的は、あの家に幽霊が出ると思わせるためでしょう」

かつてガス漏れ事故だか自殺だかのあった、今はガスが通っていない家で、何故かガスのにおいがする。住人たちが逃げ出すほど、数々の怪現象が起きた家だという先入観も手伝って、私はあのとき完全に、それを心霊現象だと思っていた。

香子の問いに、高田は冷静に答え、

「心霊現象かもしれない、と思われたことについて、こうして一つ、人為的なものであるという証拠が見つかった。そうすると、それ以外の現象も疑わしくなってきます」

テーブルの上で両手の指を組んで、茜里へと視線を移す。

「花壇の土が、顔みたいな形に濡れていた。これは単純です。誰かが、その形に濡らしただけ。人目のないときに、ペットボトルにでも入れた水をこぼせばいいんだから、誰にでもできる」

茜里は、目を見開いて聞いている。

「バスタブに髪の毛が落ちていた、というのは……窓から風で入ってくることもあるのかもしれませんが、何度かあったなら人為的なものでしょうね。あの家の風呂場は一階で、バスタブのすぐ横に窓がある。窓が開いていれば、外から髪の毛を落とすことは簡単です。風呂場なら、使った後は湿気がこもらないように窓を開けていたんじゃないですか」

　香子が肯定した。やはり、というように高田が顎を引く。

「髪の毛は、家の中にも落ちていたんでしたね。窓から落としたものが風で家の奥まで飛ばされたのかもしれないし、その人が家にあがる機会があったら、そのときに落としたのかもしれない。たとえば、配達業者とか、近所の人とか、機会のあった人はいたはずです。家の外にあったブレーカーを落としたのも、そこに髪の毛を巻きつけたのも、同じ人でしょう。いたずらにしては悪質ですね」

「テレビとか、エアコンも……？」

「電化製品については、リモコンで外からでも操作できます。最近のものならブルートゥースに侵入すればできるんですが、あの家の備えつけのエアコンは古い型だったので、普通に同じ周波数のリモコンで電波を飛ばしたんでしょう。消したはずのテレビがいつのまにかついていた、というのは簡単ですね。窓に近づいて、ガラス越しに操作すれば済みます。お二人が居間にいるときにつけたり消したりするのは少しリスキーですが、少し離れたところから操作して、お二人に気づかれる前に逃げていたんだと思います。テレビが勝手についたら、普通はそちらに目が行って、窓の外なんて気にしませんよね。だから気づかなかったんでしょう」

　そんな、と香子は信じられない様子で呟いている。幽霊よりも、何者かが女性二人の家に近づいてはそんな嫌がらせを繰り返していたという事実のほうに、恐怖を感じているようだ。

　茜里の表情も硬い。幽霊のしわざではなかったとわかっても、よかった、と言えるような状況ではない。安心していいのか、むしろこれまで以上に怖がるべきなのか、自分でもわからずにいるようだった。

「茜里さんは夜中トイレに行った事実はないのに、香子さんに、夜トイレに起きたでしょうと言われた……という話も聞きました。二人とも、深夜に誰かの気配を感じたこともあると。推測ですが、それは、夜中にトイレを流す音が聞こえたからではないでしょうか」

二人ははっとしたように顔を見合わせる。

指摘されて初めて気づいたようだ。そうかもしれません、とまず香子が認め、茜里も頷く。

「あの家のトイレは、センサーをはじめ、色々な機能のついたものでした。同じタイプのものを店で見て確かめたんですが、自動洗浄の機能があるんです」

自動洗浄、と茜里が、まだその意味を飲み込めていない様子で訊き返した。聞き慣れない言葉だったようだ。無理もない。私も、今回高田に教わるまで、その機能を知らなかった。

「数時間置き、たとえば六時間とか八時間とか、十二時間とか……時間を設定して、自動で水が流れるように設定できるんです。それほど珍しい機能でもないですが、使わない人は知らないかもしれませんね。普段、使う機能といったら、便座の温度や水圧の強度の設定くらいですから」

高田がすらすらと説明し、

「茜里さんが何度も深夜に目を覚ましてしまったのも、意識はしていなくても、かすかにその音が聞こえたからかもしれません」

とつけ足す。

香子も自動洗浄の機能自体を知らなかったらしく、そんな単純なことだったのか、と拍子抜けしているようだった。

「玄関前の盛り塩を蹴散らしたのも……？」

「人だと思います。家の外に置いてあったのなら、簡単なことです」

主に怪現象を体験した茜里のほうは、まだ納得しきれずにいる様子だ。少しの間黙り込み、それから、

「私が視た……庭に立っていた男の人は？」

探るように高田を見て尋ねる。

香子が、はっとした表情になった。

そうだ、それがあった。母娘の引っ越しの決め手になったのは、茜里が彼を視たこと——怪異がはっきりと目に見える形で現れたことだった。茜里たちの経験した怪現象はおそらく人為的なものだ、と私は事前に高田に聞かされていたが、そのときも、庭にいた男が誰だったのかについては説明がなかった。

それはわからない、と答えるかと思ったら、高田は、

「茜里ちゃんは、誰だと思った？」

茜里を見て尋ねる。

茜里は、わかりませんと答えたが、

「でも、……もしかしたら、前に住んでいた人かもしれないって、思っていました」

根拠のない憶測を口に出すのを迷っているかのように、少しうつむいてつけ足す。

「確かに前の住人の中には、連絡がつかない人もいる」

高田が短く告げると、茜里はじゃあ、やっぱり……？　と顔をあげた。

しかし、ここまでの流れでは、怪異は人為的なもの、という話だったはずだ。

高田は否定も肯定もしない。

「朝見さんから聞いたけど、庭にいた男は痩せていて、髪がぼさぼさで……茶色い上着を着ていたんだったね。年齢は、俺と同じくらいかな？」

「だと思います。少なくとも、子どもとか、おじいさんとかじゃありませんでした」

「それなら、該当する年齢の人は、一人いる。茜里ちゃんたちの前の前の住人で、一人暮らしの男の人だった。一年くらいあの家に住んだけど、突然出ていってしまって、今は連絡がつかない」

電話が不通になっていた、倉木道隆だ。

ある日突然出ていって、契約解除の手続きは一方的に電話と郵送だけ、それきり行方が知れない。もうこの家とかかわりたくないという意志を感じるやり方で、そう思うに至る何かがあったのだろうとは思っていた。

彼はあの家に住んでいるときにいなくなったわけではなく、きちんと契約解除の手続きをしているのだから、少なくとも、家を出ていくまでは無事だったことになる。何か理由があって、逃げるように家を引き払った後で彼の身に何かがあり、死んだ後で霊になってこの家に戻ってきた？

もしそうだとしたら、倉木はあの家から逃げ出したつもりで、逃げられなかった、ということか。想像すると、ぞわぞわする。いや、倉木は連絡がつかないだけで、死んだと決まったわけではないし、茜里が視た男が倉木だったかどうかもまだわからない。

私は内心ドキドキしながら、茜里と高田のやりとりを見守る。

「顔も覚えている？　見たらわかるかな」

高田に訊かれ、茜里は頷いた。

高田は一枚の写真を取り出して、テーブルの上にのせる。

「この人だった？」

写真には、二十代後半から三十代半ばと思われる男性が写っていた。七三に分けた髪型、フレームの細い眼鏡をかけ、ピンストライプのスーツを着ている。きっちりしているが、野暮ったくなく、スタイリッシュな印象だった。見るからに仕事ができそうだ。

写真の男も痩せてはいるが、茜里から聞いていた、ぼさぼさの髪にこけた頬、という印象とは大分違う。

私にとっては、初めて見る写真だ。それなのに、何だか、妙な胸騒ぎのような感覚があった。知っている、気がする。この人に、どこかで会ったような――。

「これが、今話した、茜里ちゃんの前の前にあの家に住んでいた人。倉木さんっていうんだけど。どうかな」

写真を一目見て、茜里は、違う、と呟いた。

「髪型とか服装のせいで雰囲気は違っているかもしれないけど、顔も？」

「違います。全然」

別人です、と茜里は断言した。

高田はその答えを予想していたようだ。小さく頷いて、写真をしまう。

どこで彼と会ったのか、私は思い出せないままだったが、今はそれより茜里と香子だ。写真の男のことはいったん忘れて、二人に向き直る。

「この家の前の住人で、行方がわかっていない若い男はこの倉木さんくらいだ。この家の昔の住人で、亡くなっている人もいるにはいるけど、若い男は一人もいないから、茜里ちゃんが見たのは幽霊じゃなくて、生きた人間だったんじゃないかな」

茜里も香子も黙ってしまった。無理もない。おそらく高田の言うとおりなのだろうが、状況を考えると、やはり、何だそうだったのか、よかった、と手放しでは喜べない。

「茜里ちゃんが窓から見たのは、それまでに起きていた怪現象とは関係なく、ただ酔っぱらって家を間違えた近所の人だったのかもしれない。もしくは、盛り塩を壊したり、家電を外から操作したりしていた、いたずらの犯人かも」

後者の可能性のほうが高そうだ。

いたずらにしては悪質だが、そのための仕掛けをしに来たか、あるいは、茜里たちの様子を見に来たところだったのだろう。

深夜に、庭にまで入り込み、じっと住人の部屋の窓を見上げている――そんな様子を想像すると、それが生きた人間だって、ぞっとする。いや、生きた人間だからこそだ。

茜里がその姿を目撃してしまったことは、今思えば、よかったのかもしれない。そのおかげで、彼女は母親に相談することを決意し、結果的にはあの家を離れることになったのだから。

「あの、高田さん」

しばらくの間黙っていた茜里が、おずおずと口を開いた。

「土を濡らしたり、窓から髪の毛をバスタブに落としたり……テレビを操作したりするのも、外からでもできるってわかりました。でも、トイレの自動洗浄は」

考えたくないのか、視線が泳ぐ。

「もともと、前に住んでいた人がそう設定していただけ……なのか、それとも」

言い澱《よど》んだ茜里の後を引き継いで、高田が「そうだね」と続けた。

「犯人のしわざだとしたら、そいつは、あの家の中にまで入ってきていたってことになる」

むしろ幽霊よりも、現実的な危険だ。

はっきりと指摘され、茜里も香子も表情を強張らせる。無事だったからよかったようなものの、知らないうちに家の中に何者かが入り込んでいたと考えただけで、ぞっとするのは当然だった。

「お二人が引っ越してくるより前のことかもしれませんよ。忍び込んだとは限らない。何度目かの住人と親しくしていて、家に出入りするような関係だったのかも」

フォローのつもりか、高田がそんなことを言った。大して慰めになったとも思えないが、香子はそうですね、と頷く。もう済んだことだから、と思っているのかもしれない。

一方で、茜里はまだ不安げな——というか、納得がいっていない様子だ。

「私たち以外の……私たちより前にあの家に住んでいた人たちにも、その誰かは、嫌がらせをしていたってことですよね」

「おそらく。住人の入れ替わる頻度を考えると」

「何のために？　あの家から追い出すためだろうというのはわかりました。でも、どうして出ていかせたかったんでしょうか」

　わからない、と高田は正直に答えた。

「何か理由があるんでしょうが、わかりません。その理由は、もしかしたら、犯人にしかわからないものかもしれないし――究極的には、理由なんてなくて、ただの遊びだったのかもしれない」

　高田を問い詰めても仕方がない、とあきらめたのか、茜里はうつむいて、そうですよね、と言った。

　気になるのは当然だが、確かめようもない。茜里たちはすでにあの家を出ているのだから、今さら犯人捜しをしても意味はなかった。危険があるばかりだ。

　茜里もそれはわかっているだろう。だから黙った。

　高田は、複雑そうな表情の茜里を、しばらくじっと見ていたが、やがて姿勢を正し、

「ある程度の信ぴょう性はあると思っていますが、お話ししたことの大部分は推測で、犯人の目的など、わかっていないことも多いです。でも、一つ、確かに言えるのは」

　茜里と香子を交互に見て、はっきりと言った。

「茜里ちゃんがあの家を出たいと言ったことも、香子さんがそれに応じたことも、絶対に正しかった。お二人の判断は間違っていなかった、ということです」

　うつむきかけていた茜里も香子も、顔をあげて高田を見る。

　横で聞いていただけの私も、思わず頷いていた。

あのままあの家に残っていたら、嫌がらせはエスカレートしただろう。どうなっていたかわからない。

悪意の正体がわからないままでも、それが思っていたものとは違ったとしても、彼女たちは自分たちの身を守るために、正しい選択をしたのだ。よかった、と言っていいのだ。

力強く断言されて、強張っていた二人の身体から力が抜けたのがわかる。

犯人の正体や動機はわからないままだが、せめて、少しでも二人の心が軽くなったなら、今日こうして話をした意味があった。私がほっと息を吐いたとき、リビングの壁際に置かれた電話が鳴った。

電話機に近かった茜里が立ち上がり、受話器をとる。はい、新野です、と名乗った後で、みなみちゃん、と呼ぶ声が聞こえた。友達らしい。

ちら、とこちらを見るので、「どうぞ」というように手のひらで示すと、彼女は小さく会釈をし、電話の子機を持って部屋を出ていった。

もう話は終わったようなものだからかまわないだろうと思ったのだが、高田は、茜里が廊下へ出ていくのをじっと見送っている。

彼女が友達と話している声が遠ざかるのを待って、香子に向き直り、

「茜里ちゃんが見たという、男のことですが」

高田が口を開いた。先ほどまでより少しトーンを落とした声だ。

「深夜に、庭に入って窓を見上げていたという――その男について、心当たりがあるんじゃありませんか」

私は驚いたが、香子は表情をほんの少し硬くしただけだ。

高田の質問には答えずに、茜里の出ていった廊下へ目を向け、それから、視線をテーブルの上へ落とす。私はそれを見て、彼女がその質問を予期していたのかもしれないと思った。

「すみません、立ち入ったことを訊いて」

「いえ。配慮してくださって、ありがとうございます」香子が言う。

観念したかのように目を伏せて小さく息を吐き、

「茜里には、話していなかったので……助かりました」

何の話かわからないのは私だけのようだ。高田と香子を見比べる。

香子はそんな私を見て口元を緩めてから、高田へ視線を戻した。

「茜里から、男の特徴を聞いたとき、もしかしてと思いました。茜里はあの人の顔を知らないので、確かめるわけにもいかなかったんですけど」

やっぱりそうですか、と高田が頷く。

「茜里ちゃんは、お父さんは亡くなったと思っているんですね」

「はい。離婚したのは、下の子が生まれてすぐのときで……茜里は父親の顔も覚えていないはずです。ずっと連絡をとっていなくて、もちろん引っ越し先も教えていませんでしたが、どうにかして調べたんでしょう。春歌……下の子が亡くなったことは伝えましたから、たぶんそれがきっかけで」

あっと思った。

そうか。離れて住んでいる父親が、娘に会いたくて、一目見たくて、それで深夜に窓を見上げていた――。

見つからないようにこっそり、と配慮した結果なのかもしれないが、それにしても普通なら、そんな時間帯を選ばないだろうから、まともな精神状態ではなかったのかもしれない。

「あまりいい別れ方ではなかったんです。子どもに会わせたいと思える父親でもありませんでした。向こうから会いたいと言ってきたこともありませんでしたから、安心――いえ、油断していました。これからはもっと気をつけるようにします」

茜里から聞いた特徴だけでは、特定はできないはずだが、香子は庭に立っていたという男が元夫だと確信しているようだ。

彼女が、茜里の話を聞いてすぐに引っ越しを決めた理由がわかった。

いるかいないかわからない幽霊をおそれたのではない。もっと差し迫った危険があるかもしれないと感じたから、急いで逃げ出すことにしたのだ。引っ越し理由をよりセキュリティのしっかりしたところに住むため、と言っていたのも、あながち嘘ではなかったということになる。

「茜里にも、いつかは話さなければいけませんね」

わかっているのだというように、香子はそう言って苦笑する。高田も、何も言わないことにしたようだった。もともと彼は、母娘のことを心配してというより、答え合わせのためにここへ来ているから、踏み込むつもりもないのだろう。

茜里が戻ってくる。子機を壁際のホルダーに戻してテーブルへ近づき、香子に言った。

「美波ちゃんが、おやつがあるから食べに来ないかって。ついでに一緒に宿題しようって」

「そう、よかったじゃない。いってらっしゃい」

楽しくはない話をした後だ、気分転換にちょうどいい。香子は明るく応じたが、茜里がこちらを気にしているようなので、「話はもう終わったし、気にしないで」と私も笑顔を向けた。

ですよね、と念のため高田に確認すると、高田も頷く。

「俺たちも、もうお暇《いとま》するから。そこまで一緒に行く？」

茜里は頷き、ノートと教科書をとってくると言ってまた廊下に出ていった。

再び三人だけになったが、高田は茜里の父親の話を続けようとはせず、

「今日はありがとうございました」

それだけ言って立ち上がる。

話は終わりだ。

私も遅れて席を立った。

私と同じタイミングで立った香子は頭を下げ、こちらこそ、ありがとうございました、と言った。


友達の家へ行くという茜里と一緒に、マンションを出て歩く。

隣を歩く茜里が、何度か口を開きかけてやめたのに私は気づいていた。何か言いたいことがあって、迷っているのだ。促さないほうがいい気がしたから、黙って待った。

茜里の友達の家がどこにあるのかわからないが、別れ道に来る前に話してくれたらいいな、と思っていた。

私と茜里はほぼ横並びになり、高田は少し前を歩いている。

マンションを出たときよりも、歩く速度が落ちていて、茜里が意図的に高田との距離を空けているような気がした。

そろそろ、こちらから水を向けたほうがいいだろうか、と思い始めたとき、とうとう、「あの」と茜里が、小さな声で言う。

「さっきの、話なんですけど」

うん？　と相槌を打つ。私は茜里を見たが、茜里は私のほうを見ていなかった。

「エアコンとか、トイレとか、髪の毛とかブレーカーとか……そのほか色々、人のしわざだったっていうのは納得しました。誰かが私たちを追い出そうとしてやったことなんだろうって。今は、あの家を出ていったから、もう安心していいんだってわかって、だから、教えてもらえてよかったと思います」

気をつかって言葉を選んでいる印象だった。

ぎゅっと布のショルダーバッグのベルトを握る手に力を込めて、彼女は「でも」と続ける。

「私は、幽霊って、いると思う。あの家にはいなかったのかもしれないけど……今回は違ったんだとしても、だからって、幽霊はいないってことには、ならないと思います」

前を歩く高田にも、その声は聞こえているだろう。彼がちらっとこちらを振り向いたのに私は気づいたが、茜里は自分の足元の少し先の地面を見ている。おそらく気づいていないだろう。

高田はすぐにまた前を向いた。

「ほとんどが、その人にしか視えていないものかもしれないけど、だからってそれは幻覚とか、ありもしないものが視えてるってわけじゃない……そうとは限らなくて……思い込みとかじゃ、説明がつかないこともあるし。あ、脳のせいでどうとかの場合もあるとは思いますけど。それはそれで、その人にとっては、本当にあることだから、それもある意味、本物ではあると思うんですけど。そういうのとは別に、その……何か、うまくは言えないんですけど」

話しているうちに、どう言えばいいのかわからなくなってしまったらしい。茜里はもどかしげに顔を歪め――それまで下を向いていた視線をあげ、私を見る。

目が合った。

「変なこと、子どもっぽいこと言ってるって、思われるかもしれないですけど。……やっぱり、幽霊は……幽霊じゃなくても、説明できないような不思議なことは、あると思います。さっきの説明に納得したけど、それとは別の話で……全部を否定することは、できないって、思うんです」

茜里の目は真剣に、まっすぐに私に向けられている。言葉にできないぶんを伝えようとするかのように。

自然と、二人とも、足が止まっていた。少し先で高田も立ち止まった。

私は、あの夜庭で視た、ぼんやりとした人影のことを思い出した。

もしかしたら茜里も、私たちには話していない何かを視たのかもしれない。

私は、うん、と頷いて、それから、ちゃんと言葉にしなければと改めて言いなおす。

「私もそう思う。……誰にも証明できなくても、その人にしか視えなくても、そこに出る理由がないものだとしても――だからって、存在しないってことにはならないって」

調子を合わせているのではなく、本心からの言葉だとわかってもらうために、私も茜里の目をまっすぐに見返した。

茜里が、少し驚いたように目を見開いた。その目に水の膜が張る。茜里は泣き出しはしなかったが、唇を引き結び、かろうじて笑顔に見える表情で頷いた。

息を吐き、肩の力を抜いて、また歩き出した彼女に、私も続く。

茜里はそれで満足したようだったが、私はどうしても気になって、そっと高田の背中を見た。

彼がこちらの会話に交ざってくる気がなさそうなのを確かめてから、少し声を小さくして、「余計なことかもしれないけど」と茜里に話しかける。

「私に言う必要はないけど、茜里ちゃん、もし何か、話してないことがあって——そのこと、お母さんにも言ってないんだったら……」

「大丈夫です」

茜里はすぐに言った。ごまかそうとしたり、強がったりしている様子はなく、明るい表情だ。

「友達がいます。その子は知ってるんです。今から遊びに行く、美波ちゃん」

「そっか」

よかった。

自分にしかわからない体験を人に話して理解してもらう必要も、信じてもらう必要もないが、話さないのと話せないのは違う。話したくなったときに話せる相手が一人でもいるなら、私が心配することはない。

ほっとした。茜里も笑顔になって、ぺこりと頭を下げた。

「美波ちゃんの家、こっちなので」

「うん、気をつけてね」

「はい。……ありがとうございます」

私と、高田にもそう言って、茜里はもう一度頭を下げて、十字路を曲がって歩いていった。背すじが伸びていて眩《まぶ》しかった。

高田も、足を止めて彼女を見送っている。

その後ろ姿が見えなくなってから、私たちは歩き出した。

「彼女は大丈夫そうですね」

「あー。犯人も、あの母娘に対して悪意があったわけじゃねえからな。あの家を離れれば安全だ」

私は今日は出勤日なので、このまま事務所へ戻る予定だが、高田も一緒に来るようだ。週末しか来店できない客が少なくないので、土日は必ず二人以上出勤することになっていて、今日は社長も事務所にいる。社長に顛末《てんまつ》を話して、夜になったら飲みに行くつもりでいるのかもしれない。

「気が楽になったなら、種明かしした甲斐もあったよ」

「そうですね」

「どう記事にするかは考えなきゃだけどな。場所は伏せるにしても、犯人も動機もはっきりしないままじゃなあ……もうちょっと調べてみるか」

香子は、茜里が見た男を元夫だと確信しているようだったが、茜里に確かめたわけではない。いくつか可能性がある中の一つだというだけだ。

いずれにしても、夜中に庭に入り茜里の部屋を見上げていた男は幽霊ではなく、生きた人間だったと思われる——そう考えるのが現実的だ。これで、茜里から聞いた、彼女の経験した家にかかわる怪現象のすべてに説明がつく。

しかし、だとすると一つ気になることがある。

「私が庭で視た幽霊……みたいなものは何だったんですかね」

横目で高田の表情をうかがいながら私が言うと、高田は、「それだけが謎だよな」と頭に手をやった。失念していたわけではなさそうだ。

「もしかしてこういうことかな、って思ってることはある。けど、仮説だからなあ」

「え、何ですか？　仮説でも知りたいです」

「まあ、それはもうちょっと調べてみてからで」

私が食い下がろうとしたとき、仕事用の携帯電話に着信があった。事務所あての電話が、何コールか後に転送されるように設定してあるものだ。社長が事務所にいても、来客応対中などで電話に出られないときはこちらが鳴る。

発信元は、橋口倫子と表示されていた。

そうだ、二度も内覧をして、大家の彼女に挨拶にまで行っているのだ。高田はあの家を借りるものと、橋口は相当期待しているだろう。

やっぱりやめました、の一言で済ませてしまっていいものだろうか。かといって、すべては取材のためで、最初から借りる気がなかったとはとても言えない。どう言い訳をすれば納得してもらえるのか。

いや、高田はあの家に興味を持っている。あそこに住みながら、嫌がらせを仕掛けに来る犯人を待ち伏せするくらいのことは考えているのではないか。いっそ、高田のほうを説得して、短期間でも、あそこに住んでもらうというのはどうだろう——。

思いを巡らせていたら、「ほら、早く出て」と高田に急かされてしまった。

まだ橋口に対する言い訳を思いつかないまま、仕方なく通話ボタンを押す。

『朝見さん？　橋口です。土曜日にごめんなさいね』

「いえ、勤務日ですので。お気になさらないでください」

挨拶もそこそこに、『あの家のことなんですけどねえ』と、橋口が話し出した。

『実はね、色々見てもらっていたけど、ついさっき借り手がついちゃったの。業者さんを通さないで、私に直接、借りたいって話が来て。こないだの、高田さん？　彼には、悪いなと思ったんだけど』

「え、あ……そうなんですか」

思わず、かたわらの高田を見る。

橋口の声は漏れ聞こえているだろうが、内容までは聞きとれなかったようで、「何？」というように彼は片方の眉を上げた。

ごめんなさいねと謝る橋口に、いいえ、仕方ないですから、こういうのはタイミングですよね、と調子のいいことを言い、私は電話を切る。

別の借り手がついたようだ、と伝えると、高田はあっさりと「よかったじゃん」と言った。

「もう中はしっかり見せてもらった後だし。断る手間が省けただろ」

「でも、大丈夫でしょうか。まだ解決したわけじゃないのに」

何も知らない誰かが、またあの家に住むことになる。仲介業者を通していない客に、こんなことがあったんですよと私が警告するわけにもいかない。おせっかいどころか、橋口に対する営業妨害だ。

「大丈夫だろ。あの家には何も憑いてないいんだから」

「そうなんですけど……」

嫌がらせの犯人はつかまっていない。目的もわからない。あの家に新しい住人が入れば、また同じように嫌がらせが始まる可能性は高い。新しい住人は、わけもわからず怖い目にあい、いずれ、逃げるように出ていくことになる――出ていかなければ、嫌がらせはエスカレートして、どうなるかわからない。嫌がらせが行われているということ自体、仮説にすぎないとはいえ、これだけ蓋然《がいぜん》性が高いというのに放っておいていいのだろうか。

「俺としては歓迎かな。嫌がらせをしている誰かが、新しい住人にも同じことをする気なら、あの家を見張っていれば、誰かが何か仕掛けに来るってことだろ。やっと記事にできるだけの情報が集まりそうだ」

「連続殺人犯の手がかりを得るために、次の犠牲者が出るのを待つＦＢＩみたいなこと言いますね」

「海外ドラマでよくあるやつな。いや、人聞き悪いな」

高田は心外だ、というようにわざとらしく唇を尖らせた。

「ちゃんと決着つけないと、大家のあの人も困るだろ。人助けみたいなもんだよ」

そう言われると、それもそうか、という気になってくる。

いずれにしても、私がかかわるのはここまでだ。もうあの家の敷地内に入ることはできなくなるし、新しい住人はうちの顧客ではないので、接触することもできない。

真相解明の前にリタイアすることが、ほんの少し残念なような気もしたが、解放されてほっとする気持ちのほうが大きかった。高田のことだ、何かわかれば社長に報告に来るだろうし、いつか記事になるのならそれを読めばいい。

「やりようによっては、嫌がらせの犯人を現行犯でつかまえることもできるかもしれないよな。新しい住人にうまく取り入って……嫌がらせが始まるのを待って、相談されるように持っていって」

「そうですね。頑張ってくださいね」

「急に他人事感出してきたな……」

「もう直接的なお手伝いはできないので。陰ながら応援しています」

気にならないと言えば嘘になるが、自分の役目は終わったのだ。もう忘れよう。少なくとも、いつか高田が「こうなったよ」と伝えに来てくれるまでは、考えないでいよう。

そう決めたら、すがすがしいような気持ちになった。


数日後、三軒の内覧を終えて内覧希望者と別れた帰り道、あの家の近くを通った。

そういえば、もう新しい入居者が入ったのだろうか。

さすがに中を覗くわけにはいかないが、気になって、前を通ってみることにした。あれから橋口と話す機会もなく、どんな家族が入居したのかは聞いていない。

歩いていると正面に見えてきたあの家は、空き家だったときとほとんど変わらない佇まいだった。当然といえば当然か。引っ越してきたばかりでは、庭に花が咲き乱れ、ドアの外に置物や鉢植えが飾られ……というような劇的な変化は期待できないだろう。

住人が庭で作業でもしていれば、そうでなくてもカーテンが開いていれば、中の様子はわかるかもしれない。

これ以上かかわるつもりはないが、ちらっと見てみるだけだ。

高田のためとか事情を知る者の責任感というより、単純な好奇心で私が家に近づくと、タイミングを計ったかのように玄関のドアが開き、誰かが出てくる。

若い男のようだ——とよく見たら、知った顔だった。

こちらを見て、ぱっと笑みを浮かべる。

「あ、こんにちは。不動産屋さんの、ええと……朝見さん」

「三ツ谷さん。こんにち、は……あれ」

何故三ツ谷が。新居に招かれるほど、新しい住人ともう仲良くなったのだろうか。

私が笑顔を返しつつ戸惑っていると、

「借りちゃいました。この家」

三ツ谷は、爽やかな笑顔で言った。

「憧《あこが》れの一軒家です。一人暮らしには贅沢《ぜいたく》かなと思っていたんですけど、安くしてもらえたので」

私はとっさに取り繕うことができず固まる。

借りた？　一人暮らし？　この家に。

私が呆然《ぼうぜん》としているのをどういう意味にとったのか、彼は、「高田さんに悪いかなと思ったんですけど」と申し訳なさそうに眉を下げる。

「幽霊がどうのって気にしているようだったので、入居はしないかなと思って……僕はそういうの、気にならないんです」

顧客でもないのに、何も知らずにここを借りた人に、この家には何かある、ここに住むと嫌がらせが始まるかもしれないとは言えないと思っていた。

しかし、それは自分とは無関係な他人だと思っていたからだ。警告をしたとしても怪しまれるだけで信じてはもらえないだろうし、何も起きないという可能性もゼロではないから、入居後実際に何かが起きたら、その後で、場合によっては橋口も交えて相談するのがいいだろうと考えていた。

新しい入居者が三ツ谷となると、話は変わってくる。

親しいわけではないが、知らない相手でもない。黙っていることは不誠実なように思えた。しかし、借りる前ならともかく、すでに契約して住み始めているのに、前の住人たちは嫌がらせで追い出されたのだなどと言われても困惑するだけだろう。

これまでの住人たちが同じような目にあったからと言って、今回もそうとは限らない。今度は何も起きないかもしれない。そんなことは信じていないのに、私は「可能性はゼロじゃない」と自分に言い聞かせる。

笑顔を作り、三ツ谷に言った。

「高田さんは悔しがるかもしれませんけど、早いもの勝ちですからね。何か、大家さんに直接言いにくいこととかあったら、いつでも相談してください」

「え、いいんですか？　今回、仲介していただいてないのに」

「今後どうぞ御贔屓《ごひいき》に、のためのサービスです」

何もないのが一番ですけど、じゃあそのときはお願いします。そう言って、三ツ谷も笑っている。

互いに笑顔のまま別れた。

何もなければそれが一番。私もそう思う。しかし何もないとは思えなかった。

すでに嫌な予感がしていた。

これからこの家の前を通るたび、私はきっと、花壇の土が濡れていないかを確かめる。

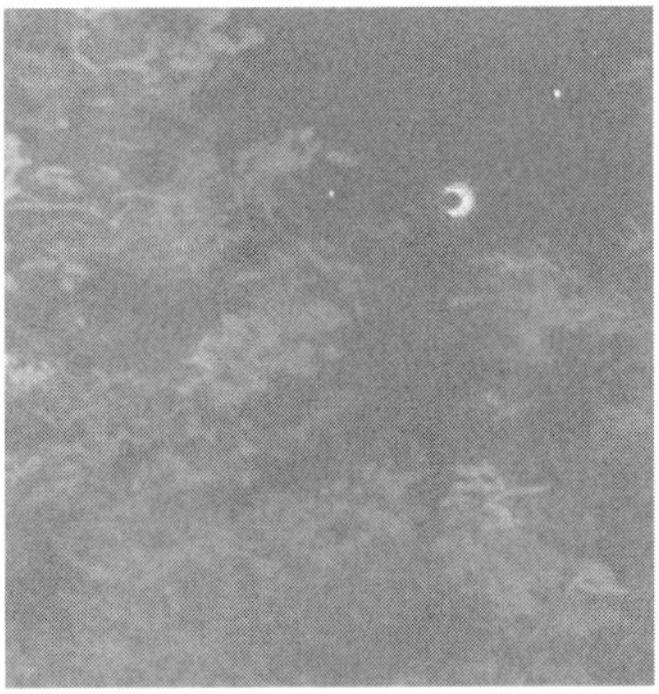

第3話

そこにはいない

それまで住んでいたアパートから、道を一本挟んだ斜め向かいの一軒家へと引っ越すのは、すぐに済んだ。もともと、荷物は少ないし、家電は小型のものばかりだし、ベッドなどの家具も組み立て式だ。この家に住めるのなら、いずれはそれに適した家具をそろえたいと思い、これを機に処分してしまったものもある。

賃貸借契約書を交わしてからたった数日で、わずかな荷物を新居へと運び込み、なんとか生活できる環境を整えると、俺はすぐさま行動に移った。必要な道具はそろっている。掃除道具、軍手にマスク、大きくて不透明なゴミ袋、ビニールシート、スーツケース。掃除道具以外は、この日のために、随分前に買ってあったものだ。

引っ越しの前後に購入したら後々怪しまれるかもしれないと思い、記録が残らないようにネット通販ではなく量販店で現金払いで買った。おそらくは考えすぎで、俺がいつ何を買ったかなんて誰も気にしない。しかし、用心するに越したことはない。考えすぎるくらいでちょうどいい。

あとは、そう、何はなくともカーテンだ。もともと住んでいた部屋のものでは、幅も丈も、居間の窓には全然足りない。カーテンの裾と窓枠の間に、隙間があってはまずい。こればかりは、ぴったりのサイズのものを引っ越してから買うほかなかった。メジャーでカーテンレールの長さと窓枠の高さを測り、取扱店の場所をネットで検索して家を出る。サイズがわかったのだから通販を利用してもよかったのだが、レールに取りつける金具が合うかなど、自分の目で確認したい。

　玄関を出ると、何度か顔を合わせたことのある、不動産仲介業者の女が家の前にいた。確か、朝見という名前だ。

　たまたま通りかかったのか新しい入居者の顔を見に来たのか知らないが、目が合ったので、笑顔で挨拶を交わす。今回の契約は、仲介業者を通していない。彼女は、入居したのが俺だということは知らなかったらしく、驚いている様子だった。

　朝見は、短期での退居者が後を絶たないことを不審に思ったのか、内覧希望者と一緒にこの家を調べ回っていたようだが、肝心なことには気づかれていないはずだ。

　幽霊が出る家に住みたがる人間などいないと思っていた。だから、わざと意味深な態度をとって、彼らが大家に挨拶に行っている間に花壇の土を濡らしてみたり、夜誰かがあの家にいるのを見たと大家に話してみたり、色々と小細工をしたのに、高田とかいう内覧希望者の男は、それらを気にするどころか、むしろおもしろがっているようだった。

　それで、まずいと思った。俺が向かいのアパートへ引っ越してきてから四組目の入居者だった母娘を追い出して、しばらくは空き家になるものと油断していたが、このままでは、思いのほか早く次の入居者が決まってしまいそうだ。そして、あの男はこれまでの住人たちのように簡単には出ていかないだろう。

　もう少し家賃が下がるのを待とうと思っていたが、悠長なことを言っていられなくなった。大家の橋口と交渉して、少し家賃を下げてもらうかわりに、即日入居するということで合意した。日ごろから愛想よくして取り入っておいた甲斐があった。値下げされたとは言っても薄給の身には痛い出費だが、背に腹は代えられない。

俺は量販店でカーテンを買った。色も柄もどうでもよかったが、無地のベージュで、生地が厚くしっかりしたものを選んだ。追加料金を払って、翌日には家に届くようにしてもらい、それまでに、ほかの準備を整える。

これを見越して、三日間の有給休暇をとっている。公休と合わせて、五日間の休日だ。これだけの日数があれば、後始末を含め、余裕を持って動けるはずだった。

翌日、暗くなるのを待って作業を始める。真昼間からカーテンを閉め切っていては怪しまれるからだ。

届いたばかりのカーテンをきっちり閉め、外から覗けるような隙間がないことを確認すると、俺は用意していた軍手を両手にはめた。

前に住んでいたアパートで使っていた家具はほとんど二階の部屋に収まってしまったので、庭に面した一階の居間は引っ越し前と変わらず、がらんとした空き箱のような状態だ。俺はその真ん中に立って、足元の畳を見下ろした。

相当埃《ほこり》が舞うだろうから、窓を開けたいところだったが、そういうわけにもいかない。

部屋の隅には掃除機とほうきと雑巾《ぞうきん》を用意し、軍手に加えマスクも装備している。

畳の縁にマイナスドライバーを差し込み、てこの原理でぐっと力をかけると、畳が浮き上がった。思ったほど埃は立たない。上げた畳を壁に立てかけ、続けてもう一枚。部屋の真ん中だけ、板張りの床がむき出しになった。

俺は中腰になって、畳の下に敷かれていた古い新聞紙やシートを横へ退《ど》け、床板の上の砂埃を掃き集めてから、一枚ずつ床板を外していく。板はそれぞれ二十センチ幅くらいにカットされているので、簡単に持ち上がった。

木製の床梁《ゆかばり》と、その下の地面があらわになる。

注意してにおいを嗅ぐと、かすかにカビくさいような気はしたが、予想していたような悪臭はなかった。

防虫のため撒かれた石灰のせいで、床下の地面は白っぽい色をしている。床板をはがした俺の足元のところだけ、わずかに色が違っているのは、かつて掘り返した跡だ。

この家に新しい住人が入るたび、大掃除でもする際に気づかれてしまうのではないかとひやひやしていたが、その心配は無用だったようだ。今どき、和室の畳を上げて床下に風を通す習慣がある人のほうが少ない。そもそも古い家でなければ、床板を外して床下を見られるようになっていないだろう。

俺は壁に立てかけておいたシャベルをとり、床梁に足をかけて、足元の地面を見下ろした。

ついこの間のことのように鮮明に思い出せる。

二年前、俺はここに死体を埋めた。

恭絵《ともえ》、という名の叔母《おば》がいた。

父親の妹だが、一回り年が離れていて、物心つく前に実母と死に別れた俺にとっては、母のような姉のような、不思議な存在だった。俺は彼女を、叔母さん、ではなく、恭絵さん、と呼んでいた。

恭絵さんは、生まれてから一度も住所を浜松市の外へ移したことがなかった。一時は実家を出ていたこともあったが、両親がどちらも出ていって住む人がいなくなると、生まれ育った家へと戻り、一人で住むようになった。

祖父母がいなくなってから、父は、妹だけが住む実家を訪ねることはあまりしなくなったが、俺は何度も彼女を訪ねた。俺自身が浜松市内に住んでいたときはもちろん、父の仕事の便宜のために静岡市に引っ越して以降も、一人で電車に乗って。

三日にあげずに訪ねて来る俺を、恭絵さんは特にもてなすということもなく、けれど、あたたかく迎えてくれた。

恭絵さんは優しかったが、祖母のように俺に気をつかって何かと話しかけたり、手の込んだ料理をたくさん作ったりして特別かまってくれるというわけではなかった。淡々といつも通りに過ごして、ただ、食事を二人分作り、俺が話しかければ答えてくれる、という感じだった。

俺はいつも通りに過ごす彼女を見るのが好きだった。

恭絵さんの気配を感じながら、畳の上で宿題をしたり、本を読んだりするのが心地よかった。

恭絵さんはあまり料理が得意ではなかった。夏でも冬でもそうめんをよく茹《ゆ》でた。冷やして食べることもあったし、熱い出汁《だし》で食べることもあった。

庭の、縁側から手を伸ばせば届く場所に大葉の苗を植えていた。ろくに手入れもしていなかったようなのに、夏になると割と茂って、俺はそれをむしって刻む手伝いをした。

一度、恭絵さんが風呂上がりにタオルで髪を拭いているのを見たことがあって、長い髪が普段より色を濃くしてつやつやしていて、きれいだと思った。左の手首には傷の痕《あと》があった。手首だけでなく、もっと上のほう、袖で隠れる肘の辺りまで傷は続いていた。

どれも古い傷のようだったので、少し安心した。

恭絵さんはほとんど、袖の長い服しか着なかったから、傷痕を見たのはそのとき一度きりだ。俺は何も訊かなかったし、彼女も何も言わなかった。

恭絵さんの家には、物が少なかった。家具も食器も、祖父母が置いていったものをそのまま使い、物が多いと掃除が大変だからと、使わないものは処分してしまったようだ。彼女は何にも執着がなかった。

あの家は恭絵さんに似ていた。

一度それを本人に言ったことがある。古い家と女性を似ているというのは、今思えば失礼なことだったかもしれないが、当時の俺は小学生で、そのことには思い至らなかった。

それを聞いた彼女は怒りも喜びもせず、当たり前のように言った。

「私がこの家に似ているの。この家で育ったから、こうなったの」

俺、この家好きだよ。と小学生の俺は言った。

恭絵さんは、私も、と言った。


俺が中学三年生のとき、恭絵さんは家の中で倒れて、病院に運ばれ、亡くなった。

どうやら自殺だったらしい。搬送されたときはまだ息があったので、父は病院へ行って医者と話したり、入院の手続きをとったりしていたようだが、受験生だった息子を動揺させまいとしたのか、俺には知らせなかった。

何があったのかを俺が知ったのは、彼女が病院で息を引き取った後のことだ。

俺は中学校入学と同時に静岡から東京へ引っ越し、中学三年生になってからは、恭絵さんを訪ねていなかった。生きている彼女と会ったのは、中学二年生の冬休み、あの家に行ったときが最後になった。


俺は率先して遺品の整理を手伝い、空き家になった恭絵さんの家を掃除した。

片づけや、こまごまとした法的な手続きが済んでからも、家の鍵は父が預かっていたから、「家に風を通す」という名目で、俺はたびたびあの家を訪れた。高校に入学した後も、買い食いをしたり、遊びに行ったりするかわりに、安くはない交通費をかけて主《あるじ》のいないあの家へ行き、一人で過ごした。

恭絵さんがいなくても、あの家は、彼女のいたころと変わらないように思えた。

そこにいると落ち着いた。

恭絵さんの近くにいるようだった。

写真があまり残っていない彼女を思い出したり、存在を感じたりできるのは、あの家でだけだった。

しばらくして、父はあの家を売りに出した。俺はそれを止められなかった。何も知らずにあの家を訪ねて、売り家であることを示す不動産屋のプレートを見つけ、血の気が引いた。

恭絵さんがいなくなっても、あの家は恭絵さんの家だった。一歩入れば、それがわかった。

あの家には彼女の気配がしみついていた。

だから、あの家に行けば、俺はいつでも恭絵さんに会えた。姿は視えなくても、彼女の存在を感じることができた。生きていたころだって、俺と恭絵さんは同じ部屋で、あるいは同じ家の別の部屋で、それぞれ過ごしていたのだ。互いに干渉しなくても、そこに彼女がいると思うだけで十分だった。

死んでしまった後も、恭絵さんは俺のよりどころだった。

あの家が他の誰かのものになったら、それがなくなってしまう。

あの家で過ごすことができなくなるだけではない。家そのものが変わってしまう、別のものになってしまう気がした。恭絵さんの気配が、どこにもなくなってしまう。

いつか俺があの家に住むから売らないでほしいと父に言ったが無駄だった。ずっと売れなければいいという俺の祈りも虚《むな》しく、あの家は、やがて、知らない誰かの手に渡った。

近くに何軒か不動産を持っている、近所の女性が買ったと聞いた。

名義が変わり、「貸し家」の札が掛かった後も、俺は何度かあの家を訪ね、外から眺めてみた。

カーテンのかかっていない窓から、がらんとした家の中が見え、それだけでも心は安らいだ。もともと、恭絵さんが暮らしていたころから物が少ない家だったから、空き家になっても外から見える室内の雰囲気はさほど変わっていなかった。

このまま誰も住まなければいいと思いながら、一か月に一度ほどのペースで通っていたが、あるとき家を訪ねてみると、そこには知らない老夫婦が住んでいた。

庭には花壇が作られ、花が植えられていた。玄関先にも鉢植えの花や、不細工な犬の置物が飾られ、窓から見える室内には、ちゃぶ台と、テレビと、座椅子が二つ、そのほか刺繡《ししゅう》の施されたクッションやぬいぐるみなどが見えた。座椅子には老夫婦が座ってテレビを観ていた。テレビの音は、窓越しに外まで漏れ聞こえていた。

他人の生活臭にかき消されて、恭絵さんの気配はもうどこにも感じられなかった。

そこはもう他人の家だった。

玄関先に立ったまま、どれくらい呆然としていたのか。しばらくするとドアが開き、じょうろを持った老人が表へ出てきた。

彼は立ち尽くす俺を見て怪訝《けげん》な表情をした。

俺は逃げるように背を向けてその場を去った。

それから、三年近くの間、俺はその家に近づかなかった。

大学生になったときと、就職が決まったとき、俺は未練がましく、もう恭絵さんの家ではなくなったあの家を訪ねてみた。そして、二回とも、飾りたてられた玄関と生活感のある室内と他人の名前の表札を見て打ちひしがれた。

しかし俺はあの家をあきらめていなかった。

あの夫婦は高齢だ。いつまでも生きるわけではない。そのことに、何年目かで気がついたのだ。

待っていれば、あの夫婦はいずれいなくなる。そうしたら、またあの家は空き家になる。

俺は年に一度、あの家を訪ね、夫婦がまだ生きているかを確かめるようになった。

そうして、気がつけば、老夫婦があの家に住み始めて、十年以上経っていた。

夫婦はなかなか死なない。

俺は、ただ待っているだけでは埒《らち》があかないのではないか、と思い始めた。

そろそろ、積極的に動いてもいいころかもしれない。

幸い、俺は都内に住んでいて、住人夫婦との接点はない。夫婦のどちらか、あるいは両方が変死したとしても、俺が怪しまれることはまずないはずだ。とはいえ、他殺を疑われないにこしたことはない。事故に見せかけて、どうにかならないか。

考えるまでもなく、どうとでもなりそうだ。

夫婦のどちらかが駅のホームで一人になるタイミングでもあれば――。

二人いるのが面倒だが、一人を事故に見せかけて殺し、その後でもう一人を自殺に見せかけることができれば、比較的自然に受け容《い》れられそうだ。

俺は夫婦の生活パターンを知るため、それまでより頻繁に様子を見に行くようになった。

観察し始めてわかったことだが、夫のほうは身体の調子がよくないらしく、ほとんど家から出なくなっていた。これはまずい。殺害のチャンスが少ない。ならばまず妻のほうか。しかし妻は妻で、食料や日用品を買うために外出するくらいで、遠出をするということがない。夜間に出歩くこともなく、遅くとも午後六時には自宅に帰ってしまう。

日中、人通りのある道を通って近所のスーパーと自宅を往復するだけの相手を殺すことは、思っていた以上にハードルが高かった。

車道に突き飛ばす、という方法では確実性が低い。殺しきれない可能性もあるし、何より、目撃されるリスクが大きい。

地道にチャンスを待つしかないか。しかしこうなってくると、遠くに住んでいるのがネックになる。

いいアイディアが浮かばずにいるうちに月日が過ぎ、次に訪ねてみたとき、あの家から、老夫婦はいなくなっていた。二人そろって、介護つきマンションへ引っ越したらしい。あの家の現在の所有者だという女が、隣人と立ち話しているのを盗み聞きした。

願ってもない幸運だった。

これで、俺が手を下す必要はなくなった。

俺は不動産屋のサイトをこまめにチェックし、あの家が貸し物件として掲載されると、飛んで行った。

家具やカーテンが撤去され、空の箱のようになった家を、庭に面した窓から眺める。

十数年ぶりに空き家になったあの家は、恭絵さんが住んでいたころの空気を取り戻したように見えた。

俺は「貸し家」の札に書かれていた不動産仲介業者に連絡をして、内覧の予約をとった。市内で働く予定があると偽れば、手続きはスムーズだった。

仲介業者は俺よりいくつか年上と思われる男で、愛想がよかった。

男は玄関のドアに取りつけられたダイヤル式のキーボックスの中から鍵を取り出す。ドアにやたら大きな南京錠《ナンキンじょう》のようなものが掛かっていたから以前から何だろうと思っていたのだが、箱の中に鍵が入っていて、暗証番号を知っている人間は誰でも取り出せるようになっているようだ。

その番号を知っていれば、俺でも忍び込めるということだと気づいたが、一目見ただけでは、最後の番号が四であることしか確認できなかった。

仲介業者に先導されて中へ入る。無香料タイプの消臭剤が床の上に置いてあった。

靴を脱いで家の中に入った瞬間、記憶が恭絵さんと過ごした当時へと引き戻されるような気がした。

この家に入るのは何年ぶりだろう。

室内を見回し、息を吸い込む。

老夫婦はきれいに使っていたようだ。家の中は荒れていなかった。夫婦が住んでいた当時の家具や荷物がなくなると、昔のあの家に戻ったかのようだった。

恭絵さんが住んでいたころと同じにおいがした。

彼女の気配はまだそこにあった。眠っていただけだったのだ。懐かしさが溢《あふ》れて、胸がいっぱいになった。

恭絵さんの家だ。

喉《のど》がつかえて、口を開けば涙声になってしまいそうだった。仲介業者に怪しまれないよう、懸命に心を落ち着かせる。

「地元の工務店さんがしっかり仕事をした、いい家ですよ。小さい子どもさんのいるご家族が住まれたこともなかったので、傷みもほとんどないですし」

壁や天井を示して、どうですか、と訊かれるのに、できる限り平静を装って答えた。

「いいですね。落ち着く感じがします」

他も見てから検討すると伝え、その日の内覧は終わった。

俺は東京へ戻り、また、外から家を眺めるためだけにあの家へ通うようになった。

中に入ったときも懐かしいと感じたが、外から見ても、家は昔と変わらない、恭絵さんの家としてそこにあった。

そうか、誰も住んでいなければ、この場所はこう在れるのか。きっと、これが本来の姿だからだ。

いつかは俺がそこに住みたい、という気持ちはもちろんあったが、都内の家賃と比べれば安いとはいえ、一軒家を借りるだけの経済力は俺にはなかった。今は、外から眺めるだけで満足だった。そこに恭絵さんの家がある、という事実が、俺の心を穏やかにした。

今は自分が住むことはできなくても、この家が恭絵さんの家としてここにあるならそれでいい。こうして眺めることができれば、心が満たされる。

やがて、住めなくても、せめて近くに、いつでも家を見に行ける距離にいたいと思うようになり、俺は浜松市内で仕事を探し、塾講師の口を見つけた。収入は下がってしまうが、仕方がない。物価が違うので、生活費もこれまでより抑えられるはずだった。できるだけ恭絵さんの家の近くに、と住む場所を探したところ、斜め向かいにある単身者用のアパートに空き部屋が見つかった。大家は橋口という女で、俺の父からあの家を買った、現所有者でもあった。俺は真っ先にそこに内覧希望を出した。仲介業者には前回内覧したときの俺の名前が登録されているはずだったが、「会社の都合でペンディングになっていたが、改めて転勤が決まりそうなので」と言えば、怪しむ様子もなく受け容れられた。

　橋口はこのアパートの隣に住んでいて、物件の管理も自分でしているようだ。うまく取り入って親しくなれば、あの家に入る機会を得られるかもしれない。たとえば、高いところの掃除を手伝うとか。一度懐に入ってしまえば、何とでもなる。

　俺が内覧した部屋は二階の真ん中で、窓からは、恭絵さんの家の一部が見えた。ちょうどいい位置だ。しかも家賃は、都内に借りているワンルームと比べると半分ちょっとという安さだった。内覧を終えるころには即日契約しようと心に決めていたのだが、窓からあの家を眺めていたら、庭に人がいるのが見えた。

　一人は、スーツ姿の若い女で、おそらく不動産仲介業者だろう。あとの二人は、若い夫婦だった。恭絵さんの家を内覧しているようだ。

　俺は何故か、あの家が当分は空き家のままでいるものと思い込んでいたが、考えてみれば、いつ次の借り手がついてもおかしくないのだ。そのとき初めて、その事実に気がついた。

　これはよくない。

　せっかく近くへ引っ越して、いつでもあの家を眺められると思っていたのに、他人が住めば、あの家は恭絵さんの家ではなくなってしまう。

　あの夫婦は、あの家を借りるつもりだろうか。だとしても、俺にはそれを止めることはできない。

　前の住人は高齢だったが、内覧中の夫婦は俺と同年代に見えた。引っ越してきたら、長く住むだろう。

自然に死ぬのを待ってはいられない。

いや――死なくても、出ていきさえすればいいのだ。

「すみません、ここともう一か所、前回見せてもらった家とで迷っているんですが……」

アパートの内覧を終えて仲介業者の事務所へ戻ってから、俺はそう切り出した。

「アパートのほうは予算より大分安く住めてありがたいですし、一軒家はちょっと贅沢かなって気もしているんですけど、やっぱり憧れがあるので……もう一度見てから決めてもいいですか」

男は快く応じ、すぐに事務所の電話でどこかに連絡をとり始める。

話しぶりから、部下にかけているらしいとわかった。おそらく、相手は若い夫婦と一緒にあの家の庭にいた女だろう。

夫婦の内覧は終わったようだった。電話を切った男は、「すぐにご案内できます」と笑顔で言った。

内覧を終えた帰りなのだろう、若い女の従業員が、あの夫婦と一緒に事務所に入ってくるのと入れ違いになる。

夫は後ろを刈り上げた短髪で、妻は茶髪のショートボブだった。すれ違いざまにさりげなく顔を確認する。相手はこちらを気にする風もなく、内覧したばかりの家についてあれこれと夫婦で話している。

俺たちはついさっき来た道を戻り、恭絵さんの家へと到着した。二度手間をかけさせられたにもかかわらず、仲介業者の男は嫌な顔一つ見せない。

「実は、検討中のお客様がもう一組いらっしゃいまして……」

玄関ドアの前で、ついさっきまで別の客が内覧していたのだと話しながら、キーボックスのダイヤルを回す男の手元を注視する。

最初の数字は1だ。

鍵を取り出した後で開いた状態のボックスの、ダイヤル部分を盗み見る。男の腕が邪魔で全部は見えなかったが、二つ目の数字も1だった。1、1、三つ目が不明で、最後は4。

ここまでわかれば十分だ。目的は達成した。

今、あの夫婦より先に契約することができれば、彼らがこの家に住むことを阻止できる。それはわかっていたが、今の俺がこの家を借りるのは、経済的に無理がある。

ならば、この家を空き家にすること、空き家のままにすることだけを考える。そのために何ができるか、どうすればいいのかを。

空き家でいることが、この家が恭絵さんの家であるためには必要なのだ。

それに、賃借人が長く居つかないとか、何度も苦情が入るとかすれば、家賃が下がって、今後俺でも手が出るようになるかもしれない。

俺は、二度目の内覧で、ゆっくり、ゆっくり家の中を見てまわった。

いつか必ず、またここで過ごすのだ。家の中に漂う彼女の気配に、それを誓った。

まずは、あの夫婦が一日でも早く出ていくようにすることだ。

新婚夫婦はあの家を借りることにしたようだった。やがて、「貸し家」の札は外された。

引っ越しは俺のほうが早かったので、彼らが引っ越してくる日まで、俺はまだ空き家の状態の家を少しの間ひとりじめすることができた。日中は誰に見られるかわからないから、外から家を眺めるくらいのことしかできないが、それでも、他人のにおいがつく前の家を近くで堪能《たんのう》する時間が持てたのはよかった。引っ越してきた甲斐があったというものだ。

この辺りは、住宅街の真ん中で、夜九時を過ぎるともう人通りがほとんどない。住人たちが寝静まって家々の電気も完全に消えた深夜二時ごろ、俺はこっそりあの家へ行き、ダイヤルを回してキーボックスを開けた。数字がわかっていないのは一か所だけだ。ゼロから順に試していけばすぐに開いた。

入居者が決まればキーボックスは外されるものと思っていたが、まだ取りつけられたままということは、引き渡しの日までこのままにしておくつもりか、もしくは、この後また清掃や何かで人が入る予定があるのかもしれない。

だとしたら、これからすることは無駄になるかもしれないが、それならそれでかまわない。

俺はそっと中へ入り、音をたてずにドアを閉めた。

一階の居間には大きな窓があり、万一誰かが外を通りかかると見られてしまうおそれがあるので、窓の前は通らずに二階に上がる。

用意してきたワセリンを薄く手に塗り、二階の部屋の窓の上部に押しつけた。一見透明だが、角度によってはくっきりと浮かび上がる手形のできあがりだ。

指紋が残ることは気にしない。最悪ばれたとしても、内覧時に触ってしまったとごまかせば済む。

少し考えて、もう一つの部屋の窓にも、控えめな指先だけの跡をつけた。今度は、手のひらをひっくり返し、指先を下へ向けて押しつける。不自然な姿勢で手首が痛かったが、こんな風に手形がつくことは通常考えられないから、見つけたらぎょっとするだろう。ちょっと見たくらいでは気づかないように薄く、端のほうにつけておいたので、これなら、彼らが入居するまで誰にも気づかれずに済む可能性も高くなる。

俺は勤め始めたばかりの学習塾の入っているビルのゴミ捨て場で、二階の美容院が出したゴミを漁《あさ》り、長い黒髪をひとつかみ持ち帰ってきていた。本来は美容院で切った髪の毛は回収業者に依頼して処分すると何かの番組で観た気がするが、地方の小さな店だからか、ここでは普通に家庭ゴミと一緒に捨ててあり、簡単に持ち出すことができた。夫婦のどちらとも明らかに違う色と長さのその髪の毛を、階段の途中と、二階の部屋の一つの隅と、廊下の突き当たりに少しずつ落としておく。ただ、管理人の掃除が行き届いていないと思われておしまいだとしても、それはそれ、くらいの気持ちだった。住人夫婦の目にとまって、少しでも気持ちが悪いなと思ってもらえれば万々歳だ。

こんな子ども騙しにどれだけの効果があるかはわからなかったが、「塵《ちり》も積もれば」に期待するしかない。

俺が新しい住人たちを追い出すまでのしばらくの間、この家は眠りにつくだろう。他人が住んでいるうちは、気配を殺し、普通の家のような顔でやり過ごす。そういえば恭絵さんは人見知りだった。

俺は目を閉じて壁や床を撫で、恭絵さんとこの家にしばしの別れを告げる。キーボックスはいつ撤去されてもおかしくないから、家の中へ入って仕掛けができるのはこれが最後だろうが、中へ入れなくてもできることはある。あの夫婦に出ていきたいと思わせるため、じっくり計画を練らなければならない。

一刻も早くこの家が、本来の、あるべき姿を取り戻せるように。

あの家に「湯川」という表札が掛けられて、半月が過ぎた。

住人が前の道へ出てくると俺の部屋の窓から見えるので、数日に一度はゴミ出しのタイミングを合わせるようにして、顔見知りになった。ゴミを出しにくるのは夫のことも妻のこともあった。

半月観察した結果と、大家の橋口に家賃を渡しに行ったとき、それとなく聞き出した情報によれば、湯川《ゆかわ》夫妻の夫のほうの名前は真治《しんじ》、出勤時にはスーツを着ているから会社勤めらしく、毎朝家を出るのは午前八時ごろ、帰宅は早いときは午後六時ごろだが、十時、十一時ごろになることも週に二、三度はある。妻のほうは紗栄《さえ》、エステティシャンだそうで、勤務は週四日、出勤時間は午前九時過ぎ、帰りはだいたい午後六時ごろだ。

カーシェアリングを利用しているようで、休日は車で出かけ、ホームセンターの袋をたくさん提げて帰ってくる。家を住みよくしようとしている最中なのだろう。

あまり大がかりなことをされても困る。たとえば、壁紙を張り替えるとか、畳を入れ替えるとか、恭絵さんの家のものを勝手に取り換えられてしまっては、取り返しがつかない。

彼らが入居して以降は、何もせず様子見中だったが、そろそろ仕掛けたほうがいいだろう。

庭では、前の住人である老夫婦が作った花壇がそのままになっていた。まだ何も植わってはいないものの、園芸用の肥料が袋ごと庭に置いてあり、何か植えるつもりでいるらしいことはわかった。

家の庭と通りの境目に、塀などの遮蔽物《しゃへい》はない。

俺は土曜日の早朝、五百ミリリットル入りのミネラルウォーターのペットボトルを持って家を出た。誰も見ていないのを確認して、花壇の隅の土の上に水を注ぐ。いびつな三角形を描く位置に三点、見ようによっては顔に見えるように意識して土を濡らした。

彼らが休日の朝から庭いじりをするつもりなら、乾く前に気づいてもらえるだろう。

気のせいかと思うくらいでちょうどいい。

反応を見たわけではないので、夫婦がそれに気づいたかはわからない。

しかし、土曜日の夕方、庭の前を通りかかると、花壇の半分にだけ何かの野菜と思われる苗が植えられ、俺が濡らした側は空いたままだった。

おそらく彼らは、濡れた跡に気づいたのだろう。そこに自分たちが食べるものを植えるのは抵抗があって、その部分を空けたままにしたのだとしたら、まずは成功だ。

俺はまた同じ場所をペットボトルの水で濡らし、風呂場の窓が開いていたので、美容室のゴミから拾っておいた黒髪を控えめに一本、バスタブの中へ落としておいた。

数日経つと、花壇の空いていた半分は、野菜ではなく花で埋まった。すでに花が五分咲きになっている苗が、等間隔に植わっている。野菜を植えるのは抵抗があるがそのスペースだけ空けておくのも怖いと思ったのか、もともと花と野菜と半分ずつ植えるつもりだったのかはわからない。

俺は、ゴミを出しにきた湯川紗栄に「おはようございます」と声をかけた。

まだ、近所づきあいがある、とまでは言えないが、何度か挨拶を交わして、顔を合わせれば天気の話くらいはするようになっていた。

「お庭、きれいになりましたね」

「湯川家」の庭のほうを見やって俺が言うと、紗栄は機嫌をよくしたようだ。「ちょっとずつ家らしくなってきました」と誇らしげに答える。

「庭がある家、うらやましいです。僕もこっちへ引っ越してきたとき、一軒家もいいなと思ったんですけど、一人で住んでももてあましてしまうかなと思ってあきらめたんです。三人家族なら、ちょうどいい大きさですよね」

俺が潜ませた毒に気づいたのかどうか。

「ええ、うちは夫婦二人だけなんですけど、広々と使っています」

「え？」

笑顔で言った彼女に、俺は小さく声をあげてみせる。

大げさにならないように気をつけた。

わざとゆっくり瞬《まばた》きをして、

「……そうでしたか。すみません、勘違いしていました」

彼女の表情に不安が浮かぶ前に取り繕う。

二人暮らしなんですか？　とか、三人家族だと思っていました、とか、余計なことは言わない。

追及されたら、「窓辺に髪の長い女性がいるのが見えた」と言うつもりだったが、紗栄は何も訊かなかった。気にする素振りを見せつつも、俺が「なんでもないんです」と言うと、頷いて去っていく。

今はこれでいい。こちらからはあまり踏み込まず、意味深なところで止めておくくらいが想像力をかきたて、効果的だろう。

とはいえ、庭の土に顔に見えなくもないしみがある、というのは、怪現象としてはかなり地味だ。同じことを繰り返していては、インパクトが薄れてしまいそうだった。

それに、人目につかない時間帯やタイミングを選んでいても、家に近づくのがあまり頻繁だと、目撃されるリスクが上がってしまう。よりリスクの少ない、それでいて、もっと心霊現象らしい仕掛けを考えなければならない。

髪の毛が落ちている、土が濡れている、というだけでは、湯川夫妻が気がつくかどうかわからないし、それ自体に気づいたとしても、それを心霊現象だと思わなければ意味がない。「この家はおかしいのではないか」と、誰に吹き込まれることなく、自分たちで気づいてもらわなければならない。

おかしなことを色々と起こすだけでは足りず、彼らの中でそれらが結びつく必要がある。そのためには、どんな仕掛けが効果的なのか。

とりあえず、バスタブには、多めに髪を落としておいた。

インターネットで心霊体験について検索して調べてみたら、電気や家電が勝手についたり消えたりする現象についての報告が多く見つかったので、スリムタイプの汎用《はんよう》テレビリモコンを購入した。

リモコンをポケットに忍ばせてあの家の前を通り、居間の窓から住人がテレビの前にいるのが見えたら、リモコンでテレビを操作する。ごく原始的ないたずらだが、現象としてわかりやすいぶん、これなら気づかれずにスルーされるという心配はない。

湯川夫妻がテレビの前にいるときに操作をするのは見つかるリスクが高いので、ここぞというときにとっておくことにして、基本的には、誰も部屋にいないときに、消えているテレビをつけるだけにした。消したはずのテレビがいつのまにかついている、というのもそれなりに気味が悪いはずだ。

テレビの受光部にリモコンの赤外線を当てなければいけないので、カーテンが完全に閉まっていると作動しない仕掛けだったが、居間のカーテンは日中は全開になっているし、夜も、たいてい半分くらいは開いていたから問題はなかった。

いつのまにか誰もいない部屋のテレビがついている、という現象を、彼らがどう受け止めたかは想像するしかない。しかし、それを一日か二日の間隔を空けて二週間ほど繰り返した後、二人で居間にいるときを見はからってテレビをつけてみたところ、彼らが慌てた様子でテレビの前へ集まるのが見えた。紗栄が、夫の着ている服の袖をつかんで、気味悪そうに画面を見ている。

俺は、彼らが窓の外を見る前にその場を離れた。

順調、と言っていいだろう。

あの様子だと、紗栄は自分の体験を心霊現象ではないかと感じ始めている。真治も、何か変だな、くらいは思っているだろう。まだ半信半疑だろうが、紗栄が怯《おび》えていれば、それに引きずられてくれるはずだ。

翌朝以降、ゴミ出しの際も、紗栄は元気がないことが増えた。会話の内容までは聞こえなかったが、出勤前の真治が紗栄を宥めているらしい様子を見かけることもあった。

効果は出ている。しかし、まだもう一押し、二押しが足りない。

子どもや、元から怖がりな相手ならともかく、大人に引っ越しを決意させるほど怖がらせるには不十分だ。じわじわと恐怖が募るようにするには積み重ねが大事だと思っていたが、それだけではなく、この辺りでもっとインパクトのある何かが必要だ。

思いついて、建物の外に取りつけられたブレーカーに黒髪を巻きつけてみた。そのうえで、夫婦が二人とも在宅しているときを狙ってブレーカーを落とし、その場を離れる。

てっきり、すぐにブレーカーを上げに出てくると思っていたら、予想に反して、彼らはなかなか家の中から出てこなかった。単純に電気が消えたのはブレーカーが落ちたからだと思い至らなかったのか、それとも、紗栄が取り乱したのを真治が宥めていたのか。

二人が一緒に外へ出てきたのは、俺が自宅アパートへ戻った後だった。玄関ドアの脇に設置された小さな台所の窓を開け、その様子を観察する。紗栄がぴったりと寄り添っているせいで、真治は歩きにくそうだった。

ブレーカーのある側の壁は、俺の部屋の窓からは見えないので、ブレーカーボックスを開けた二人の反応を確認できないのは少し残念だった。しかし、玄関から出てきた時点で紗栄が怖がっているのは一目でわかったので、よしとすることにした。

それ以降も、テレビや髪の毛や花壇の土といった、地味な嫌がらせをこつこつと続け、ゴミ出しで一緒になったときには、紗栄に、「お疲れのようですね」「顔色がよくないですよ」と気遣う言葉をかけた。自分は疲れている、参っている、と自覚してもらうためだ。実際、紗栄は引っ越してきたときよりも痩せたようだった。

自宅で起こる怪現象について、彼らは誰かに相談しているだろうか。彼らに、無責任に恐怖を煽《あお》るようなことを言う友人や親族がいてくれればいいのだが。

俺も、「あの家、昔何かあったんですか」とでも訊かれれば、意味深な態度をとる準備はできていたのだが、何度ゴミ置き場で顔を合わせても、紗栄も真治も何も言わなかった。世間話をするほどの仲でもないので、仕方がない。

「湯川さんの奥さん、お疲れみたいですね。顔色がよくなかったので、ちょっと心配です」

大家の橋口に対してなら何か言っているかもしれない、と思い、家賃を持っていったときに水を向けてみた。

「そういえばそうだったかも。体調が悪いのかしらね」

「何かご相談とかされてないですか?」

「何も。ああ、家電の調子がよくないとかは言っていたけど」

「はは、それは関係なさそうですね」

女性同士ということもあってか、紗栄とは、俺よりは多少親しくしているらしいが、具体的なことは何も聞いていないようだ。

彼らが、橋口があの家の大家だから遠慮しているというだけならいいが、起きていることについて、心霊現象であるとは確信を持てずにいるのだとしたら、怖がらせ方が足りないということだ。もっと追い込むような何かを考えなければ。

「よさそうな方たちだから、長く住んでくださるといいですね。って、俺も引っ越してきたばかりで何ですけど」

「そうねえ。湯川さんたちもそのつもりだと思うけど。この地域の歴史なんかにも興味があるみたいだったし」

「え、この地域の歴史って、何かあるんですか?」

「さあ、私は詳しくないけど」

橋口と笑い合った。湯川夫妻が知りたがったのは、地域の歴史ではなく、あの家の曰くだろう。全く気にしていないわけではなさそうだ。自然と口元が緩んだ。

そういえば、と俺は思い出した風を装って言う。

「湯川さんのお宅、今、ご親族が泊まりにいらしてるみたいですね。窓辺にいらっしゃるのが見えました」

髪の長い女性でしたよ、とつけ足しておいた。

俺の地道な努力が実を結び、入居してから一年足らずで、湯川夫妻はあの家を出ていった。

空き家に戻ったあの家は、本来の静謐《せいひつ》な空気を取り戻している。

橋口とそれなりに親しくなった俺は、空き家になった家の庭の草むしりのボランティアを申し出て、彼女を喜ばせた。縁側に憧れがあったので、草むしりの後あの家で休憩させてもらえるならやりますよ、と言ったら、二つ返事で鍵を開けてくれた。俺は久しぶりに、恭絵さんの家で過ごすことができた。

住人がいなくなったとたん、消えていた恭絵さんの気配が戻っていて嬉しくなった。

湯川夫妻は出ていったが、この家がいつまでも空き家のままだとは思っていない。いずれ、次の住人が入る。それまで、つかのまの逢瀬《おうせ》だ。別れが少しでも先になることを祈るばかりだった。

自分が住むことはできなくても、空き家であるうちはいい。誰も住んでいないとき、この家は恭絵さんのものだった。

自分が住むか、そうでなければ、誰も住んでいない状態にしておきたい。

湯川夫妻が出ていった後、俺がついにこの家に住むことになるまで、三組の住人がこの家に住んだ。

湯川夫妻の次の住人は一人暮らしの若い男で、その次は隠居した老夫婦、最後が母親と中学生の娘だった。老夫婦と母娘は簡単に追い出すことができた。こちらも慣れて仕掛けの手際がよくなったのもあって、入居から退居までの最短記録は更新された。

追い出すことができなかったのは一人だけだ。

湯川夫妻が退居してから、ほどなくして次の入居者が決まったことを橋口に聞かされた。俺は、思いのほか空き家の期間が短かったことにがっかりしていた。

入居者は俺と同年代の男で、しかも一人暮らしだそうだ。あの家に一人で住めるだけの経済力があるということだ。それとなく橋口に訊いてみると、銀行員だという。

偏見かもしれないが、銀行員というとリアリストが多そうだ。これは、追い出すのに手こずるかもしれない。

引っ越し当日は土曜日だった。俺は恭絵さんの家の前に停まっていたトラックが去っていくのを部屋の窓から見ていたが、住人らしき男の姿は確認できなかった。

入居者の情報を仕入れようと、いつものように橋口に家賃を渡しに行き、そのまま玄関先で立ち話をしていると――噂をすれば影、というやつか。やたらと姿勢のいい男が、あの家の玄関からこちらへ向かって歩いてくるのが見えた。

引っ越し初日で、荷解《にほど》きの作業をする必要があるのだから、普通はもう少しラフな服装をしているものだと思うが、男は細身のスーツを着て、ネクタイを締め、髪はきちんと七三に分けていた。さらに革靴を履き、細いフレームの眼鏡をかけている。絵に描いたような、ザ・銀行員というスタイルだ。

「本日引っ越してまいりました、倉木道隆です。お世話になります」

倉木は橋口と俺の前に立つと、どこか芝居がかっているようにも見える、丁重な仕草で頭を下げた。

「引っ越し蕎麦《そば》のかわりと言っては何ですが」

そう言って、橋口に菓子箱を差し出す。

あらご丁寧に、と橋口は笑顔で受け取った。

「そうだ、三ツ谷さん、いただいたお菓子、おすそわけするからちょっと待ってて」

「いいんですか？　ありがとうございます」

「倉木さん、こちらは三ツ谷さん。そこのアパートの店子さんなの。あのお家のお庭の手入れなんかも手伝ってくれてたのよ。三ツ谷さん、こちら倉木さん。今日からご近所さんね」

橋口は、菓子箱を持って家の中へ入ろうとして、その前に思い出したように俺を倉木に、倉木を俺に紹介した。

それから、菓子を分けるために中へ入ってしまったので、玄関先には俺と倉木だけが残される。

「三ツ谷です。よろしくお願いします」

「こちらこそ」

せっかく橋口が引き合わせてくれたのだから、このチャンスを利用しない手はない。

俺は目いっぱい好感度を意識した笑顔を倉木に向けた。

「家電の配線とかでわからないことがあったらお手伝いできると思うので、遠慮なく言ってくださいね。電器屋でアルバイトしていたことがあるんです」

アルバイト経験があるのは本当だ。

俺の申し出に、倉木は「ありがとうございます」と答えたが、どこか手ごたえのない反応だった。

不愛想とまでは言えないものの、テンションが低い。同性で同年代なら、警戒されずに近づけるのではと思っていたが、こういうタイプは猜疑《さいぎ》心が強そうだから、仕掛けも距離を詰めるのも、慎重にやる必要がある。だからこそ、こうやって、早いうちに挨拶ができたのは好都合だった。

少し時間がかかりそうだが、まずはどうにかして、懐に入るところからだ。

夕方、スーパーの青果売り場で、倉木を見つけた。

狙ってタイミングを合わせたのではなく、偶然だ。一日の仕事を終えた帰りのはずなのに、スーツ姿には乱れがなく、相変わらず背すじもぴしりと伸びている。

陳列棚の前に立った倉木は、ピーマンとなすを物色しているようだった。

この偶然を利用しない手はない。

俺は割引シールの貼られたニラに手を伸ばすふりをして彼の隣に並び、

「あれ、倉木さん？」

そのとき初めて気づいたように声をかけた。

「お向かいのアパートの三ツ谷です。こんばんは」

こちらを見た倉木は、ああ、というように頷いて「こんばんは」と返す。

俺の顔を覚えてはいるようだ。

「今、お仕事帰りですか？」

「ええ、だいたいいつもこの時間です」

なるほど、この時間にこのスーパーに来れば顔を合わせる可能性が高いのか、覚えておこう。脳内のデータを更新する。

「倉木さんは自炊するんですか？」

「それなりには。三ツ谷さんもですか」

「外食やコンビニ食ばかりじゃ、金がいくらあっても足りませんから」

苦笑してみせ、二割引きのニラを買い物かごに放り込んだ。

「色んな野菜をとったほうがいいんでしょうけど、一人暮らしだとつい余らせてダメにしちゃったりするんで……キャベツ一玉買ったら、ひたすらキャベツ食ってますよ」

「小分けになっているものは少し割高ですしね」

「そうなんですよね。余らせることとか手間とか考えたら結局出来合いの惣菜を買ったほうが早かったり安かったりするのかもなんて思うこともあって、悩ましいです」

私もです、と倉木が言う。

かすかにだが、口元が緩んでいるように見えた。

共感を得られたようだ。

一人暮らしの同年代の同性、という共通点のおかげか、思ったよりも会話が続いている。ようやく感じた手ごたえに勇気づけられ、もう一歩踏み込んでみることにする。

「あ、よかったら……たくさん入ってる割安の食材買って、半分ずつ分けませんか」

倉木は意表を突かれた様子で俺を見た。

他人との間に壁を作りそうなタイプなのはわかっていたから、ここで「ナイスアイディア！」などと飛びついてくるとは俺も思っていない。しかし、彼がなすとピーマンの袋のうち、多くて少し値段が高いものと、安いが量の少ないものを見比べているのを見て、意外と生活感のある男だと感じたのだ。いけるかもしれないと思った。むしろ、こういうところで踏み込まなければいつまで経っても近づけない。

果たして――変わらずテンションは低いままだったが――倉木は少しの沈黙の後、いいですね、と言った。

大袋入りのピーマンと玉ねぎと丸ごとのキャベツを半分ずつ分けたその日から、俺と倉木は、たまに食材を分け合うようになった。安い食材を見つけたほうが、メッセージアプリで「トマトが六個で三百五十円です。どうですか」といったメッセージを送り、相手がＯＫを出せば交渉成立。買ったほうが食材の半分を相手の家へ届け、代金の半分を受け取る。

一か月ほどすると、どうせならその場で互いの意見を聞きながら選んだほうがいい、ということで、待ち合わせて一緒に買い物に行くことも増えた。そういうときは、倉木の家へ行って食材を分け、代金を精算した。

親しいとまでは言えない間柄だったが、わずかな時間だけでも家にあげてもらえるようになったというだけで大きな一歩だった。第一段階はクリアしたと言っていい。ポケットに忍ばせてきた女の黒髪を廊下や部屋の隅に落として帰るくらいは、いつでもできるようになった。

窓の外からテレビをつけたり消したりすることは、倉木が越してきた翌週にはもう何度かやっていたのだが、倉木の反応はわからなかった。この男が慌てたり怯えたりするところが、そもそも想像できない。

試しに、倉木の目の前でテレビを操作してみることにした。野菜を分け終わってキッチンから出たタイミングで、リモコンをポケットに隠し持ち、倉木がこちらを見ていない隙に操作する。

それまで消えていたテレビが突然つき、お笑い芸人の絶叫と観客の笑い声が響いた。

俺の前を歩いていた倉木が、顔をあげてテレビのほうを見る。

「あれ、テレビつけました？」

俺が言うと、倉木は不審げに「いえ」と答えた。

二人ともテレビやリモコンからは離れたところにいたので、俺がリモコンに触ったわけではないことは倉木もわかっているはずだ。

倉木はテレビ台の上に置いてあったリモコンをとり、テレビを消す。不可解な現象が目の前で起きたことについて、何のコメントもない。

「テレビ、調子悪いですか？　配線とか、見ましょうか」

「いえ。大丈夫だと思います」

何も言わないのも不自然かと、一応一声かけたが、倉木は平然とそう返し、リモコンをテレビ台に戻した。全く動じていないように見える。

この仕掛けは効果がなさそうだ――いや、平気なふりをしているだけという可能性もゼロではない。それに、今は気にしていないとしても、他の現象と組み合わせれば、いずれ心霊現象と結びつけて考えるようになるかもしれない。

思ったとおり、湯川夫妻よりも手強《てごわ》そうだ。長期戦になるだろう、と覚悟を決めた。

学習塾での仕事の帰り、今度は自宅へと向かう途中で、倉木の姿を見つけた。

倉木の帰宅時間は把握していて、自分の勤務が早く終わったときは、彼の帰宅前に花壇の土を濡らしたり、窓越しにテレビをつけておいたりしていたのだが、今日は俺のほうの勤務が長引いたので、そういった仕掛けをする暇はなさそうだな、と思っていた。倉木がいつもの電車に乗っていれば、帰宅途中で一緒になることはない時間なのだが、今日は一本遅い電車だったようだ。

帰り道で偶然会う、というのも、あまり続けば怪しまれるので、声をかけようかどうしようか、数メートルの距離を保って歩きながら考える。

倉木は片手に革のブリーフケースを提げ、もう片方の手に小さな花束を持っていた。

この後、恋人と会う予定でもあるのだろうか。だとしたら、ここは、声はかけずに観察したほうがいいか。

その恋人と結婚して一緒にあの家に住むつもりだとしたら、出ていかせるのはさらに難しくなるかもしれない。いや、結婚相手の女を怖がらせるほうが、倉木を怖がらせるより簡単だろうから、むしろ結婚してからのほうがやりやすいとも言えるか。

結婚前に家に遊びに来たときに彼女を怖がらせ、「こんな家に住みたくない」と言わせることができれば、結婚をきっかけに別の家を探すという流れに持っていけるだろうか。

そんなことを考えながら歩いていたら、倉木は道の途中にあるコンビニに入ってしまった。

狭い店内へ入れば、間違いなく見つかってしまう。店から出るのを待とうかとしばし考えたが、今日はもともと倉木を尾行する予定はなかったのだ。まあいいか、と歩き出した。

倉木が恋人を家に連れてくることがあれば、そのときに怖がらせればいい話だ。何も今日、相手の顔を確かめなくてもかまわない。怪しまれるリスクの高い行動は極力避けたほうがいい。

冷蔵庫にまだ食材は十分あったはずだから、今日は夕飯のための買い物は必要ない。袋ラーメンに野菜炒《いた》めをのせて、簡単に済ませよう。

クリーニング店のウィンドウに映った自分を見て、歩く速度を緩め、そろそろ髪を切りに行かなければならないな、と思っていると、

「三ツ谷さん」

後ろから、倉木の声がした。思いのほか早く買い物を終えたらしい。

彼のほうから声をかけられるとは意外だった。

俺は振り返り、「あれ、倉木さん」と、さも今気づいたかのように挨拶をした。

「こんばんは。今帰りですか」

「はい」

こうして声をかけてくるということは、少なくとも、倉木にとって俺は、道端でばったり会って面倒だと思う相手ではないということだ。計画はうまくいっている。俺は、俺と倉木は、うまくやっている。

俺たちは並んで歩き出した。

倉木が引っ越してきて約二か月が経っている。あのころはまだ肌寒さが残っていたが、もう

すっかり春だ。倉木が手にしているのも、いかにも春らしい淡い色合いの花だった。

俺の視線に気づいたらしく、倉木は「これですか」と自分も花束に目をやる。

「職場の最寄り駅のお店で、安く売っているんです」

余った花を使っているんでしょうが、とつけ足した。

豪華さはないが、窓辺や食卓に飾るのにちょうどよさそうな、清楚《せいそ》な花だ。趣味がいい。

「誰かへのプレゼントですか？　彼女とか」

俺が尋ねると、倉木は首を横に振り、あっさりと否定する。

「女性が皆、花が好きというわけでもないでしょう」

「それはそうですけど、嫌いじゃない人が多数派なんじゃないですか。まあ女性に限らずですけど」

「……そうですね」

倉木はもう一度手にした花を見て言った。

「これは自宅に飾ろうと思って買ったんです。少し殺風景なので」

確かにあの家は殺風景だ。しかし、俺にとってはそのほうが——恭絵さんが住んでいたころもそうだった——しっくりくるし、倉木にも合っていると思っていたので、倉木がそんなことを言うのは意外だった。

倉木は服装も髪型もいつも小綺麗《こぎれい》にしているので、花を持って歩いていても違和感はない。しかし、自分のために家に飾るほど、花が好きそうにも見えなかった。ただ殺風景だから花を飾ることにした、という言い分は、おかしいとまでは言わないものの、少し引っかかる。

やはり、恋人を家に呼ぶ予定があるのかもしれない。だとしたら、その存在は倉木をあの家から追い出す障害になるか、あるいは、助けになるかもしれない。しばらく、注意して見ておかなければ。

「庭には植えないんですか？　花壇があるじゃないですか」

並んで歩きながら俺が言うと、倉木はわずかに眉根を寄せ、その予定はないと答える。

「爪の間に土が入って汚れるでしょう、あれが嫌なんです」

倉木は、見た目のとおり、神経質な性格のようだ。それなら掃除もこまめにしているだろうから、髪の毛を落としたり、窓に手形をつけたりするのは有効かもしれない。髪の毛は、家にあがったときに何度か落としてきたことがある。明らかに自分のものではない長い髪が落ちていることには、間違いなく気づいているだろう。その割に、いつ自宅を訪ねても怯えた様子は微塵《みじん》も見せず、居心地悪そうにもしていないから、心霊現象だとは考えていないかもしれないが。

反対に、庭いじりに興味がないのなら、花壇の土を濡らしても気づいてすらもらえない可能性が高い。やはり、標的の性格や生活パターンを把握することは重要だ。

しかし、倉木が髪の毛や手形に気づいても、怖がらないのであれば意味はない。勝手につくテレビだってそうだ。倉木は心霊現象否定派なのだろう。それも、かなり頑《かたく》なな。何が起きてもそれを、心霊現象かもしれないとは考えない。

もっとあからさまに、偶然や自然現象では説明がつかないような何かを仕掛けるしかないのか。しかし、そうすると、人為的だと気づかれるリスクも高くなる。一緒にいるときにまたテレビを操作するなりして、「心霊現象ではないか」と言ってみるのはどうだろう。倉木の中にはない発想でも、こちらから誘導すれば――とはいえそれも、俺に疑いの目を向けられるリスクと背中合わせだ。

「え、じゃあ、どうして庭つきの一戸建てを借りたんですか？　てっきり、庭があるから選んだんだと……」

内心では、どんな方法の嫌がらせが有効かを考えながら俺が尋ねると、倉木は、

「一軒家に憧れがあったんです」

と答える。

「仕事をして、家族がいて、こういう家に住んでいるのが、ちゃんとした大人だ、というイメージがあって。大分偏ったステレオタイプだと、わかってはいるんですが」

いつものように淡々と言う、その声と表情に、わずかに自嘲《じちょう》するような色が見えた。

「両親や祖父母からの刷り込みのせいでしょうね。祖父も父も銀行員で、それを誇りに思っていました。スーツを着て朝出勤して夕方帰宅する、住宅街にある庭つきの一戸建てに住んでいる。それがちゃんとした大人で、自分もそうならなければいけないと」

「倉木さんはすごくちゃんとしていますよ」

「そう思ってもらえるように努力しています」

自己認識としては、「ちゃんとした大人」に足りていないということらしい。家庭を持っていないからだろうか。その基準だと、俺を含めたかなりの割合の同年代が、ちゃんとしていない、ということになりそうだ。

「あの家を選んだのは、なんとなく雰囲気が自分の肌に合って居心地がいいような気がしたのと……立地もちょうどよかったんです。勤務先の近くだと、ついぎりぎりまで残業してしまいそうですし、駅の近くだと……飲み会なんかの帰りに、そのまま自宅で飲み直そうとか、言われることがあるでしょう」

「あったんですね」

「以前は。駅から離れたところの一軒家なら、そう言われる心配もないと思って」

今のところは成功しています、と倉木はにこりともせずに言う。

花を買って帰るのも、一緒に住んでいる女性がいるのだと周囲に思わせるためかもしれない、と思い当たった。遠慮のない同僚に自宅に押しかけられることのないように、そうやって予防線を張るくらいのことはやりそうだ。

「仕事も家もクリアして、あとは家族ですか？」

「こればかりはどうにも。祖父や父と同じ仕事に就いても一軒家に住んでも、三十にもなって独り身じゃ、一人前とは言えない……なんて、家族には言われていますよ」

「倉木さん、三十歳ですか」

「三十一です。今年で二」

「あ、なら一緒だ」

彼のプライベートな話を聞くのは初めてだった。これまでで一番、踏み込んだ話をできている。

友達同士のよう――とはいかないまでも、近所に住む顔見知りの人、よりは多少近い関係になれたのではないか。

「よかったら、敬語、やめませんか?」

その流れで提案してみる。性急すぎか、という気もしたが、それ以上に、今がチャンスだと思った。物事にはタイミングというものがあり、倉木のような男を相手にしているときは特に、それを逃さないことが重要だ。

「どうぞ、好きに話してください。気にしませんから……私は誰に対してもこうなんです」

敬語のままで言われてしまった。やはりというべきか、壁はそう簡単には壊せないようだ。

しかし、強い拒絶の意志は感じなかった。こちらから距離を詰めること自体は拒否されなかったただけでも、ここはよしとしよう。

「……じゃあ、遠慮なく。俺は普通に話すから、気に障ったら言って」

とことん鈍感なふりで笑顔を向ける。

倉木の敬語が崩れ始めたら、第二段階はクリアだ、と勝手に決めた。


ときどき、と、たびたび、の間くらいの頻度で家にあがるようになって、俺は、倉木の住む家に、恭絵さんの気配があることに気づいた。

外から眺めたときもそうだ。今は倉木の家のはずなのに、恭絵さんの家だ、と思った。

最初は、引っ越してきたばかりで物が少なかったり、新しい住人の色やにおいに染まっていないせいかと思っていたが、一か月、二か月が過ぎても、家は恭絵さんの家のままだった。

予想外だったが、もちろん俺はそれを歓迎した。

倉木はあまり家の中に物を増やさなかった。一人で住んでいるのだから、夫婦で暮らしていた前の住人たちと比べて持ち物が少ないのは当然だが、それにしても少ない。二階の部屋がどうなっているかはわからないが、少なくとも居間には小さな棚とテレビとちゃぶ台と座布団、あとはパウダービーズを使った一人がけのクッションソファくらいしかない。家具の配置も恭絵さんが住んでいたころと似ていて、だからなおさら、そう感じたのかもしれない。

倉木を追い出してまた空き家になるまで、家は本来の姿を失ってしまうものと思っていた。しかし俺は、恭絵さんと恭絵さんの家を失わずに済んだのだ。

倉木自身も以前言っていたが、倉木は家の雰囲気に合っている。恭絵さんほどではないにしろ、少なくとも、彼の前に住んでいた二組の夫婦よりよほどしっくりきていた。

そして、この家の雰囲気というのは、すなわち、恭絵さんの雰囲気だった。

倉木の佇まいは、恭絵さんと共通するところがあった。

倉木が彼女と同じように孤独だからかもしれない。家も、倉木を受け容れているように思えた。

倉木の存在は、この家が恭絵さんの家であることを妨げなかった。それは俺にとって、喜ばしいことだった。

倉木が住んでいるうちは、俺も、客としてこの家にあがって、恭絵さんの気配を感じることができる。ほかの住人では、こうはいかなかっただろう。

もちろん、倉木にも、いずれはこの家から出ていってもらう。俺のほうの準備ができたら、具体的には、この家の家賃を払えるだけの経済力を得たら。

しかしそれまでは、彼ほど邪魔にならない住人はいない。

家にとっても、俺にとってもだ。

倉木は、いつか自分が住むまでの「つなぎ」の住人としては最適だった。

急いで追い出すことはないかもしれない、と思い始めていた。


家のことを別にしても、倉木と一緒に過ごすのは、悪くなかった。

静かで、同じ空間にいても気をつかわないので気楽だ。

こちらはなんとか親しくなろうと思って近づいていたので、最初は気をつかってあれこれ話しかけていたが、やがて、その必要もないということに気づいた。

話しかければ答えるし、倉木のほうから話しかけてくることもある。しかし会話が途切れてもそれはそれで、特に気まずくもならない。倉木が気にしていないのがわかったので、俺も気にしないようになった。

職場も職種も違い、ただの隣人という薄い関係なので、マウントのとりあいとは無縁だったし、同年代の男で集まるとたいてい女の話になるのに、それがないのもいい。

彼はときどき自宅に小さな花を飾っていたが、本人の言ったとおり、女と会っている様子はなかった。そこまで親しい間柄ではないから、生々しいところを見せていないだけという可能性もある。しかしそれにしては、わずかな気配すら感じない。

祖父母や両親に結婚を勧められる、という話をしたときにも感じたが、彼はそういった話題を苦手としているようだった。潔癖症なのか、と思ったが、嫌悪感を抱いているというわけではなく、単に困っているようだった。

倉木が自分から愚痴をこぼすことはなかったが、げんなりして見えるときに何かあったのかとこちらから訊くと、大家の橋口に恋人の有無をしつこく訊かれて閉口したとか、職場で異性にアプローチをされると、波風を立てずに受け流すのに気をつかうとか、ぽつぽつと不満を話してくれた。人と比べるとかなり薄いとはいえ、この男にも人間らしい感情があるのだなと、俺は少し愉快な気持ちになった。

自分も似たようなものだ、と共感を示し、

「まあ仕方ないよ。普通はこの年になると結婚してるか、彼女がいるか、それを欲しがって焦ってるかだって思われてるんだ。迷惑な話だけど、誤解を正すのに労力を使うより、相手が理解できるような建て前を用意するほうが合理的だよ」

「それはそうですが」

家族の望む仕事に就いて、「ちゃんとした大人」が住むような家に住んで、それでも一人でいる倉木が、そんなことをわかっていないはずもなかった。俺がわざわざ言葉にしたのは、俺も同じ考えだよ、と示すためだ。共感、同調、仲間意識を持つこと。わずかとはいえプライベートな話を聞けたタイミングで、一歩でも距離を縮めておこうと思ったのだ。

倉木は俺の言葉に相槌を打った後、普通って何でしょうね、と呟くように言った。

「問題提起のつもりはないですよ。普通の人って、どんな人なのかなと、単純に疑問なんです。自分が普通だと思っている人が、どれだけいると思いますか？　それが正解かどうかは、誰が判断するんでしょう」

珍しく会話が発展しそうだ。

俺は少し考えてから答える。

「多数派が普通、ってことになるのかな。突出していなければ普通。今回のことでいえば、大人は働いて結婚してるか、そうしたいと思ってる、って考えてる人たちが普通……ってことになるかな。勤務先の大多数、近所の大多数」

「人のことはわかりませんよ。気のいいお隣さんだと思ってた人が実は殺人鬼で、でも本人は、それは普通だと思ってるかもしれませんし」

「極端な話だな」

倉木らしからぬ乱暴な喩《たと》えに、思わず笑ってしまった。眉一つ動かさずに言うので、冗談なのか本気なのかわからない。

「まあ、今のはかなり極端ですけど」

倉木はそう認めた後、

「人に迷惑をかけなければ、誰に何を言われる筋合いもないんだから、普通はこうだとかちゃんとした大人はこうだとか、余計なお世話だと思いますけどね」

こんなことを言っておいて、私自身もかなり、そういう考え方にとらわれてると、自覚はしていますーーそう続けた倉木の目には、自嘲の色が浮かんでいる。

そのときは、話はそこで終わり、俺もそれ以上追及しなかったのだが、少し彼のことがわかった気がした。考え方や感じ方が、やはり、自分と近い。

それ以来、俺のほうからもときどき、思ったこと、感じたことを倉木に話すようになった。

大した内容ではないが、職場で休み明けに旅行の土産を配る文化には圧力を感じるとか、他人の子どもやペットの写真や動画を見せられても困るとか、円滑な人間関係を維持するために、普段は黙っているようなことだ。

学校の友人や職場の同僚、家族などと違い、ただの隣人という距離感だからこそ話せることもある。

深い話をするような関係ではなくても、本音のかけらを、何かのついでにまぎれこませることができるくらいの相手は、便利なものだ。共通の知人など大家くらいのもので、互いに関する噂話を共有するような相手もいないというのも、安心材料の一つだった。

こちらがそうやって胸襟を開いてみせると、倉木を囲う強固な壁のようなガードもわずかに下がったように感じた。今後のことを考えると好都合だ。

これまでの様子や言動からなんとなく、彼はゲイなのだろうと察していたが、こちらからそれに触れることはしなかった。

万一、俺に恋愛感情を持たれたとしてもそれはそれで利用できそうだったが、俺のほうにも気持ちがあると誤解されては困る。そう思い、あるとき、なるべく不自然に思われない流れの中で、忘れられない女性がいるという話をした。詳細は伏せたが、要は、恭絵さんのことだ。随分昔に死に別れたが、今でも気持ちが残っている。だから今、恋人はいない。興味も持てない。そんな風に話した。

実際には、俺の恭絵さんに対する感情は恋愛感情とは違うものだった——少なくとも俺はそう思っていて、他人に恋愛というレッテルを貼られれば不快に感じていただろう——が、そんなことまで話す必要はない。

倉木は聞くだけ聞いて、そうですか、と言った。強がりでもなんでもなく、興味がなさそうだった。

牽制《けんせい》するつもりで話したということさえ気づかれているような気がして、俺は居心地の悪さを感じた。

そのことにすら、倉木は興味を示さなかった。

倉木といると楽なのは、彼が、こちらのことをどうでもいいと思っているからだ、と気がついた。俺を、というより、自分以外のすべての人間について、倉木は無関心だった。わかりあいたいとか、つながりたいとか、そういう願望がない。

人間嫌い、というのとも違うようだ。積極的に嫌うというほどの興味がない。

あきらめている、というのが一番近いように思えた。

それは人間に限ったことですらなく、社会、世界、人生、すべてに見切りをつけているかのようだった。

やはり倉木は恭絵さんに似ている。俺とも。

改めてそのことに気づいたとき、俺は十数年ぶりに——恭絵さんが死んでから初めて他人に対して好感情を持った。

何にも感動しない——というのは言い過ぎにしても、心が大きく動くということがない。少なくとも、それを表に出すことがない。

彼はいつも凪《な》いだ状態で、静かだった。

倉木が内心で何を考えているかはどうでもよかった。

彼の内面、深いところを知りたいとは思わない。その必要もない。

いつかは追い出さなければならないのだから、何を恐れるかは知りたかったが、倉木個人に興味はなかった。互いにそう思っているのが楽で、少しずつ、俺が倉木を――恭絵さんの家であり倉木の家でもあるその場所を、訪ねる回数は増えていった。

夏の始まり、セール品のそうめんと一袋百五十円の茎茗荷《くきみようが》を買って半分ずつ分けたついでに、二つ入りのパックの大福を買って、倉木の家で二人で食べた。

居間の畳の上から殺風景な庭を眺め、大葉を植えたらどうだ、と提案すると、倉木はやはり、世話が面倒だと言った。

「一度植えちゃえば、あとは勝手に育つよ。大して手はかからないし、植えるだけなら俺がやってもいいけど。たぶん、ここなら茂るんじゃないかな」

前にもこの庭に植わっていたことがあるから、と俺が言うと、倉木は、ちらっと目をあげて俺を見る。土いじりはごめんだが、無料の薬味には大いに興味がある、といった様子だった。もう一押しだ。

「そのとき住んでいた人も、全然世話なんてしていなかったよ」

世話をする気はないが、勝手に植える分にはかまわない、と倉木が言うので、大葉が茂ったら、俺も好きなときに収穫して食べていいという条件とひきかえに、苗は俺が買ってきた。二百円だった。夏中大葉が手に入ると思えば安いものだ。それに、倉木の留守中に、庭へ入る口実にもなる。

俺が期待したとおり、苗はあっというまに育って葉を茂らせた。

畳の上から見る景色が、あのころの夏と同じになった。


俺はときどき、倉木の家の中に髪の毛を落としたり、リモコンで離れたところからテレビをつけたりしていたが、効果はほぼ感じられなかった。

それでも、半ば惰性のように続けた。いずれ本腰を入れて追い出しにかかるときのために、だらだらとでも、続けることに意味があった。

倉木はあくまで「つなぎ」の住人で、いつかは彼に取って代わらなければならない。そのことを忘れないように、自分にそれを言い聞かせるためもあったかもしれない。

倉木に気づかれないように、また、「怪現象」と俺とを結びつけられてしまわないように、自分が倉木と一緒にいるときに何かすることは極力避けていた。初期に一度、テレビをつけたのが最後だ。

しかし、俺がいるときは何も起きない、というのも、あまり徹底すると、逆に印象に残ってしまいそうだ。それに、少しは気味悪がっているのか、倉木の反応をたまには間近で見たいという気持ちもあった。

そこで、二人そろってスーパーから帰ってきたとき、倉木が玄関の鍵を開けている隙に、庭を眺めるふりをして窓越しにリモコンでテレビをつけてみた。

俺はもともと倉木の数歩後ろを歩いていたので、倉木に目撃されることもなく、うまくいった。

玄関のドアを開けて中へ入った倉木は、すぐに居間のテレビがついているのに気づいたようだ。荷物を置くと、無言でテレビ台のリモコンをとって電源を切った。

怖がったり、あれ、おかしいな、と怪訝そうな表情をするどころか、眉一つ動かさないので何を思っているのかまるでわからない。

「消し忘れ？」

「消したと思うんですが。ときどきあるんです」

リモコンを元の場所へ戻してキッチンへ行き、買ってきたものを配膳《はいぜん》台に並べ始める。

「勝手につくってこと？　何、心霊現象？」

冗談まじりに、そんな風に言える程度には親しくなっていた。

「まさか」と言われるとばかり思っていたが、

「さあ、どうでしょうね」

倉木は、否定も肯定もしなかった。俺は少し驚いた。

倉木は業務用と書かれた大袋入りの冷凍餃子《ギョーザ》を、半分、ジッパーつきのビニール袋に移し替え、元の袋のほうを俺に渡した。俺は袋をくるくる丸めて、エコバッグに入れてきた輪ゴムをかける。半分でも結構な量だ。倉木と分けた後の残りでやっと、家の冷凍庫にぎりぎり入るくらいのかさだった。

「意外だな。幽霊とか、信じてないと思ってた」

「信じる、信じないで考えたことはないですね。視たことはありません」

俺は冷凍餃子の袋をエコバッグに放り込み、財布を取り出す。倉木が配膳台に置いたレシートを確認して、半額分の小銭をその上に置いた。ちょうどあった。

「視たことはないけど、いるかもと思ってる?」

倉木の言葉の意味を測りかね、そう尋ねると、倉木は買ったものを冷蔵庫や冷凍庫にしまいながら、

「いても別にかまわない、と思っています」

俺のほうは見ずに、淡々と答える。

「それって、この世に存在していてもいい、って意味で? それとも、この家にいてもいいってこと?」

「どちらもです」

心臓の鼓動が速くなり始める。それを気づかれないように注意した。

倉木はこの家を怖がってはいない。それは確かだが、この口ぶりだと、この家に何かあると感じてはいるということではないか。

倉木は幽霊の存在自体、頭から否定するものと思っていた。

俺の地道な仕掛けの積み重ねも、全く無意味なものではなかったということだろうか。

「この家にも、何かいる……ってこと?」

「さっきも言いましたが、視たことはないです」

「いるかも、って感じたことはある?」

「……そうですね」

倉木は思案するように、エコバッグを畳んでいた手を止めた。

「気配のようなものを感じることは、ときどきあります。古い家にしみついた残り香のようなものかもしれませんし、気のせいかもしれませんが。それとは別に、存在を主張するような……さっきみたいにテレビが勝手についていたりとか、そういうこともたまにあります。でも、特に困ってはいないので」

存在を主張するようなこと、というのは、テレビや髪の毛など、俺のしわざのことだろう。しかし、「気配のようなもの」？　気のせいかもしれないと倉木は言ったが、無視はできなかった。

俺の仕込んだあれこれのせいで、なんとなく、そんな気になっただけ――と考えるのが合理的だ。俺が感じていた恭絵さんの気配は、あくまで俺の記憶から呼び覚まされた俺の感覚で、同じものを倉木が察知したとは考えにくい。勝手につくテレビも落ちている髪の毛も、そもそも彼に「何かあるのかも」と思わせるための仕掛けだったのだから、それが功を奏しただけだろう。よかったじゃないか、計画通りだ、と頭ではそう思うのに、胸ではざわざわと落ち着かない思いが渦をまく。

「人間にも色んな人がいるでしょう。幽霊もそうなんじゃないですか。悪さをする幽霊はごく一部で、この家にいる幽霊がそうでないなら、別にいても問題ありません。私を放っておいてくれるなら、私も相手を放っておきますよ」

倉木はこの家にいるかもしれない幽霊を受け容れている。その存在ごと、この家を受け容れている。そしてこの家も、倉木を受け容れているように思えた。

この家に、恭絵さんはいるのだろうか。彼女の気配を倉木が感じたということが、そのあかしではないのか。

「結局、いるってこと？」

緊張を隠して、軽い調子で問えば、倉木は「さあ」と目を伏せる。

「いると思えばいるんでしょうし、いないと思えばいないんでしょう。いるならいるで、別にかまいません」

お互い、邪魔にならないのなら、特に気にする意味もないですからと言って、少し口元を緩めた。

「同居人が欲しいと思ったことはないですが、幽霊はちょうどいいかもしれませんね」

倉木は冗談を言ったつもりだったのかもしれない。

俺は笑えなかった。笑おうとして、口元が引きつるのを感じた。

恭絵さんが死んでから、俺は何度もこの家で彼女の気配を探した。確かにその気配を感じることはあった。しかしそれが、自分だけの感覚だということを俺はわかっていた。

恭絵さんの幽霊がいて、姿を現してくれるとか、声を聞かせてくれるとか、そんなことを期待したことは一度もない。

あのころと同じにおいのする家の中で、恭絵さんのことを考える。恭絵さんがいたときのことを思い出し、今も一緒にいると想像する。俺が恭絵さんと再会する、彼女を感じるためにできることはそれだけだった。

家は思い出の増幅装置で、恭絵さんを感じているのは俺自身だ。俺がそう感じているだけだとわかっていた。

恭絵さんのことを知らない人間に、彼女の気配を感じとれるわけがないのだ。

だから、おそらくは倉木の気のせいだ。俺の仕込んだあれやこれやのせいで、そんな気になっているだけだ。

頭ではわかっていたが、もしかしたら、という思いを完全に振り払うことはできなかった。

もし、もしも、本当にこの家に、彼女がいるのなら――俺が探していた思い出のかけらとしての気配だけじゃなく、本当に、まだ、彼女自身のたましいがここにいるのなら。

「三ツ谷さんこそ意外でした。幽霊とか、そういう話が好きなんですか」

「好き……ってわけでもないけど」

倉木に話しかけられて我に返る。

幽霊の話が好きなわけではない。信じているわけでもない。少なくとも自分では、そう思っていた。期待しないようにしていた。

しかし本当は、幽霊でもいいから、もう一度会いたいと思っていた。この家に恭絵さんの霊がいてくれたらいいのにと、思っていたのだ。

今なら――倉木になら、話してもいい気がした。

以前、自分はゲイではないとアピールするために少しだけ話した、彼女のことを。

「前に、忘れられない人がいるって話したことあったよね。ずっと昔に亡くなったって……覚えてるかな」

倉木は頷くように顎を引いた。

「今でも、何かにつけて思い出すんだ。その人には、また会えるなら会いたいかな」

恭絵さんは三ツ谷家の墓に入っているから、家族で墓参りに行ったこともある。しかし、彼女はそこにはいない気がした。

俺の知る恭絵さんは、ほとんどこの家にいる彼女だけだったから、ほかと比べようもないのだが、この家にいるとき、彼女は一番彼女らしくいられたと思う。この家の中で俺が見ていた姿が、本当の彼女だった。だから、恭絵さんのたましいが残るとしたら、この場所しかなかった。

俺の短い告白を聞いて、そうですか、と倉木が言った。

思惑が透けて見えただろう前回とは違うとわかったからか、倉木も今度は、つまらなそうな顔はしなかった。

倉木があの家に住み始めて、もうすぐ一年が経とうかというころだった。

「倉木さんって一人暮らしよね？　賃貸の契約のときも、そう聞いてるし」

家賃を渡しに行った俺を引き止めて家にあげ、わざわざ茶を淹《い》れて、大家の橋口がそんなことを話し出した。

彼女は普段から話し好きだが、立ち話ではなく「お菓子があるのよ」と言われて家にまであげられた時点で、何かとっておきの話題があるのだろうとは思っていた。それも、近所の奥様連中ではなく、俺に言いたいこととなると限られる。

何の話かと身構えていたら、倉木のプライベートについてだった。

いい人いないの、とことあるごとに彼女に訊かれていたのは、倉木だけでなく、俺も一緒だ。そのたび、いませんよ、今は仕事が忙しくて、そんな余裕はなくてと、笑って流すのも慣れたものだった。あの人、毎回飽きずによく同じことを訊くよなと、倉木との間で話の種にしたこともある。

そんな橋口が、倉木の家の窓越しに、女の姿を見たのだという。

「髪が長くてまっすぐで……裾の長いワンピースを着ていたかしら。顔ははっきり見えなかったけど、若そうな感じだった。たぶん倉木さんと同年代ね」

別に、おかしなことではない。珍しいことは珍しいが、友人か家族が遊びに来ていたのだろう。それの何がそんなに気になるのか。

俺は、はあ、そうですか、と気のない返事をしてみせたが、橋口はかまわず続ける。

「一階のカーテンの隙間から、ちらっと見えたの。倉木さんに女性のお客さんなんて珍しいから、気になっちゃって」

最初に見たときは夜遅い時間だったので、「あらあら」と思っただけだったそうだ。

二度目に見たのは土曜の夕方だった。おそらく同じ女が、今度は二階の窓辺に見えた。橋口のことだから、一度目の目撃以降、注意して倉木の家の窓を見張っていたに違いない。

物見高い彼女は、このチャンスを逃すまいと早速行動に出た。

貰《もら》い物の菓子を持って、おすそわけをするという体で、倉木を訪ねたのだ。

しかし、倉木は留守だった。確かに女性の人影を見たと思ったのに、呼び鈴に応える声はなかった。

翌日、出勤前の倉木を呼びとめて訊いたら、土曜の午後は出かけていたと言われた。

「恋人に留守番をさせていたのかと思って、お客さんが来ていたか訊いたんだけど、倉木さん、誰も来ていないって言うのよ」

見間違いじゃないですか、と俺が言うと、橋口は、皆そう言うのよね、と言って眉尻《まゆじり》を下げる。皆にその話をしているということだ。俺は倉木に同情する。

「確かに見たのに。二回もよ。最初に見たのは深夜だったし、一緒に住んでいるか、泊まるかしたんだと思うんだけど」

不満げにため息をついて、橋口は貰い物だという菓子をかじる。三ツ谷さんもどうぞ、遠慮しないで、と勧められ、俺も個包装の菓子を手にとった。

「悪いことをしてるわけでもあるまいし、隠さなくてもいいのにねえ」

数種類のナッツをキャラメルで固めた菓子は、香ばしかったが、奥歯にはりつく感触が不快で、橋口宅を辞した後も口の中に甘さが残った。


橋口の話が気にならないというわけではなかったが、ああして近所中に触れて回るようなことだとも思わない。

倉木にだって女の知り合いくらいいるだろう。職場の同僚とか、親族とか――深夜や休日の夕方に家にいた、ということを考えると、親しい間柄だろうとは思うが、恋人と決まったわけでもない。

もちろん、恋人を作る気になった可能性もある。家族の認める「ちゃんとした大人」になるために——それが、彼が望んでのことかどうかは別として。それならそれも、本人の選択、本人の自由だ。

同棲《どうせい》でもされてしまうと、家を訪ねにくくなるし、あの家の景色や雰囲気が変わってしまうおそれがあるから、そういう意味では俺とも無関係ではないが、そうなりそうなら、女のほうを怖がらせるだけだ。倉木を怖がらせるよりずっと簡単だろう。

倉木が、女もろとも出ていくことになったとしても、それはそれで仕方がない。彼は「つなぎ」としては最適な住人だったから少し惜しいが、どうせいずれは出ていってもらうはずだったのだ。

わざわざそのことを訊くためにに訪ねるようなことはしなかったが、次に顔を合わせたときに橋口がこんなことを言っていた、と話したら、倉木は呆れた表情で言った。

「いませんよ、誰も。見てのとおり」

言われるまでもなく、同居人がいないことは室内を見ればわかる。食器などの生活用品がいつのまにか二人分に増えているというようなこともない。買い出しの食料の量も、以前と変わらず一人分だった。

「私だけです。姿の視えない同居人がいるのかもしれませんが、私に視えないのに大家さんに視えたということもないでしょうし」

もちろん倉木は冗談のつもりだったのだろう。

俺も、とりあえず「だよね」と笑っておいた。しかし、気持ちがざわめくのは止められなかった。

たまたまその日誰かが遊びに来ていた、ということなら、そう言えばいい。隠す意味がない。倉木の次に頻繁にこの家に出入りしている俺が気づかないのだから、間違いなく、この家に女の気配はない。少なくとも、生きた女の気配は。

しかし、橋口が嘘をつく理由もない。

彼女は何を見たのだろうか。

倉木は、それまで居間のカーテンを開けていることがほとんどだったが、閉めるようになった。

二階の窓のカーテンもだ。

わずかな変化だが、偶然だとも、彼が意味もなくそうしているのだとも思えなかった。

隠しごとがあるのではないかと思った。考えすぎだろうか。

カーテンが閉まっていることが増えたせいで、外からテレビを操作することは難しくなった。

昼間の外出時などはカーテンが開いていることもあったから、そういうときを狙ってテレビをつけるようにしたが、あまり続けると、カーテンが開いている日だけ勝手にテレビがついている、という事実とその意味に倉木が気づかないとも限らない。悩ましいところだった。

俺は、倉木がこっそり誰かと——女と一緒に住んでいる、という可能性について考えた。

そうだとしたら、隠す必要はないはずだ。

素直に考えれば、倉木の言うとおり、そんな女なんていないのだろう。

しかし、それなら何故、人目を気にするようにカーテンを引くようになったのか。

いつもカーテンを閉めているわけではない。が、閉めていることが増えた。隙間なく閉まっているのは、夕方から夜にかけてのことが多かった。特に休日や、その前日だ。

カーテンが閉まっているとき、その内側で、倉木は一人ではないのではないかと橋口が邪推してしまうのは理解できた。

俺も、気にするほどのことでもないのかもしれないと頭ではわかっていても、気になった。

橋口とは違うことを考えていた。

橋口の想像以上にありえない妄想だ。

あのカーテンの向こうには、俺がずっと会いたかった人がいるのではないか。

そういえば、恭絵さんも、夜はカーテンを閉めていた。昼は庭が見えるけれど、夜は暗くて見えないし、電気をつけていると、外からは家の中が丸見えだからと言って。庭が見えると言っても、大葉しか植わっていない、ほぼ裸の庭だったが。

俺だって、寝る前にはカーテンを閉める。それは単に、朝陽が差し込むと眩しくて、予定より早く目が覚めてしまうからだった。倉木がカーテンを閉めるようになったのも、橋口の話を聞いて、自分が思っていたよりも、外から家の中が見えるのだな、外から見られているのだなと察して、プライバシーを守るためにそうしているだけかもしれない。そう考えるのが合理的なのに、俺は馬鹿馬鹿しい想像を止められない。

双眼鏡を買ってきて、台所の小さな窓から、倉木の家の窓を観察する。

一階の居間には電気がついている。カーテンは閉まっていて、布越しにうっすらと光が漏れている。二階は電気が消えている。カーテンにはわずかに隙間がある。

居間のカーテンが開かないか、二階のほんの少しだけ開いたカーテンの向こうに見えるものがないかと、俺は何時間も同じ姿勢で目をこらした。

橋口に視えたのだ、俺に視えないはずがない。そこにいるのが彼女なら。

あのカーテンさえ開けば、視えるはずだった。

あの家の中で、夜、恭絵さんと交わした会話、過ごした時間を思い出す。

訪問は頻繁だったが、恭絵さんの家に泊まったことは数えるほどしかなくて、だからこそよく覚えていた。

宇宙船みたいでしょう、と彼女は言った。

カーテンを引いて、たった一枚の布だけで外から隔絶された部屋の中で、温かいものを飲みながら。

恭絵さんは好んでワット数の低い白熱灯を使っていたのか、居間の明かりは、ぼんやり真上から俺たちを照らしていた。部屋の隅は薄暗かった。確かに守られているようだった。洞窟《どうくつ》とか、潜水艦とか、秘密基地のようだと思った。恭絵さんの家は、昼とは違う顔をしていた。

そのとき、珍しく彼女は――あくまでも、彼女にしては、という程度だが――饒舌《じょうぜつ》だった。

俺に説明をしてくれた。

「夜の間はこうして浮かんでいるの。外は宇宙で、ここだけが私の世界で、安全なの」

俺はそのとき小学生で、たぶん八歳か九歳くらいだった。宇宙船ごっこに胸をわくわくさせるような可愛げはなかったが、恭絵さんが秘密を打ち明けるような口調で話してくれたことが嬉しかった。

恭絵さんは俺を子ども扱いして、俺に合わせて宇宙船ごっこを始めたわけじゃなく、この「宇宙船」は彼女が彼女自身のために必要としているもので、それを俺に見せてくれたのだとわかった。

朝になったらまた地球に戻るの？　と俺が訊いたら——特に深い意味はなく、彼女の宇宙船ごっこに乗っかって訊いただけだったが——恭絵さんは少しの間黙って、やがて、そうね、と頷いた。

彼女にとって、地球は生きづらい場所だったのかもしれないと気づいたのは、ずっと後になってからだった。

双眼鏡を取り落としかけてはっとする。一瞬、意識が遠のいていたようだ。

夢を見たのか、昔のことを思い出していただけなのか、その境界線がよくわからない。

いつまでもこうして向かいの家を監視していても仕方がない。

ため息をついて、最後にもう一度、双眼鏡を覗いた。

そのとき、二階の窓辺に、女の姿が見えた。

カーテンがほんの少しだけ開いた窓に近づいて、すぐに離れていく。

一瞬の出来事で、俺は双眼鏡を持ったまま身を乗り出したが、もう女は見当たらなかった。

髪の長い女だった。一瞬で、顔はわからなかったが、白っぽい服を着ていた。

恭絵さんに似ていた気がした。

そうだったらいいと俺が思っていたから、そう見えただけかもしれない。

自分の中の冷静な部分はそう思うのに、もっとどうしようもない部分が走り出して、気がついたら靴を履いていていた。

見間違いだとしても、確かめればいい話だ。

今見たものを確認するのは、今しかできない。

時計は見なかったが、他人を訪ねるのに常識的な時間ではないことはわかっていた。どうでもよかった。

俺はアパートの外階段を駆け下りて、道を渡り、斜め向かいの家に到着すると呼び鈴を鳴らした。

返事はない。かまわず数秒置いて再び鳴らす。

在宅していることはわかっている。一階の居間に電気がついているのが見えている。

気は急いたが、彼女を驚かせてはいけないと思い、呼び鈴を連打することはしなかった。礼儀正しく、間をあけて何度か押した。静かなせいで、家の中でチャイムが鳴る音が、ドア越しに聞こえていた。

十数回の呼び出しの後、それでも返事がなかったので、庭へ回った。カーテンは閉じていて中の様子は見えない。窓を小さく、立て続けにノックした。

やがて、カーテンがわずかに揺れ、なんですか、と迷惑そうな声が中から聞こえた。

「こんな時間にごめん。中に入れてほしい」

俺は常識人らしく落ち着いた調子で言う。声が上ずらなかったのは上出来だ。

「話があるんだ。どうしても確かめたいことがあって」

「それは、今じゃなきゃだめなんですか」

もっともな質問だったが、俺は引きさがらない。

「頼むよ」

それだけ言った。

俺が視たのが間違いなく彼女だったのか、それともただの、倉木の客の女を見間違えただけなのか、確認したい。

恭絵さんの思い出だけでなく、彼女自身がこの場所にいるのかどうか、それを確かめたかった。

本当に客がいるのなら、謝罪して帰るだけだ。

窓とカーテンの向こうで、倉木がはあ、とため息をついた気配がした。

真剣に頼み込めば、無下にはされないと踏んでいた。その程度には親しくなっていた。

窓越しとはいえ反応があった時点で、折れてくれるという予感はあったが、

「玄関へ回ってください。開けますから」

倉木がそう言ったときは、ほっとした。

玄関のドアが開いたので、彼の気が変わらないうちに中へ滑り込む。

倉木は両腕を組んで、不機嫌そうに、靴を脱ぐ俺を見下ろした。

「なんですか、こんな時間に」

さすがにスーツ姿ではなく、ネクタイも締めていなかったが、襟つきのシャツを着ている。

一人で家にいるときまで、こんな服装なのだろうか。俺が訪ねてきたから、わざわざ部屋着か

ら着替えたのだろうか。

「さっき、窓の向こうに、女の人影が視えた」

「あなたまでそんなことを……」

俺の言葉に、倉木ははっきりとわかるようにため息をつく。

「誰もいませんよ。見ればわかるでしょうけど」

「生きている人間は誰も？」

「……はい？」

ごまかされるつもりはなかった。

俺は彼女を視たのだ。

橋口の話も、この家の曰くも、倉木がカーテンを閉めるようになった理由も、すべてつながっていた。つながっていることに俺はやっと気づいた。

さかのぼれば、俺がこの家に恭絵さんの気配を感じていたことも。

「昔、この家に住んでいた女性が一人、死んでる」

倉木の逃げ道をふさぐために告げた。

「病院に運ばれたときは息があったそうだから、厳密にはここで死んだわけじゃない。けど、彼女が帰ってくるとしたらこの家しかないんだ。あんたが一緒に暮らしてるのは、彼女の霊だ」

おまえが隠していることを知っている。おまえが知らないことまで知っている。

おまえの視えない同居人は、おまえだけの秘密ではないのだと突きつける。

「何の話です」

「隠さなくていい。……彼女のことを教えたかわりに、あんたも正直に話してくれ」

「だから、何をですか」

腕を組んだまま、呆れ半分、苛立ち半分といった様子で倉木が聞き返した。

それが演技なのかどうか、俺にはわからない。

「彼女がどんな様子なのか……意思疎通ができるのか、とか。どんな姿で視えるのかとか」

何を聞きたいのか、という問いに、即答できなかった。

考えていなかった。窓越しに彼女を見て、いてもたってもいられなくなって飛び出して、それだけだった。

ぎこちなく要望を口に出してみて、それが一番の望みではないことに気がついた。

倉木の知る彼女がどんな様子なのか、どんな風に彼女と過ごしているのか、それはもちろん知りたい。

しかしそれより何より、俺は、ただ、

「……俺も、会いたいんだ」

もう一度恭絵さんに会いたい。

一緒に過ごした場所で思い出に浸り、その記憶に慰められるだけではなく、自分の外にいる彼女を感じたい。

かなうはずもないと思っていたから、これまではっきりと願ったこともなかったが、それこそが本当の望みだった。

今も彼女がここにとどまっているのなら、そばにいるのは、自分であるべきなのだ。

本当はずっと前から自覚していたのに目を逸らしていた自分の本心と向き合い、俺はしばらくの間、その場に立ち尽くした。そうだ、俺はそれを望んでいたのだと噛みしめるように。

倉木は両腕を固く組んだまま俺を見つめている。

「本気で言ってます？」

そう尋ねた彼の声に、馬鹿にする様子はなかった。確かめるような訊き方だった。

答えるまでもない問いだ。俺がそちらを見ると、それだけで倉木は察したようだった。

「……まず、私は幽霊と暮らしているんですか。初耳ですが」

「あんたも認めていた」

「そうだったらおもしろいですね、というような話をした覚えはあります。幽霊を視たことはないと、そのときも言ったはずですが」

「視えてはいない、ってことか。俺にも、橋口さんにも視えたのに？」

そんなことは信じられない。

倉木に視えていないなら、隠すようにカーテンを閉める理由がない。橋口に視えたことにも説明がつかない。

「視える視えないの話じゃなく、前提として、この家に幽霊なんていないと言っているんです。仮にいるとしても、私は認識していません」

倉木は険しい表情で、しかし苛立ちを押し殺しているのか、いつも通りの落ち着いたトーンの声で言った。

物分かりの悪い子どもに言い聞かせるような口調だ。

そして、小さく息を吐いた後、

「忘れられないと言っていたのは、その人ですか」

静かに、低い声で呟く。

質問というより、自分で納得して、それがつい声に出た、というような感じだった。

「その人は女性で、ここに住んでいたんですね。……なるほど」

だから自分に近づいて、家に出入りするようになったのか、というところまで、倉木はたどりついたようだ。

俺はそれには答えなかったが、否定もしなかった。

倉木に秘密を打ち明けてもらうには、こちらも胸襟を開く必要があると、ある程度は覚悟していた。

「この家で何か視たり、感じたりしたなら教えてほしい。俺は、これまで、姿を視たことはなかったけど、気配はいつも感じていた」

だから隠す必要はないのだ、ときちんと説明すれば、わかってくれるはずだ。そう信じて、俺は倉木と目を合わせる。

「……平行線ですね」

倉木は目を伏せ、今度は大きくため息をついた。

どうあっても認めないつもりらしい。

倉木が恭絵さんの霊と同居していて、その事実を、彼女の存在を周囲に隠しているのなら、その心情は理解できた。俺が同じ立場だったら、やはり隠すだろう。周囲の理解が得られるとは思えないし、理解されたいとも思わない。好奇の目にさらされるのも、嘲笑されるのも不愉快だし、場合によってはおせっかいな人間たちによって彼女から引き離されるおそれすらある。社会における自分の立場を考えても、彼女が穏やかに過ごすためにも、世間には知られまいとするだろう。

しかし俺は恭絵さんがそこにいることを知っていて、彼女が誰かもわかっていて、彼女を隠したい倉木の心情にも理解を示したうえで、真剣に、彼女に会いたいと伝えているのだ。

俺が先に、その存在を認めたのに、何故否定してみせる必要がある。

俺と彼女の関係を知れば、倉木はわかってくれると思ったから話したのだ。倉木なら。

それを裏切るのか。何故。

俺を信じられないのか。それとも、――彼女をひとりじめするつもりか？

「何か見当違いなことを考えているでしょう」

俺の心を読んだかのように倉木が言う。

「落ち着いてください。疑心暗鬼になっているようですが、あなたが思っているようなことはないです。いない、少なくとも私は認識していないと言っているんです」

「だったら俺は何を視たんだ」

とっさにそう言い返すと、一瞬、倉木の目が泳いだ。

動揺した。

やはり、と確信する。倉木は何か隠している。

「視たのが橋口さんだけなら、見間違いかもしれない。その日たまたま女性の客が来ていたのを見ただけかもしれない。でも俺が彼女を視たのはついさっきだ」

見間違いではないと、今は断言できた。倉木の反応が根拠だ。

さっきまで別の誰かがいて、俺が来たから慌てて隠れた、というようなことがあればわかるはずだ。しかしこの家に、ほかの誰かの痕跡はない。

俺は居間から出て、わざと足音を立てて廊下を進む。トイレや風呂場のドアを開け放った。もちろん、誰も隠れていない。一度居間へ戻って、台所も確認した。

どこにも第三の人間など隠れていない。それを確かめて、倉木が言い逃れできなくなるように、次々と家の中を検《あらた》めて回る。

「ちょっと、やめてください。勝手に……」

制止の声を無視して階段を上がり、二階の二部屋のうち、奥の部屋のドアを開いた。

きちんと片づいた部屋には誰もいない。

踵《きびす》を返し、反対側にある最後の一部屋のドアを開ける。

庭を真上から見下ろせるその部屋は、さっき俺が、窓越しに彼女の姿を視た部屋だ。

思ったとおり、ここにも、誰もいなかった。室内には、隠れるような場所もない。

そのかわりに、まるで抜け殻のように、床の上にわだかまった布のかたまりが目に入った。

いかにも慌てて脱ぎ捨てたといった様子で放置されたそれに、視線が引き寄せられる。

倉木のシャツかと思ったが、その割には布の量が多かった。近づいて手にとると、ライトグレーのシャツワンピースだ。女ものの衣類だった。その下から、ぱさりと何か、黒っぽいものが床に落ちる。

長い髪の毛のかたまりのように見えた。

それも手にとると、裏側にネットがついていて、人工的な手触りがした。かつらだ。女ものの服と、長い髪のかつら。

その意味するところを理解できず、思考が停止する。

これは何だ？

俺を止めることはあきらめたのだろう、とん、とん、と力なく階段を上ってくる足音が聞こえ、部屋の入口に倉木が立った気配がした。

「……自宅でどんな服装で過ごそうと、自由でしょう」

倉木は静かに言った。

俺は振り返り、後ろに立つ倉木を見る。

部屋が暗いせいか、倉木の顔は白く見えた。

硬い声と、硬い表情。

カーテンの隙間から俺が見た長い髪と白っぽい服の人影は、倉木だったのだと気がついた。

恭絵さんではなかった。

橋口が目撃したのも、そうだったのだ。

この家に、彼女の霊などいなかった。

俺はワンピースとかつらを床に落とす。

畳の上に広がった髪の毛は、近くで見ると、作りものだとわかる安っぽい艶《つや》を放っていた。

俺はかつらから、目の前に立つ倉木へと視線を移す。それでも、言葉は出なかった。

自分がこれほど打ちのめされている、理由がわからない。

最初から、いないと思っていたものが、やはりいないとわかっただけだ。恭絵さんが死んでからもずっと、俺はこの家に彼女の気配を感じていたけれど、それは俺だけが感じられるものだと思っていた。それはつまり、俺の中にあるもので、この家を通して、もしくはこの家に投影して、自分の中にある彼女の存在を感じているのだと。

それでも、その気配に慰められていた。

幻でも脳の錯覚でもなんでもいいと思っていた。

実在していてほしい、もう一度会いたいなんて、高望みはしていなかったのだ。

それなのに、ほんの一瞬、「もしかしたら」と思ってしまった——思わされてしまっただけで、失ったような——奪われたような気持ちだった。

こいつが奪った。

喪失感で真っ白に揺らいでいた頭に、やっと、かちりとピースがはまるように感情が戻った。

「騙したのか」

声が出るのと同時に、身体も動いていた。

目の前の倉木のシャツをつかんで引き寄せ、壁に押しつける。

俺を騙したのか。

「どうして」

本当にわからなかった。倉木が俺に、こんな仕打ちをする理由が。

彼に嫌われていたとは思えない。倉木が軽い気持ちで、遊び半分で人の心を弄《もてあそ》ぶような男だとも思っていなかった。

「からかうためか。ぬか喜びさせたかったのか。嫌がらせか?」

首元を絞めあげられても、倉木は答えない。

「それとも、俺の気を引きたかったのか。そうまでして」

どちらにしても許せない。

襟元をつかんだ拳《こぶし》を倉木の顎にめりこませるように力を込めた。

苦しげだった倉木の表情が、俺を皮肉るように歪む。

「いつでも自分が主役なんだな」

吐き捨てるように、彼はただ一言、言った。

倉木が敬語でなくなったのは、これが初めてだ。

俺は倉木の首に両手をかけた。倉木は体勢を崩して、壁に背をつけたままずるずると沈み、畳と壁の境目で首だけが中途半端に起き上がったような無理な姿勢になった。

両手に力を込めて絞めあげると、さすがに抵抗し始める。しかし身体が上下になっているので圧倒的に俺のほうが有利だ。

倉木の指が俺の腕に食い込んだが、大して痛くもなかった。

このまま力を込め続ければ死ぬ。簡単に。

あっけない。

そう思ったとき、スイッチが切れたかのように、すっと頭が冷えた。倉木の存在が、急に、心底どうでもいいものに思えてきた。

我に返った、というべきか。倉木に対する怒りや憎しみよりも、これからどうするべきか、ということに頭が働き始めた。

倉木とはもう完全に決裂してしまった。修復は不可能だから、殺してしまったほうがいい。倉木に住み続けられたら、俺はここで過ごせなくなるし、どんな嫌がらせをしたところで今さら倉木が怖がることはないだろう。第一、自分に疑いをかけられずに嫌がらせを続けること自体がもう無理だ。

やはり殺すしかない。

倉木が死んだら、ここはまた空き家になる。次の住人と一から関係を築くのは面倒だが、仕方がない。次の住人が入るまでは空き家の状態を楽しんで、新しい入居者が決まったら、また相手に合わせて対応すればいい。

首を絞めたのは怒りにまかせてのことだったが、選択としては正しかった。

よし、殺そう、と決めてさらに手に力を込めると、倉木の喉から、ぐう、と押しつぶされた空気が漏れるような音がした。

まずは殺すことに集中したほうがいいのだろうが、死体の処分や現場の後片づけをどうするかなど、その後のことが次々と頭に浮かぶ。もともと、行き当たりばったりは好きではない。何をするにも計画を立てる癖がついていて、手のひらに湿った皮膚と、その下の骨の感触を感じながらも、頭は別のことを考えていた。

死体はどうにか処分して、死んだこと自体を隠すのがいいだろう。死体を運べるようなスーツケースは、この家にあるだろうか。俺は持っていない。通販で購入すれば二日で届くだろうが、記録が残る。倉木のスーツケースに死体を入れて処分すれば、本人がスーツケースを持って旅行に行ったように見せかけられて一石二鳥だ。殺し終わったら、まずスーツケースを探そう。

死んだとわからないようにしておいて、失踪《しっそう》扱いになれば、この家に新しい住人が入るのも先延ばしにできる。少しでも長く、空き家になったこの家をひとりじめできるなら歓迎だ。しかし、失踪に事件性があるかもしれないと疑われて、警察が介入するような事態になったら、家への出入りは当分難しくなるだろう。倉木が死んだことが発覚したら、交流のあった俺にも疑いが及ぶおそれがある。犯人だと断定できるような証拠は残さないつもりだが、最初から疑われないのが一番だ。それには、倉木は穏便に出ていったのだと思わせなければ。

一方で、倉木がここで死ねば、この家は事故物件になって、家賃が下がるのではないか、とも思いついた。

失敗した。最初からそのつもりだったら、もっと、事故に見えそうな方法を考えたのに。自殺に見せかけるのもいい。それなら心理的瑕疵《かし》が大きくなって、事故よりはっきりと家の価値に反映されるだろう。

しかし、首に絞めた痕が残ってしまっては、殺人なのは一目瞭然《りょうぜん》だ。警察は全力で捜査に当たるだろう。疑いを抱かれることなく逃げ切って、ほとぼりが冷めたころに、価値の下がったこの家を手に入れる——などということが、できるだろうか。できるとしても、かなり長い時間、この家には近づけなくなる。

死体が発見されることは望ましくない。死体を隠して失踪という形にしても、事件性を疑われてしまえば、程度の差こそあれ同じことだ。そう考えると、早まったか――。

そんな迷いが出たせいか、無意識のうちに、力が緩んでいたのかもしれない。

「いいん、ですか」

苦しげな呼吸の合間に、倉木の声が漏れた。

俺は、自分の下にいる彼を見下ろす。

やめろとか、助けてとか、ごめんなさいというような内容だったら、気にも留めなかっただろう。

しかし、いつも通りの敬語で、下からこちらを睨《にら》みつけてくるような目で、何を言うつもりかと興味が湧いた。

「私を……ここで、殺したら」

俺は絞めあげる力を緩めた。

自分の首と俺の指の間に爪の先をねじ込んでなんとか気道を確保しながら、それでも苦しそうに喉を鳴らして、倉木が声を絞り出す。

「……化けて出ますよ。この家に。あなたの大事な人の家なんでしょう」

いいんですかと、もう一度繰り返した。

「居座りますよ。どうせ、ほかに、行くところなんてないんです」

命乞《ご》いにしては強気な言いようが、倉木らしいと言えばらしい。

自分を殺そうとしている相手に、死んだら化けて出ますよなんて、子ども騙しの脅迫、普通なら通用しないのだろうが、俺に対しては、脅迫として成立していた。

なるほど、言われてみれば確かに、それは困る。

恭絵さん以外の幽霊に、化けて出られる「かもしれない」というだけで、俺にとっては、ここで倉木を殺すことを躊躇する理由になった。この家は恭絵さんの家で、彼女だけの場所なのだ。

俺はさらに力を緩めた。

両手は倉木の首にかかったままだが、相手がその気になればすぐに撥《は》ねのけられるだろう程度の力しか入っていない。

倉木はまだ俺の下から抜け出さずに、呼吸を整えている。

「心配、しなくても……あなたに殺されかけたなんて、人には言いませんよ。みっともない。経緯を考えたら、言えるわけがないでしょう」

経緯？

俺が怪訝な表情をしたからか、倉木は首をぱたりと横向きに傾けて、畳の上に落ちたワンピースとかつらを見た。

ああ、あれか。

そんなことが何故、殺人未遂の被害を隠す理由になるのか、俺にはわからないが、本気で言っているらしい。ということは、俺は倉木が、そうまでして隠したい秘密を知ったことになる。互いに口をつぐんでいよう、何もなかったことにしようという、交渉が可能なのだろうか。この期に及んで？

「言っておきますが、普段のスーツも、嫌々着ているわけじゃないですよ。あれが一番似合うんです。自分をよく見せるために、それに適した服装をしているだけで、それはそれで満足して……います、から」

一度に長いフレーズをしゃべったのが悪かったのか、倉木が咳《せ》き込む。

俺は倉木の首から手を離し、倉木から離れた。

「女性が皆、好んでスカートをはくわけじゃないでしょう。『普通の女性』だって、ピンクやフリルが好きな人ばかりじゃないし、好きでも自分に似合わなかったら着なかったりする。人目を気にして……誰かに何か言われるのをおそれてというのもあるでしょうけど、似合わないものを着ていると、落ち着きませんから。それと一緒です」

こんなときだというのに、倉木はいつになく饒舌だ。畳に手をついて身体を起こし、片膝を立てた姿勢になった。

「何の話だ、って顔ですね」

咳払いを繰り返しながらこちらを見る。

「重要なのは、あなたが見たのは亡くなったその彼女じゃなかった、ということだけで、私が女ものの服とかつらを着用していたことはどうでもいいみたいですね」

億劫《おっくう》そうに立ち上がった。顔をしかめて自分の喉に手をやり、二、三回、つかえたものをとろうとするかのように小さく咳をする。

「他人に興味がないからでしょうけど。そういうところは、割と、嫌いじゃありませんでした」

でもまあ、おしまいです。

そんなことを言って、倉木はふらりと部屋の奥へ向かって歩き出した。

どいてくれますか、と言われて俺は横へずれる。倉木は俺の後ろにあった小さな引き出しつきの棚を探って、何かを取り出した。

白い封筒に入ったそれを片手に持ち、ゆっくり部屋を出ていこうとするので、思わず一歩踏み出すと、

「逃げやしませんよ」

倉木はちらっと肩越しに振り向いて言う。

「水を飲みに行くだけです。誰かに絞められたせいで喉が痛いので」

何ならついてきますか、と言われ、俺は倉木の後ろから階段を下りた。

このまま突き落とすことだってできるのに、倉木は警戒心もなく俺に背中を向けている。後ろから見ても、倉木の首には、くっきりと指の痕が残っている。

彼はキッチンへ行き、洗い場に伏せてあったグラスに水を汲《く》んで飲んだ。それから冷蔵庫を開けて、甘い炭酸飲料のペットボトルを取り出し、水を飲んだグラスに注ぐ。これまで、倉木がそんなものを飲んでいるのを見たことがなかった。倉木は、半分ほど残ったペットボトルを俺に示し、「飲みますか」と訊いたが、首を振って断った。

倉木はペットボトルを、冷蔵庫へは戻さなかった。居間へ移動し、ちゃぶ台の上にグラスを置くと、クッションソファに腰を下ろす。

俺は少し離れたところに立って見守った。倉木が突然逃げ出そうとしたときのために出入口をふさぐ形で立ったが、ゆったりと腰を下ろした倉木に、そんな素振りはない。

俺に殺されかけたばかりの男が、これから何をして何を話すのか、少し興味があった。

「さっき」

炭酸飲料を一口飲んでから、倉木が口を開く。

「私が、死ぬのが怖くて命乞いをしたと思いましたか」

俺は答えなかったが、倉木も答えを期待してはいなかったのだろう。俺の返事を待たずに続ける。

「あいにくですが、今さら死ぬのなんて怖くもなんともないんです。いきなりあの状況で、というのは想定外ではありましたけど、ずっと前から何度も死のうとは思っていたので」

かさかさと音をたてて、白い封筒から何かを取り出す。二つの小さな茶色いガラス瓶だった。

「ただ、あなたに呪いをかける間もなく死んだんじゃ、悔しいと思って——ちょっと時間稼ぎをしたんです。絞殺は苦しそうですし、死体の状態もよくないだろうと思いましたし。まあどんな死に方でも似たり寄ったりでしょうけど」

おもむろに瓶の一つを開け、ぐいっと飲み干す。苦いらしく、顔をしかめ、すぐにグラスに口をつけた。甘い炭酸飲料は、口直しのためだったらしい。

「何だそれ。……何のつもりだ」

「だから、嫌がらせですよ」

今はなんでもネットで手に入りますよねと言って、倉木は空になった瓶をちゃぶ台に置き、もう一つの瓶の蓋に手をかけた。

「どうせ死ぬなら、最後に意趣返しをしようと思って」

ぐい、ともう一つの瓶の中身も呷《あお》る。「まずい」と呟いて、またグラスに口をつけ、ごくごくと飲んだ。

ふう、と息を吐いて手の甲で口元を拭い、グラスも瓶もちゃぶ台に置くと、クッションソファに身体を沈めるように仰向けになる。

「あなたのことなんて好きじゃなかった。ただ、友達だと思っていました」

俺ではなく天井を見上げて、感情の読めない声で言った。

「結局、他人が腹の中でどんなことを考えてるかなんて、わかりゃしないって話です」

ソファに全身を預けたまま、首だけを動かしてこちらを見て、

「いいですか、この家に、あなたが探している女の霊がいるかどうか、私にはわかりません。でも、もしいたとしても、今日で上書きされるんです」

誇らしげにすら思える表情で宣言する。

「あなたがこれからこの家で幽霊を視ることがあっても、気配を感じても、それはあなたの大事な人じゃない。私です」

倉木は何かに耐えているかのような表情で目を閉じた。呼吸がぜいぜいと速くなり、顔色が変わり始める。

しかし、最後にこちらを見た倉木は笑っていた。

ざまあみろ、と言っている気がした。

「おい」

声をかけようとしたとき、倉木が横を向いて嘔吐《おうと》した。

直後に、痙攣《けいれん》が始まる。

毒を飲んだのだと気づいたが、俺はその場に立ち尽くすことしかできない。

全身を痙攣させている倉木に近づくのも恐ろしかった。

やがて静かになった。

「……倉木」

呼びかけても返事はない。

倉木はクッションソファに沈んだきり動かなかった。

毒物の影響か、顔は紅潮している。倉木は肌の色が白く、普段は血色があまりよくなかったから、それがどうにも気持ち悪かった。

近づいて顔を覗き込む。苦悶《くもん》の表情を浮かべているかと思ったら、本人が覚悟のうえで服毒したためか、それほど恐ろしい形相ではなかった。目を閉じているからかもしれない。穏やかな死に顔とまでは言えないが、不機嫌そうにおし黙っている、といったような表情だ。

手首をとって脈を確認しようとして、やめた。どう見ても死んでいるし、好き好んで死体に触りたいとも思わない。

近くに立って、しばらくの間、じっと見下ろす。

倉木が死んだ。

俺はその事実だけを、まず飲み下した。

何故こうなったのか、理由はよくわからないが、とにかく目の前で死んでいる。

俺は死体を前に、これからどうすべきなのかを考える。

一度は殺そうとしたのだから、想定内といえば想定内の事態だ。

時刻は午前一時四十分。まだ時間はあるが、たっぷりあるとも言えない。うかうかしていたら夜が明ける。

とにかく死体と、現場をどうするか、考える必要があった。

この家の住人である倉木を排除して、なおかつ家の市場価値を下げるという意味で、自殺してくれれば一番いい、とは思っていた。俺にとっては願ってもない展開のはずだが、問題は、俺がその場に居合わせてしまったということだ。

そして、倉木の首には、指で絞めた痕がある。俺の指の痕だ。

倉木の死因が服毒死であることは、死体を調べればすぐにわかるはずだし、本人の指紋のついた毒物の瓶など、自殺であるという証拠もある。しかし、俺の指の痕が首に残った死体が見つかれば、警察は、毒を飲ませたのも俺だと考えるだろう。

薬瓶の指紋など、死体の指を押しつけるだけで残すことができる。俺に殺されかかった後で倉木が自分で毒を飲んだのだと、容疑者である俺が言ったところで、信じてもらえるとは思えない。

それに、仮に最終的には証拠が不十分で有罪になることは免れたとしても、疑われた時点で、今後この家に出入りすることはできなくなるだろう。

それを避けるには、倉木が死んだこと自体を隠すしかない。

となると、まずは死体の処分だ。

可能なら、今すぐ運び出して山に埋めるなり海に捨てるなりするのが一番いいのだろうが、今日は無理だ。数時間もすれば夜が明けてしまう。それに、この家から持ち出すには、死体はかさばりすぎる。

スーツケースにでも入れて持ち運びやすくできれば、と家中を探しまわりながら、死体をどうするのか考えた。時間的制約のために焦りはあったが、先ほど倉木の首に手をかけたときとは違い、頭は冷静だった。

押し入れの中を探すとスーツケースは見つかった。しかしせいぜい一日二日の出張用としか思えないサイズのもので、死体を詰めて運び出すのは無理そうだった。どれだけ小さく身体を折りたたんでも入らない。バラバラにすればなんとかなるかもしれないが、そんな時間はない。血肉が飛び散って後片づけにも時間がかかりそうだし、家の中に余計な証拠を残してしまいそうだった。何より、解体のために家の中を汚すのは本意ではない。

いったん死体を家の中に隠し、大きいスーツケースを買って後で取りに来るということも考えたが、時間が経つごとに死体は傷んでいく。何の処理もしていない死体だ。一日二日で、臭い始めるだろう。そうなってからでは、隠している間に、あるいは運搬途中で、見つかるリスクは高くなる。倉木の失踪に誰かが気づいた後では、なおさらだ。

それに、車を持っていない俺が、死体入りのスーツケースを、人目につかないように廃棄場所まで運ぶのは、かなりハードルが高かった。倉木の失踪と前後して俺がスーツケースを購入したという事実を作ることも、できれば避けたい。

死体をこの家のどこかに隠し、ほとぼりが冷めたころに持ち出して、人目につかない山奥か海にでも廃棄する。これが一番よさそうだった。

もちろん、すぐに見つかるような場所には隠せない。大家や不動産屋や、次の住人に気づかれないよう、年単位で隠しておくとなると、埋めるしかない。

庭は、深夜とはいえ、誰かが通りかかる可能性がある。居間の畳を上げ、床板を外して、床下の地面に埋めることにした。

スーツケースを見つけた押し入れの中に、大葉の苗を植えたときに買ったスコップがあった。このちゃちなスコップで人を埋められる深さの穴を掘るのにどれだけ時間がかかるかと思うと気が遠くなりそうだ。それでも、ないよりはましだ。

ゴミ袋をガムテープでつなぎ合わせて死体を包み、その後はひたすら穴を掘ったが、やはり数時間では無理だった。

外が明るくなり始めたので、俺はいったん、ゴミ袋に包んだ死体を床下へと落とし、掘りかけの穴はそのままにして、床板と畳を元に戻した。

夜が明けきる前に自宅へ戻り、少し眠って、深夜にまた作業を再開することにする。

幸い、この家の居間のカーテンが閉まっているのはいつものことだった。二、三日の間は、誰も怪しまないだろう。


仕事の後、量販店で組み立て式のシャベルを買って帰ったので、翌日の作業ははかどった。二晩で、俺は倉木の死体を埋め終えることができた。二階の部屋にあったかつらとワンピースと、毒の小瓶も一緒に埋めた。シャベルは俺の指紋を拭いて、スコップと一緒に押し入れにしまった。大葉用の液体肥料と一緒の箱に入れておいたから、見つかっても不審には思われないはずだ。

その後徹底的に家捜しをして、この家の契約書や印鑑を見つけ出し、財布やスマートフォンなど、倉木の身の回りのものと一緒に持ち出した。通帳などの貴重品と、衣類も何着か。倉木は事件に巻き込まれたわけではなく、自分の意思で失踪したのだと見せかける必要があった。そのためには、置いて行くのはおかしいと思われるようなものはこの家に残せなかった。

死体を埋め、持ち出すものを持ち出すと、俺は家中を掃除して、自分の髪の毛や指紋などの痕跡をできるだけ消した。隣人として交流があったことは伏せる必要がないのだから、それほど神経質にならなくてもいいのだが、注意しすぎるということはない。

倉木の性格上、家の中が荒れた状態だとおかしいので、丁寧に片づけ、家具も床も雑巾で拭いた。強く踏みしめて、浮いた状態から平らに戻した畳も、念入りに拭き掃除をした。

倉木の姿を見かけなくなった、と近所の人たちが気づいたら、もうこの家に出入りしないほうが賢明だ。できれば二日で、家の中での作業は終わらせたいと思っていたが、人目につかない深夜にしか出入りできないので、三日かかってしまった。

俺は掃除を終え、雑巾などの不用なもの、冷蔵庫の中にあった余り食材や調味料などをゴミ袋に詰めた。深夜のうちに家の前のゴミ置き場に捨てておけば、明日の朝には回収される。倉木は自分で家を出ていった(ことにする)のだから、家の中にあまり物が残っていてもおかしい。缶詰やインスタント食品などは持ち帰って食べることにした。これも証拠隠滅だ。

掃除をしているとき、倉木の入居直前に橋口が取りつけたという新型のトイレの取り扱い説明書が出てきたので、思いついて、最後に水を流してから八時間経過するごとに自動的に水が流れるように設定しておいた。この型が自動洗浄機能つきであることは、以前電器屋でアルバイトをしたときに知った。操作が複雑で面倒なので、ちゃんと取り扱い説明書を読まず機能の存在自体を知らないままの利用者がほとんどだ。

空き家だったころのこの家に通っていた経験上、トイレは長い間水を流さずにいると、便器の中に溜《た》まった水が減って、黒っぽく汚れてくることを知っていた。何日も人の出入りがないということが、すぐにわかってしまうのだ。自動洗浄機能をオンにしておけば、後で大家や不動産屋が家の中に入ったとき、いつ倉木がいなくなったのかを、少しでもごまかせるのではないかと思ってのことだった。

俺は右手にゴミをぱんぱんに詰めた袋を持ち、左手に、自宅へ持ち帰るものを入れたスーパーのビニール袋を提げて、玄関に立った。

ドアを背にして、しんとした家の中を見る。

死体を埋めたり、後始末をしたりしている間中、恭絵さんの気配を感じたことはなかった。今も感じない。あんなことがあって、気が立っているのと、余裕がないのとで、俺のほうのアンテナが働いていないのだろうと思っているが、もしこのまま彼女を感じられないままだったら、と不安が湧いた。

また来るから、と、今は感じられない彼女に、心の中で約束する。

怪しまれないためにも、当分は距離を置かざるをえないが、必ずまたここへ来る。いつかきっとこの家に住んで、彼女と二人で暮らすのだ。誰にも邪魔されずに。

倉木のスマートフォンを使って、不動産屋に電話をかけ、家庭の事情で急遽《きゅうきょ》引っ越すことになったことを告げ、賃貸契約の解除を申し入れた。大家の橋口にかけなかったのは、声が違うと気づかれないようにだ。もう戻らない、家にある荷物は処分してほしいと一方的に伝え、電話を切った。処分費用はいくらか、家賃の振込先口座に入金したし、足りなくても敷金があるはずだから、その辺りは橋口と不動産屋がどうにかするだろう。

一方的ではあるが、電話と、持ち出した契約書や印鑑で、賃貸契約の解約手続きはできた。家の鍵も契約書と一緒に封筒に入れて、郵送で返却した。その後すぐに倉木のスマートフォンは海に捨てた。

色々と契約が残っているものもあるだろうが、倉木の口座の金が底をついて、引き落としができなくなれば解約されるはずだ。行方不明扱いになるかもしれないが、この家の賃貸契約さえきちんと解約されていれば問題はない。

すべて滞りなく進んだ。橋口は、挨拶もなく一方的に退去してしまった倉木のことをぶつぶつ言っていたが、俺は「ちょっと心配ですね」「仕事かプライベートで、逃げ出したくなるようなことがあったのかもしれないですね」などと適当に相槌を打っておいた。

怪しまれなかった。少なくとも、恭絵さんの家にも俺のところにも、警察が来るようなことはなかった。

ゴミ袋でくるんで土に埋めた甲斐あって、死体もにおい出してはいないようだ。室内に入って確かめたわけではないが、少なくとも、庭から軒下を覗いてにおいを嗅いでもわからなかった。

倉木は夜逃げしたと思われている。

証拠隠滅のための工作は成功だった。

すぐには難しくても、いつか俺がこの家に住むようになったら、死体をばらして、少しずつ家から持ち出して処分するつもりだった。時間が経って骨になれば、持ち運びも簡単になる。

橋口がどんな手続きを踏んだのかはわからないが、倉木の家財道具は処分されたらしく、しばらくするとあの家はまた空き家になった。「貸し家」の札が掛けられ、ネットにも貸し物件として情報が出たが、家賃は特に下がっていない。俺には手が出ない。

どうせ、ほとぼりが冷めるまで近づかない、手は出さないと決めていたのだが、やはり少しやるせない気持ちがあった。

借り手がつけばまた、あの家は、本来の姿ではなくなってしまうのだ。


数か月後、俺の両親くらいの年齢の老夫婦が入居した。引っ越してきたその日に、窓越しに双眼鏡で確認したが、善良そうな顔をしていた。

彼らは、床下で、前の住人が骨になりつつあるとは知らない。

高齢者だと、定期的に畳を上げて床下に風を通すとか、シロアリよけの薬を撒くとかいう習慣が残っているかもしれない。きちんと埋めて土をかぶせたから、ちょっと見ただけではわからないはずだが、用心しなければならない。引っ越して早々畳を上げたりはしないはずだから、その時期が来る前に追い出すのがベストだ。

まずは、引っ越しの翌朝のゴミ出しのときに偶然を装って顔を合わせ、挨拶を交わした。

何度か繰り返して、顔見知りになり、立ち話くらいはする間柄になった。それと並行して、湯川夫妻や倉木にしたのと同じような、地道な仕掛けを続けた。

あるとき、妻のほうから、前の住人とは交流があったのかと訊かれた。ただ世間話の延長として訊いただけという可能性もあるが、おそらく、家の中にときどき落ちている髪の毛や、顔の形に濡れた土に不気味さを感じ、家の曰くや、前の住人のことが気になりだしたのだろう。

彼らにも、前の住人が夜逃げ同然に出ていったことは伝わっているはずだ。

若い男性の一人暮らしでしたよ、と俺は当たり障りのないことを答えた。

「どんな人だったんですか？　急に出ていってしまったと聞いたんですけど」

「大家さんや近所の人と揉《も》めたとか、家に問題があったとか、そういうわけじゃないはずなので、心配することはないですよ。ただ、引っ越してきてしばらくして、本人が……体調を崩したというか」

俺はあえて、穏当な言葉を選んだ。「様子がおかしくなった」と言えば、より不安を煽る効果があるだろうが、俺の主観が入りすぎる。俺はあくまで訊かれたことに答えているだけの、親切で常識的なご近所さんでなければならない。ここはぼかして、相手に想像させたほうがいい。

「銀行員で、きちっとした感じの人でしたけど……ちょっと病的なくらい神経質になって、家の中に何か……いや、まあ、ちょっと」

言葉を濁し、笑顔を作る。少しわざとらしかっただろうか。いや、きっと、それくらいでちょうどいい。

「……変な夢や幻覚を見るようになったみたいで。仕事が忙しすぎたんでしょうかね」

どうせ本人に確かめようもないのだ。適当に、意味深なことを言っておく。

「情緒が不安定な様子だったので、急に退居してしまったのもそのせいだったのかもしれません。いい人だったので、今はどこかで元気にしているといいんですが」

俺はそう締めくくった。彼の失踪に家が関係しているとは微塵も思っていないように見えたはずだ。

笑顔と呼べるか微妙な表情を浮かべて自宅へ戻っていく背中を見送り、新たな不安を植えつけることには成功したようだ、と思う。

その後、二人の留守中に窓の外からテレビをつけておくのを、数日おきに三度繰り返したころ、彼らの家のテレビの調子が悪いようだから見てあげてくれないか、と橋口に言われた。夫婦が、橋口に相談をしたらしい。

電器屋でバイトしていたことがある、とことあるごとに橋口に売り込んでおいた甲斐があった。快諾し、ポケットに、美容院のゴミから集めた髪の毛を忍ばせてあがりこむ。

久しぶりに入った家の中は、倉木が住んでいたころや、恭絵さんが住んでいたころとは別の家のようだった。古い家具と最新式の家電とが入り交じって、インテリアに統一感がない。ごちゃごちゃしていて、恭絵さんの家、という感覚はなかった。やはりだめだ。この家の本来の姿ではない。

当然、恭絵さんの気配は感じられない。予想はしていたが、それでも、失望感はあった。それを隠して、俺は案内されるまま居間へと足を踏み入れる。

今思えば、倉木は貴重な、この家にふさわしい住人だった。あるべき姿のままの家に自然になじんで、受け容れられていた。あのころは自分もいつでもここへ出入りができたし、ずっと彼が住んでいればよかったのに、と思ってから、自分が殺したようなものだと思い出す。

それに、ある意味では、今も、倉木はここにいるとも言える。

注意してにおいを嗅いだが、床下に埋めた死体のにおいが漏れ出ているということはなさそうだ。

形だけの点検を終え、「見たところ配線に問題はなかった」と報告した俺に、夫人はコーヒーを出してくれた。来客用のカップがあるという時点で、恭絵さんや倉木とは違う。夫は日課の散歩に出かけているそうだ。もうすぐ戻るころだというので、挨拶をするためという口実で、俺は彼の帰りを待つことになった。

俺にそうするよう勧めたのは夫人だ。その理由が、この家に一人でいるのが不安だったからなら喜ばしいが、まだそこまで怖がらせられてはいない気がする。おそらく、夫がいなくて退屈していたのだろう。

彼女の夫は腰がよくないらしい。それなら、畳を上げて大掃除をするようなこともないだろうと、少し安心した。

ひとしきり他愛もない話が続いた後、

「この辺りって、夜になるとすごく静かですよね。まだちょっと慣れないんです」

夫人がそんなことを言い出した。かすかに空気が変わり、探るような気配を感じる。

待っていた展開になりそうだと察して、俺はできるだけ親身に見えるよう深く頷いてみせた。

「わかります。テレビを消していると、ちょっと不安になるくらい静かなんですよね。小さな物音にも敏感になってしまうというか……」

自分も、都会から引っ越してきたばかりのころは静かすぎて寝つけなかったのだ、と俺が共感を示すと、夫人はほっとしたように「そうですよね」と頷く。

俺の反応から、馬鹿にされることはなさそうだと安心したのだろう、彼女はコーヒーカップの縁をいじりながら、夜中に人の気配を感じることがあるのだ、とためらいがちに口を開いた。

「二階で寝ていて、ふと目が覚めたときに、トイレを流す音が聞こえた気がして。最初は主人だと思って、でも横を見たら主人はそこに寝てるんです。明け方だったから、夢かなって思ったんですけど……」

俺は笑ってしまいそうになった。

倉木の死体を埋めた後、トイレの自動洗浄機能をオンに設定したことが、まさかそんな効果をもたらすとは。

自動洗浄のスパンは、最後に水を流してから八時間後に設定されているから、二人で暮らしていれば、一日に一度も自動洗浄が行われないことも十分ありえる。その夜はたまたま、タイミングが合ったのだろう。

「あんまり気にしないほうがいいですよ。たぶん気のせいだと思いますし、確かめようなんて思っていたら、本当に眠れなくなっちゃいますから」

聞こえた気がする、くらいで止まっているのが一番もやもやと怖いのだ。実際にトイレの水が流れていることを確認して、センサーの故障かも、とか設定のせいかも、と気づかれてしまったら怖くもなんともない。

気配を感じたような気がしても、夢を見たんだって思って眠っちゃうくらいがいいですよ——と俺が言うと、彼女は胸に手をあて、そう、そうよねと、何度も頷いた。

それから十分ほどして、夫が帰宅した。俺が橋口経由で頼まれてテレビの点検に来たのだと話すと、彼は恐縮した様子で頭を下げる。

「いえ、でも結局、特におかしな点は見つからなくて、お役に立てていないので……申し訳ないです」

何が原因なんでしょうね、と俺が言うと、「古いですから」と言いながらも、夫も妻と同じように不安そうな表情になった。

ここで、間違っても俺のほうから心霊現象なのではないかと匂わせるようなことを言ってはいけない。彼らが自分から、その結論にたどりつくのでなくては。

冷めたコーヒーに口をつける。夫が妻のほうを向き、「どうしようか」というように目配せをするのに、俺は気づかないふりをした。

「あの……変なことを訊きますけど」

夫婦で、質問役を押しつけあうような無言のやりとりの後、俺と目が合った夫のほうが、遠慮がちに口を開く。俺は、「はい」と愛想よく相槌を打って先を促した。

「この家って、事故物件とかじゃないですよね」

狙い通りの質問に内心ほくそえみながら、俺はカップをソーサーの上に置いた。

「違うはずですよ。……そういえば、前に住んでいた人にも、同じこと訊かれたなあ」

えっ、と夫婦の声がそろう。

俺は慌てて――という風を装って――「いや、具体的に何かあったってわけじゃないと思いますよ」と否定してみせた。

「それに、事故物件だったら、ちゃんと契約のとき告知がされるはずですから。心配することないんじゃないですか」

安心させるような笑顔で、優しく宥める。こんな無責任な慰めで二人が本当に安心するとは思っていなかったから、いくらでも言えた。

「告知義務がないくらい昔のことだと、調べようがないですけど」

最後に不安になる一言をつけ足したのも、もちろんわざとだ。

余計不安の色を濃くした様子の二人に俺は満足し、コーヒーを飲み干して立ち上がる。

あまり新しい情報を一度には伝えない。勝手に想像させて、じわじわと沁みていくように、恐怖が侵食する時間を設けたほうがいい。

もう少し時間を置いてから、今度は、倉木の前の住人も、短期間で退居してしまったことが彼らの耳に入るようにしよう。

人の好《よ》さそうな夫婦は何も知らず、無意味に配線をいじるふりをしただけの俺を玄関まで見送ってくれる。

彼らの目を盗んで、階段の下から二段目の踏み板の隅に、持ち込んだ長い髪の毛を落としておいた。

俺が蒔《ま》き、水をやった不安の種は、しっかり芽吹いて、あっというまに老夫婦の心に根を張った。

一度気にし始めると、なんでも怖く思えてくるものだ。それ以降は、何をしても、おもしろいほど反応があった。

床下を調べられては困るので、そちらには彼らの意識が向かないように気をつけた。

俺の地道だが効果的な活動の結果、彼らが出ていくまでに、一年もかからなかった。楽勝だ。

そして、倉木の死体も、見つからなかった。

彼の失踪について、疑いを持っている人間は誰もいないようだった。


次にあの家にやってきたのは、新野という母親と中学生の娘だった。

前の住人が短期間で退居してしまい、けちがついたと思ったのか、橋口は家賃を下げていた。

それでも俺の収入だとまだ少し厳しい。払えなくはないが、今のアパートの倍額だ。どうしようか、と迷ってぐずぐずしているうちに入居者が決まってしまった。

今度もさっさと追い出して、もう少し家賃が下がったら、次こそ俺が借り手になりたい。

まずは子どもを震え上がらせて、出ていきたいと親を説得させるのが手っ取り早そうだ。

すっかり慣れた手順で髪の毛やテレビの仕掛けを施した。思ったほどには効果が見られず少し焦ったが、しばらくして玄関前に盛り塩がされるようになったのでほっとする。盛り塩は夜の間に蹴散らしておいた。

二度目に盛り塩を破壊してから数日が経ったころ、茜里はとうとう、思いつめた表情で、家を出ていきたいのだと俺に言った。

よし、ここまで来た。思ったよりも早い。あとは、どう母親を説得させるかだ。

俺は内心を表に出さないよう気をつけて、親切なご近所さんらしく話を聞く。これまで相談できる相手がいなかったのか、話を聞いてやるだけで、彼女は救われたような表情で俺を見た。優しく声をかけながら、一見焚《た》きつけているとわからないように、どう誘導するのがいいか考えていたら、

「夜、庭に、男の人が立ってるのを見たんです」

深刻そうな表情で茜里が言った言葉に、え、と、演技ではない声が出る。

何か仕掛けをしているところを見られたのか、とひやりとした。しかし、俺は人目のないときを見はからって動いているだけでなく、花壇の土を濡らすときは、庭に入らず、道路側から水を垂らすようにしているし、窓越しに何かするときも数秒だけ近づいて、すぐに立ち去るようにしている。運悪く目撃されたとしても、じっと庭に立っていた、ということはない。

茜里は、別の日にも、足音を聞いたことがあると言う。そちらは俺かもしれないが、少なくとも、庭に立っていたというのは別人のはずだ。

近所の誰かが、酔っぱらって家を間違えでもしたのだろうか。しかしそれにしては、ただ黙って立っていて、いつのまにかいなくなった、という挙動がおかしい。

彼女は、男は知っている人ではなかったと思う、と言った。近所の誰かでもないということか。

それを聞いて、頭に浮かんだ顔があった。

あの家に男の幽霊が出るとしたら、心当たりは一人しかいない。

他に行くあてもないと、倉木自身も言っていた――しかし、頭に浮かんだ考えを、俺は自分で否定する。

違う、と勘のようなものが告げていた。

想像しただけだが、ただじっと庭に立っているというその姿が、生前の倉木と重ならなかった。倉木なら、家の中に出るはずだ。

目の前の少女は、庭にいた男を幽霊だと信じて疑わない様子だが、そうとは限らない。生きた人間だったかもしれないし、彼女が夢でも見たのかもしれない。俺がさんざん怖がらせたせいもありそうだが、おそらく、最初から情緒が少し不安定だったのだろう。思えば、しっかりと大人びた物言いの割に、うさぎのぬいぐるみを持ち歩いていたり、その行動にどこかちぐはぐなところのある娘だった。

大家から聞いたところによると、妹を亡くしてまだ日が浅いそうだから、そのせいだろう。不安ではちきれそうになっている少女に、俺は優しい言葉をかけ、怖い思いを我慢する必要はない、母親とちゃんと話をするようにと言って聞かせた。

彼女は俺に相談をした後、すぐに母親と話し合ったようだ。

それからすぐ、母娘は家を引き払って出ていくことになった。

地道な仕掛けと、思わせぶりな発言、それらの積み重ねと、最後に背中を押した甲斐もあったようだ。最短記録だった。

俺は晴れやかな気持ちで、わずか数か月の間ご近所さんだった母娘が去っていくのを見送った。

カーテンのなくなった窓から、殺風景な居間の様子が見え、家は久しぶりに、本来の姿を取り戻したようだった。

もう少し家賃が下がることを期待して、すぐに手を挙げることはしないで待っていたら、いつのまにか、何度か見かけたことのある不動産屋の従業員が、内覧者を連れてきていた。前の道で顔を合わせたので、前の住人たちがすぐに出ていってしまったことをさりげなく伝え、曰くがありそうだ、ということを匂わせたのだが、内覧希望者の男は気味悪がる素振りも見せなかった。これはよくない。

あんな男に入居されたら、怖がらせて追い出すのは難しそうだ。なんとかして、入居自体をあきらめさせたい。

まず、橋口に、夜、あの家に人がいるのを見たと伝えた。「夜の内覧なんて珍しいですね」と無邪気な風を装って、世間話の延長のような顔で言うと、橋口は怪訝そうにしていた。彼女の性格上、不動産仲介業者に確認するはずだ。これで、夜中に誰もいないはずの家の中に人影があった、という情報が内覧希望者の男にも伝わるだろう。

橋口に嘘を吹き込んだ翌日に、不動産仲介業者の女の従業員と、あの内覧希望の男が家の前に立っているのを見つけた。急いで外に出て、偶然を装って声をかける。

直接「夜に人影を見た」と話をしても、反応は芳しくなかった。朝見というらしい仲介業者の女は多少思うところがありそうだったが、肝心の内覧希望者、高田は平然としている――それどころか、むしろ、余計にあの家に興味を持っているように見える。

立ち去るふりをして耳をそばだてていたら、彼らはもっと遅い時間に出直す、というようなことを話し出した。

どんなにゆっくり歩いていても、いつまでもその場にとどまるわけにはいかなかったから、話の内容はわずかしか聞きとれなかったが、声が届かない距離まで離れる直前に、かろうじて、ガス自殺、という言葉も漏れ聞こえた。

あの男は、この家で自殺者が出たことを知っていて、それでもこの家に住もうとしているらしい。幽霊の存在など信じていないのだ。心霊現象に大騒ぎする人間をおもしろがって、たとえば肝試しのときに、自分は平気だと示すためにどんどん踏み込んでみせる手合いだろう。

手強そうだ。人影を見たとか、住人の入れ替わりが激しいとか、人から聞いた話で尻込みするタイプではない。ああいう男は、自分自身が経験しないと信じない。それに、心霊現象以外の説明がつく事象は、現実的な解釈をして済ませてしまうだろう。誰も住んでいないはずの物件に髪の毛が落ちていても、業者や前の住人の掃除が行き届いていなかったか、内覧に来た誰かの髪の毛だと考えて終わりだ。やり方を考えなければならない。

今のうちにできることは限られているが、とりあえず、花壇の水は濡らしておこう。しかし、気づくかどうかは微妙なところだ。気づいたとしても、効果はあまり期待できない。

急いで考えを巡らし、この家の住人がガス中毒で死んだことを知っているなら、あれが使えるかもしれない、と、自宅で眠っている付臭剤の存在を思い出した。

以前——倉木がまだこの家に住んでいたころ——ガスのにおいは薬剤でつけたものだと何かで読んで、それを使えば、ガス漏れをしていない場所でガスのにおいをさせることができると思いつき、ネットで入手したものだ。結局倉木は、それを使う前に死んでしまったし、次の住人夫婦も、ガスで死んだ住人がいるということを知らなかったから、それを吹き込むタイミングを探っている間に出ていってしまい、使わずじまいだった。

ようやく役に立ちそうだ。

俺は必要なものを取りに自宅へ戻り、二人が戻ってくる前に急いであの家の庭へ行き、仕込みを済ませる。

二人は、九時近くになって戻ってきた。

双眼鏡で、彼らが家に入ったのを確認してから、部屋を出て、ゆっくりと歩き出す。

家まで数メートルの距離に近づいたところで、窓越しに、朝見が居間にいるのが見えた。

窓を閉めているから、ガスのにおいには気がついていないようだ。家の中に入れない以上、薬剤をしみこませた脱脂綿は、庇の上に仕込むしかなかった。

俺は道端の小石を拾い、敷地と歩道の境目ぎりぎりまで近づいて、壁の陰から窓に向かって投げた。この距離だと、彼らが庭に出てきたら見られてしまうので、石がガラスに当たって音を立てるのと同時にその場を離れる。

急いで数メートル離れてから、向きを変え、今まさに反対方向から歩いてきたようなふりをする。

窓が開く音がしたが、朝見が庭へ出てくる様子はなく、こちらにも気づいていないようだった。

窓を開けたことで、においに気づいたのだろう、彼女がきょろきょろと辺りを見回しているのが見える。よし、効果はある。

しばらく待っていると、朝見は庭へ出てきた。においのもとを探しているのだろう。声をかけるため、近づこうとしたとき、悲鳴が聞こえた。

何が起きたのかはわからない。俺の位置からは、彼女が急に家のほうを振り向いて、座り込んだように見えた。

高田も合流したようだったので、二人が敷地の外に出てきたところに声をかける。

高田は全く動じていないようだったが、朝見はかなり動揺している様子だった。

幽霊を視たのだという。

俺は、そんな仕掛けはしていない。

倉木が生きていたころ、この家の窓辺に人影を見たときのことが頭に浮かんだが、すぐに打ち消した。あれは彼女の霊ではなかった。この家に、霊はいないのだ。

先月までここに住んでいた新野茜里が、男を見たと言っていたことも思い出す。いや、あれも、おそらくは夢を見たか、近所の誰かを見間違えたかだ。

あの少女といい、朝見といい、怖いとか、何か出るかもしれないと考えていたから、何か視えたような気になってしまったのだろう。

「女の人だったような……」

念のため、どんな霊だったかと尋ねたら、朝見はそう答えた。

懲りもせずまた、胸がざわつく。

恭絵さんはここにはいない。俺の中に、思い出としての彼女がいるだけだ。

何度自分に言い聞かせても、希望を持ちそうになってしまう自分の未練がましさに苛立った。

朝見は最初は動揺していたものの、理性的であろうと努めているのが見てとれる。自分でも視たものが幽霊だったのかどうかわからないと言った。

高田のほうは、ガスのにおいも嗅いだだろうし、同行していた彼女が幽霊を視たとも言っているのに、ほんのわずかも怖がったり困惑したりする様子がない。強がっているわけでもなく、むしろ、この状況を楽しんでいるようだった。

あげくに、引きつった表情の朝見を後目《しりめ》に、笑顔で言ってのける。

「何の曰くもないはずなのに何か起こるほうが、怖いし、おもしろいと思いませんか?」

これはダメだ。思っていた以上に厄介だ。

高田は幽霊を信じていないから、仕掛けに動じないのではない。むしろ、この家に幽霊がいてほしいと思っているのだ。住人の入れ替わりが激しい物件だと聞いて、だからこそこの家を選んで内覧したのかもしれない。怖がらせるための仕掛けはすべて逆効果だ。

こんな男に入居されてしまったら、怖がらせて追い出すなどということはいよいよ不可能になる。

となると殺すしかないが、怪しまれずに殺せるくらい懐に入り込むには、相当慎重にやる必要がある。時間がかかるだろうし、リスクも大きい。それに、何より、これ以上死体を増やすのは得策ではない。

予算がどうのと言っている場合ではないと察し、俺は翌朝、覚悟を決めて橋口宅を訪ねた。

恭絵さんの家が、ようやく俺の家になった。

がらんとした室内に足を踏み入れたときは、そこにまた懐かしい気配を感じて安心したが、感慨に浸るのは後だ。まず、死体を運び出す手筈《てはず》を整えてしまいたかった。

これからはここに住めるのだから、死体の処理はもっと落ち着いてから、何なら死体が完全に白骨化するまで何年か待って行うことも考えた。しかし床下に倉木の死体が埋まったままでは、どうにも落ち着かない。恭絵さんの気配を感じながら暮らしたくても、そこにノイズが混ざってしまう気がした。

それに、今後いつ何があるかわからないのだから、必要なことはできるうちに済ませておいたほうがいい。引っ越しの前後なら、多少ばたばたしていても怪しまれないし、家が片づいたら旅行に行くつもりだと大家に伝えてあるから、スーツケースを持って出かける理由もある。連休をとったこの機会に、全部済ませてしまうのが一番いい。

昨日からの引っ越し作業で多少の疲れはあったが、まだ体力的には余裕がある。

徹夜になってもいいという気持ちで、俺はカーテンを閉め切った居間の畳を上げ、床下の土にシャベルを突き立てた。

倉木をここに埋めてから、まだ二年ほどしか経っていない。

何年も前のような気がするし、昨日のことのような気もする。

床下の土は全体として乾いているが、俺が床板を剝《は》いだ真下の一部分だけわずかに色が違っていて、一度掘り返した跡が残っていた。

二年前、それほど深く掘った記憶はない。あまり浅くてはにおいが漏れるかもしれないと思ったので、丸めて横向きにした身体が完全に埋まり、さらに数センチは余裕がある大きさの穴を掘って、その上に土をかぶせてならしたはずだ。つまり、地面から数センチ掘れば死体に行きつく。あのときとは違い、しっかりした柄の長いシャベルがあるので、作業はずっと早く済むだろう。死体を掘り出したら、ゴミ袋にくるんであるそれをさらに梱包《こんぽう》して、スーツケースに移し、朝になったら持ち出して、駅前でレンタカーを借りて、山へと運ぶ。廃棄によさそうな場所も、インターネットと地図アプリであたりをつけてある。

足で踏んで体重をかけると、シャベルの先端は簡単に乾いた土に沈み込む。土がえぐれたが、まだ、ゴミ袋の表面は見えなかった。思っていたよりも穴が深かったのだろうか。

もう一度シャベルを差し込み、土をえぐる。……おかしい。まだ、ゴミ袋の青い色が見えてこない。

違和感が不安になり、恐怖に変わった。

それまでは、死体を傷つけないよう慎重にシャベルを動かしていたが、そんな気遣いも捨て、俺は必死に土を掘る。

掘って、掘って、掘った。掘り返した土が、穴の横に小さな山になる。

ない。

……死体は、どこにもなかった。

ここではなかったのか。土の色が違っていたのに。いや、確かにここに埋めたはずだ――。

こめかみを汗が伝って、土の上に落ちる。俺はシャベルを握ったまま、床梁の上に呆然と立ち尽くした。

頭が働かない。

ただ、何故、という言葉だけが繰り返し浮かんだ。

何故？

手がしびれかけているのに気づいて、シャベルを置き、そこでようやく、鈍いものの、脳が思考を始める。

死体を埋めたと思い込んでいただけで、すべては夢だった？

倉木が飲んだ薬は毒ではなく、彼は実は死んでいなくて、床下から這《は》い出して逃げた？

頭に浮かんだ考えはどれも荒唐無稽《こうとうむけい》だった。そんなわけがない。

埋めた場所を勘違いしていたのだろう。もう数メートル横だったのかもしれない。きっとそうだ。それ以外にない。

もっと広範囲を掘ってみようと、俺が再びシャベルに手を伸ばしたとき、

——玄関の呼び鈴が鳴った。

こんな時間に？

普段から来客などほとんどないが、それでも念を入れて、邪魔が入らなそうな時間に作業を始めたのに。

この部屋に時計はない。部屋の端にまとめて置いた荷物の上に、スマートフォンがのせてある。その画面を見ると、午後十一時半だった。

どう考えても、配達業者が来る時間帯ではない。

俺は思わず玄関のほうを振り返り、それから、窓とカーテンがきっちり閉まっていることを

確かめた。中を覗かれる心配はない。しかし、明かりは漏れているだろうから、居留守は使えない。

古い家なので、インターホンなどはついていない。ただ来訪を告げるだけだ。ドアの向こうにいるのが誰なのかはわからない。しばらく待っていると、また、呼び鈴が鳴った。

俺は物音をたてないよう注意して、シャベルを床下の地面の上に置き、古新聞がくしゃくしゃになるのもかまわずに床板と畳を戻す。

畳の縁はまだ浮いているが、ちょっと部屋を覗いたくらいではわからないはずだ。いきなり踏み込まれてもなんとかごまかせる程度に部屋を片づけつつ、俺はドアの向こうの誰かがあきらめるのを待った。

電気をつけたまま出かけたか、眠ってしまったのだと思って、帰ってはくれないだろうか。しかし、しばらくするとまた呼び鈴が鳴り、その後も一定のリズムで鳴り続けた。眠っていたふりをするにしても、ここまでされて気づかなかったというのは不自然だろう。

俺は身なりを整え、玄関へ向かった。

警戒しつつ、はい、とドアを開けずに応対すると、

「私。大家の橋口です」

ドアの向こうから、聞き覚えのある声が答えた。

橋口？

ぱたり、と三和土《たたき》の上にまた汗が落ちる。

ついさっきまで土を掘っていたから、汗が引いていなかった。腕で額を拭ったが、寝ていた

ようには見えないだろう。

どうごまかすか。筋トレをしていたとか、掃除をしていたとか――音楽を聴きながらだったから呼び鈴に気づかなかった、ということにしよう。俺は笑顔を作り、ドアを開けた。

「すみません、気づかなくて。どうされました？」

「ああよかった。絶対いると思ってたのよ」

玄関口に立った橋口は笑みを浮かべている。

俺が何度も呼び鈴を無視したことを気にする様子もなく、彼女は「ごめんなさいねこんな遅くに」と言った。

ごめんなさいねと言いながら、少しもすまなそうではない。

「ほら、三ツ谷さん、休みをとったって言ってたでしょ。引っ越しの後、一日はその疲れをとるので潰れちゃうだろうけど、一日寝て過ごしたら、翌日はちょっと小旅行にでも行きたいって話していたから……」

だから今日はいるはずだと思ったの、と続ける。

俺が在宅しているだろう日時を狙って訪ねてきたということらしいが、何故、何のために、ということを言わないので、こちらとしては困惑するしかない。

どう返していいかもわからず、俺は、かろうじて笑顔を作った。

こんな時間に訪ねてくるということは、何か緊急の用なのだろうが、目の前の彼女はのんびりとした口調で、全くいつも通りだ。家賃を持っていった際に近所の噂話やどうでもいい趣味の話をするときと同じだった。

さっさと用件を言ってくれ。そして一人にしてくれ。

そんな気持ちが表情に出ないよう、気をつける。

橋口は俺が汗をかいていることに気づいたようだ。あら、というような表情になったので、
俺は言い訳をしようと口を開きかけたが、

「もう掘ってみたのね」

彼女は平然とそう言った。

は、と俺の喉の奥から、勝手に声が出る。

「今夜のうちに掘り出して、明日棄てに行くつもりだったんでしょ？　引っ越しが終わったばかりなのに、働き者ねえ。でも、やるべきことを後回しにしないっていいことよ」

橋口は笑顔で俺を誉めた。家賃の遅れがないことを誉めるときのように。

何を言われているのか、一瞬、理解できなかった。

「大丈夫よ、あれなら、もう移動させたから」

俺は目の前の女を見る。

この女は、――何だ。

「……何のことですか」

「とぼけなくていいのよ。だいたいわかってるから」

口の中が乾いて、上顎に舌の根が張りついている。

笑顔も作れなくなった俺に、橋口は、ぱたぱたと手のひらで空気を叩くようにして言った。

「恩に着せるつもりじゃないの。私は大家で管理人だものね。あんなものが埋まっていたんじ

ゃ、家の価値が下がっちゃうでしょ。埋まっていたことがある、ってだけでもアウトだから、誰かに知られる前に、早々に移動させたってわけ……三ツ谷さんのところには車がないから、運ぶのも大変だろうし。だから気にしないでね」

明るい声だ。この状況にそぐわない。聞き間違いだろうか、俺が何か勘違いしているのだろうかと不安になるほどだった。

深夜、玄関先で、大家に、床下に埋めた死体の話をされている。

現実味がなくて、頭がついていかない。

「ほら、うちって、この家の向かいでしょ。割とよく見えるのよ」

橋口は、聞いてもいないのに話し出した。

「色々わかっちゃうのよね。なるべく注意して見るようにしていたし……ほら、大家は店子のことを知っておかないといけないから」

倉木さんと仲良くしていたのも知ってたし、とつけ足し、口元を押さえて笑う。

「ついつい観察しちゃってたの。私、イケメンに弱くって。フフ、やだ、恥ずかしい」

いつもなら愛想笑いをしながら適当に相槌を打つのに、俺は何も言えなかった。表情も作れない。

それでも彼女は楽しそうに話し続ける。

「三ツ谷さんが深夜に倉木さんの家を訪ねていって、明け方出ていって……そのときは、仲良しねえとしか思わなかったけど、翌日から倉木さんの姿を見なくなったでしょ？　もしかしてあの夜何かあったのかなって思ってたのよ。いきなり一方的に解約して退居とか、倉木さんらしくない感じだったし……彼の荷物を処分した後、あ、そういえばシロアリ防止の薬剤、もうずっと撒いてないな、って思い出して」

今思えば、何か予感がしたのよねえ、と小さく息を吐いた。

「大変だったのよ、ほんと。車があったから運ぶのはともかく、埋めるのがね。でも大丈夫。キャンプとかでも立ち入らないようなところを選んだから。私、アウトドアとか結構得意なの。意外でしょ」

しゃべり好きで、世話好きの、いつも通りの顔と声で話し、何が嬉しいのか、一人でにこにこと笑っている。

「偶然秘密を知っちゃったけど、人に言うつもりはないから安心して。ね？　私、三ツ谷さんには、長く住んでもらいたいと思ってるんだから」

そう言った後、「そうそう」と思い出したかのように続けた。

「訊きそびれてたけど、三ツ谷さんって、昔この家に住んでいたご家族と関係あったりする？前の持ち主がそんな名前だったなって思い出して――あ、こういうのってプライバシーかしら。ごめんなさい、つい」

明るく笑って、彼女は手のひらで俺の腰をぽんと叩いた。

「とにかくね、床下に何もなくて驚いてると思ったから、それだけ伝えに来たの。それじゃあね」

呆然としているうちに話は終わったらしい。これからよろしくね、とぞっとするような一言を残して、彼女はあっさりと帰っていった。

俺が反応らしい反応も返さなかったことを気にする素振りもなく、満足げな表情で。

ドアが閉まってからも、俺はしばらく、その場から動けなかった。

床下に死体がなかったところからずっと、悪い夢でも見ているようだった。

結局のところ、他人が腹の中で何を考えているかなんてわからないのだと、死ぬ間際に倉木が言っていたのを思い出す。全くもってそのとおりだ。おまえは正しい。もしかして、おまえは何か、気づいていたのか？

問いかけたところで答える声などあるはずもなく、俺はただのろのろと鍵を閉め、家の中へ戻り、もくもくと部屋を片づけた。

何も考えず手だけを動かしているうちに、少しずつ落ち着いてくる。

これが現実なら、対処しなければならない。

橋口に知られた。証拠を握られた。

通報するつもりはなさそうだった。死体を移動させるという、共犯のような真似をしていることを考えても、そこは心配しなくていいだろう。少なくとも今のところは。

しかし、だからといって安心はできない。

死体を移動させるなどというリスクの高い行動をとるのに、理由がないわけがない。物件の価値が下がるからなどと言っていたが、もし本気で言っているならどこかのねじが一本抜けている。そうでないなら何か思惑があるはずだ。

さっきは何も要求してこなかったが、これから先、相手がどう出るかわからない。

橋口は不気味だが、得体の知れないものを怖がっている場合ではない。

あいつも殺すしかない。

床板も畳も元に戻して、アパートから持ち込んだ折り畳み式のローテーブルを置いた居間でじっとしていると、昔と変わらない恭絵さんの気配を感じて、俺はほっとした。

穴を掘っているときも、大家と話しているときも、意識がほかへ行っていたせいか、彼女の気配がない気がして少し不安だったのだ。

恭絵さんを感じられるなら、まだこの家には価値がある。

カーテンを開けた窓際へ行き、俺は日の当たる庭を眺めた。窓を全開にして、その場に腰を下ろし、足を庭に出す。ここから簡単に庭に出られるように、サンダルを買って窓の外に置いておこうとぼんやり考えた。このままこの家に住み続けるのなら……。

天気がいい。

風が心地よく、日差しもやわらかだ。俺は目を閉じて、穏やかに吹く風を顔に感じた。

倉木は俺が殺したわけではない。しかし、その死体には首を絞めた痕があるし、死体をくるんだ袋にも毒の瓶にも、俺の指紋がついている。もしも死体が発見されたら、間違いなく、俺が殺したと疑われる。

発見されたら、だ。

橋口は倉木の死体を移動させたとは言ったが、どこへ埋めたかは言わなかった。隠し場所を俺に対する切り札にするつもりであえて伏せたのだろうが、本当に見つからないようなところに埋めてあるのなら、それがどこかなど聞き出さなくても、橋口の口を封じれば済むことだ。

そうすれば倉木の死体は見つからないし、この家で何が起きたのかも露見しない。俺はずっとここに住める。それが一番いいように思えた。

やはり、殺すか。

できなくはないだろう。しかし橋口は、俺が倉木を殺したのだと思っている。殺人者だと思っている相手にあの態度というのは解せないが、まさか本当に俺と良好な大家・店子の関係を続けるつもりでいるわけではないだろう。今後彼女が俺に何を要求してくるのかはまだわからないが、向こうも俺に何かされるかもしれないことは想定内のはずだ。こちらを警戒している相手を殺すのはハードルが高い。

それを考えると、「様子を見る」はおそらく悪手だ。何か要求されてからでは遅い。殺すなら早いほうがいい。しかし、不思議なほど、気が乗らなかった。

どこにでもいそうな、気のよさそうな中年の女。そう思っていたのに、そして、実際、本人もそうふるまっているのに、あのとき、言葉の中身、話の内容だけが異常だった。あの笑顔を思い出すと、今も頭が混乱する。

物理的にはどう考えても俺のほうが強いはずなのに、本能的に近づきたくない気持ちが勝る。あの女が大家、つまりこの家の持ち主であるということも含めて、気持ちが悪かった。

これから、昼間にどんな顔で会えばいいのかもわからない。

特に人の目のあるところでは、何ごともなかったかのようにふるまうしかないが、人の目のないところでも、橋口は変わらず接してきそうな気もする。

橋口の家から、この家はよく見えると言っていた。これからはなるべくカーテンを閉めて過ごそうと思いながら、こうして窓辺に座っているのは、「気にしていない」というパフォーマンスのためだ。虚勢だった。

橋口に対して抱いているのは嫌悪感だと思っていたが、要するに俺は、怖いのかもしれなかった。


「あ、三ツ谷さん。こんにちは」

ぼうっとしていたらしい。前の通りを歩いてきたのが、あの不動産仲介業者——朝見であることに、声をかけられるまで気づかなかった。

誰かに声をかけられたら、意識しなくても自動で笑顔になるのが癖になっているはずなのに、疲れと精神的なダメージが残っているせいだろう。今日は反応が遅れた。

それでも、ゆっくり、彼女に笑顔を向ける。

「こんにちは、朝見さん。近くで内覧ですか？」

立ち上がるのが億劫で、そのままの姿勢で返事をした。彼女は、何かいつもと違うな、くらいのことは感じたかもしれないが、引っ越し直後で疲れていると思ってくれるだろう。もしも変だと思われても、どうでもいいような気持ちもあった。

「いいえ、今日は三ツ谷さんにお話があって……」

「僕に？」

玄関ドアと俺とを見比べた後、朝見はそのまま庭へと入ってくる。

ちょうどいい。俺も、彼女には聞きたいことがあった。

「引っ越したばかりで、何もなくて。ここでよければ、どうぞ」

「ありがとうございます。……お邪魔します」

拳二つ分の隙間を空けて、彼女は俺の隣に座った。

表の通りからは、縁側で並んでひなたぼっこをしているか、庭を眺めているように見えるだろう。目の前の花壇には、花一輪咲いていないが。

「どうですか、住み心地は」

「まだ二日しか経っていませんから。でも、なんだか落ち着く気がします。一軒家には前から憧れがあったので、嬉しいです」

「すみません、お忙しいときにお訪ねして」

「いえいえ。こちらこそ、何のおもてなしもできませんが」

むしろ、ちょうどいい。昨夜の衝撃が大きくて思わず素になってしまっていたから、こうして他人と話すことで、自分がかぶっていた仮面の形を思い出すリハビリになるかもしれない。

それに、旅行のふりをして死体を棄てにいく予定だったのが不要になったので、手持ち無沙《ぶさ》汰《た》になっていたところだ。

一日中ゆっくりこの家で過ごして、それから――これからどうするかを考えるくらいしか、することがなかった。

「今日は、どうされたんですか。引っ越し祝いに来てくださったんですか？」

冗談めかして水を向ける。自然に笑みを浮かべることができた。大分調子が戻ってきている。

朝見は俺の冗談に愛想笑いをしかけたが、すぐに表情を曇らせ、うつむいた。

「大家さんに直接言いにくいこととかあったら相談してくださいって、言ったことですけど……あの、この家には」

言いかけて、口をつぐんでしまう。言葉を探しているようにも、言おうか言うまいか、それ自体を迷っているようにも見えた。

「あ、もしかして、幽霊が出るっていう話ですか？　言いましたよね、僕は気にしていませんから、大丈夫ですよ。いるとしても、いるだけなら害はないですしね。生きた人間のほうが怖いですよ」

「あっ、いえ、その、それは大丈夫だと思います。私の上司が、以前、この家に霊能者を連れてきて、見てもらったことがあるそうなんです。でも、家には何も憑いていないって言われたそうですから」

彼女はぱっと顔をあげ、両手を胸の前で振ってみせる。

「私も、そんな気がします。この家には、本当は……あ、本当はっていうのは変ですよね。本当に、幽霊はいないいんだって」

この家には何も憑いていない。幽霊はいない？

住人たちが次々と出ていったのは俺の仕掛けのせいで、本物の心霊現象ではなかったのだから、そのことを言っているならわかる。あれらはすべて人為的なものだったのだと見抜いていると、そう言いたいのだろうか。俺は、住人たちに起きたことのほとんどについて、知らなかったことになっているのに。

それらは俺の仕掛けたことだということにも彼女は気づいていて、鎌をかけているのだろうか。

しかし、「怪現象は人為的だった」ではなく、「この家に幽霊はいない」という言い方をしたのが、引っかかった。

「でも、朝見さんは幽霊を視たんでしょう?　内覧のとき」

まさにそれを訊こうと思っていたのだ。

彼女が悲鳴をあげて転倒した、夜の内覧。あのとき朝見が視たと主張したのは、俺の仕掛けとは関係のない何かだった。

「はい……あれは、そうだったと思います。誰かのいたずらで、どうにかできるものではないはずなので」

どきりとした。

やはり、それ以外の怪現象は、誰かのいたずらだったと気づいているということだ。

思っていたより目端が利くようだ。彼女ではなく、高田のほうだろうか。

「三ツ谷さんの前にここに住んでいた新野茜里ちゃんから、この家で怖い思いをしたと聞いて、色々、調べてみたんです。結果的に、彼女の経験した現象の大部分は、本物の心霊現象ではなくて、錯覚か、人為的なもの……誰かのいたずらだったとわかりました。でも、だからって、すべての心霊現象がそうだってことにはなりませんよね」

俺のしたことだと気づいているのかいないのかが読めない。俺は、内心の動揺を隠して相槌を打つ。

「よく聞く、天井のしみが顔に見える……みたいに、本人の受け取り方によるところは大きいと思います。でも、それだけじゃ、どうしたって、説明がつかないこともあります。客観的に証明できるようなことじゃないから、ほとんどの人が飲み込んでしまうけど、だからって、それが本物じゃないってことにはならない。茜里ちゃんも、そういう趣旨のことを言っていました。彼女自身、私には話さなかったけど、何か視るか体験するかしたのかもしれません」

うつむきかけた朝見はそこでぐっと顎をあげた。

「だから私も、それ以外の全部が人為的なものだったとわかったからといって、自分が視たものもそうだとは考えないことにしました。あれは、やっぱり、幽霊でした」

俺のほうではなくまっすぐ前を向いて、宣言でもするかのようにはっきりと言う。

「どんな人でしたか。女の人の霊みたいだって言ってましたけど」

俺は警戒心を表情に出さないように注意して尋ねた。

「実は……この人かも、って思う人がいて……心当たりっていうほどでもないんですけど」

朝見は自信なげに視線を泳がせる。

「顔が視えたわけじゃないから確かなことは言えないんですけど、なんていうか、雰囲気？　印象が……見たことのある人かもって感じて、なんだろうとあれからずっと考えていて……」

こんなこと、根拠もなく口に出していいのかわからないんですけど、と言って、彼女はバッグの中から、一枚の写真を取り出した。

渡されたそれを、俺は手にとり、はっとする。きっちりとまとめた髪に、スーツ、ネクタイ、眼鏡。

「ご存じですよね。前にここに住んでいた人で……」

「……倉木道隆さん」

間違いない。忘れるわけがない。

「はい。この人だった、って気がするんです。でも、彼は男性だし……おかしいですよね。自分でもわからなくて。もしかして、あの幽霊は彼のご家族とかなんでしょうか」

俺は黙って、無表情な倉木の写真を見る。

幽霊？　倉木が？

――そういえば、化けて出てやると言っていた。

ここで死んで、霊になることで、「この家の幽霊」を自分で上書きしてやると……そんな馬鹿なこと、死ぬ間際の捨て台詞《ぜりふ》でしかないと思っていたのに。

本当に？

「三ツ谷さん？」

朝見に声をかけられ、ようやく顔をあげた。思い出して、笑顔も作った。

「朝見さんは、幽霊が視える人なんですか？」

「いえっ、そんな……ただ、人より少しだけ視えやすい？　視えることもある？　くらいの……今回は、たまたまだと思います」

「でも、ここで幽霊を視て、それが彼だと感じたんですね。顔は視えなかったのに」

あいつはそんな、情熱的なやつじゃないですよ、と言ってやりたかった。

何もかもどうでもよくて、いつ死んでもかまわないと思っていて、この世に執着がないのだから、幽霊になんてなるはずがない。

俺もそうだからわかる。

何にも興味のないような人間が、死んだ後まで何かに未練を残すなんて、考えられない。

自分だったら——そう思って、俺は、自分が唯一、執着しているもののことを思い出した。

「はい……おかしいですよね。そんな気がする、ってだけで、根拠も何もないし、説明もできないんですけど」

朝見は困ったように眉尻を下げ、どう言えばわかってもらえるのか、と途方に暮れているようだ。

嘘をついているようには見えなかった。

俺はもう一度、手の中の写真を見る。

彼女は、倉木がこの家で死んだことを知らないはずだ。死んだことすら知らないだろう。

それなのに、霊を視て、倉木だと感じたのなら——理屈はわからないが、おそらく、彼女の言っていることは正しい。

彼女が視たのは、事実、倉木の霊だったのだろう。あの夜、彼はここにいたのだ。

俺には視えなかった。

「朝見さんは、その幽霊を倉木道隆さんだと思って……でも、女性だとも感じたんですよね？それって、矛盾しませんか」

写真を朝見に返し、そう指摘すると、彼女はますます縮こまった。

「そうなんですよね……すみません。たぶん、倉木さんに関係している、御身内の誰かの霊ってことなのかなって……倉木さんとは会ったこともないのに、こんなこと言ってること自体、信ぴょう性ないとは思うんですけど」

それでも、自分が視た霊が倉木だと思う、ということも、女性だったと思う、ということも、取り消さない。

ああ、そうか、と俺は唐突に理解した。

そうか。

ならば、やはりそれは、倉木の霊だ。そして彼女が、女性だと感じたのなら——生きていたときの身体ではなく、たましいだけになった倉木は、そういう形をしているということなのだろう。

不思議なことに、前触れもなく頭に浮かんだその考えは、すとんと胸の中に落ちた。

なんだか、納得できた気がした。

倉木が何を思っていたかは、想像するしかない。しかし勝手な想像は、ほかでもない倉木に顔をしかめられそうだったのでやめることにする。

そして——女性の霊がいると聞いたとき、俺は、勝手に恭絵さんの霊だと期待したが、やはりここには、彼女はいないのだ。最初からずっと、いなかった。

何度も期待して失望したが、今度こそはっきりと、俺はその事実を受け容れる。

喪失感があったが、すっきりしたような気もした。

「でも、朝見さん、さっき、この家には幽霊はいないって言ってませんでしたっけ」

朝見の視た霊が、女性の霊であり、倉木の霊でもあったことについては、俺の中では矛盾はなくなった。しかし朝見はそれを理解していない。もちろん、教える必要もない。

矛盾だらけではないかとやんわり指摘して、笑って話を終わらせるつもりだった。しかし、恐縮するかと思っていた彼女は、あっさり「はい」と頷く。

「そうなんです。だから……どうしてあの夜、視えたんだろうって、家には憑いていないはずなのにって、不思議だったんですけど」

ちら、とこちらを見て目を逸らし、

「高田さんが言ってました。推測だけど、こうじゃないかって……それで、今日、お邪魔したんです。……その」

言い澱んだ後、すう、と息を吸い、意を決したかのように言う。

「あの霊は、家じゃなくて……三ツ谷さんに憑いているんじゃないかって」

思ってもみなかった指摘をされ、俺はとっさに表情も作れなかった。

朝見のほうを向いたまま、

「……僕に？」

ただ、間抜けに聞き返す。

家には憑いていないと、霊能者のお墨つきがあって、霊感があるらしい朝見もそれには同意見で、それなのに、あの夜、いないはずの霊が庭にいた。

俺が近くにいたからか。

——考えてもみなかった。

そうか。

倉木は俺に憑いているのか。

その話もまた、言われてみれば、すとんと胸に落ちる気がした。

恐ろしくはなかった。嫌でもなかった。

何にも未練などなさそうなあの倉木がこの世の何かに憑くとしたら、なるほど、あの家より、俺のほうがしっくりくる。恨みにしろ、何にしろ。

急に、ふっと、橋口を殺すのはやめよう、と思った。

生きていようが死んでいようが、橋口につきまとわれるのはごめんだ。

必ず霊になると決まったわけではないが、リスクがある以上、殺すという選択肢はもうとれない。

幽霊になって取り憑かれたら嫌だから殺さない、なんて、くだらなすぎて誰にも言えない。自分でも信じられない。何が解決したわけでもなく、むしろ唯一かもしれない解決策がつぶれたというのに、何故か、先ほどまでより気分が軽くなっていた。

俺が怒ったと思っているのか、朝見は心配そうにこちらをうかがっている。

「三ツ谷さん？　あの……」

「いえ、……すみません、ちょっと気になって、考えていただけです。死んだ人が皆幽霊になるわけじゃないですよね。幽霊になる人とならない人の違いって何だろう……どういうルールがあるんだろう、って思って」

適当なことを言ってごまかした。

はあ、なるほど……そうですね、と朝見はあっけにとられた顔で答える。

幽霊が憑いていると言われて、怒りも笑いもせず、それどころかその話題については何のコメントもせずにこんなことを返せば、当然の反応だろう。

俺は笑って、視線を庭から、その上の空へと上げた。

橋口を殺すのはあきらめるとして、さてこれからどうしようか。

やはりいい天気だ。日差しが強すぎないのがいい。こういう日ばかりだったらいいのに。

旅行の真似事がとりやめになったのが残念なくらいだ。

倉木の死体がどこにあるのかは気にならないこともなかったが、たましいがここにいるなら、まあ、身体のほうはどうでもいい。どこにあろうと、見つからないならそれでいい。

しかし、永遠に見つからないという保証はどこにもない。いつか死体が見つかって、俺のところに警察が来るんじゃないかとか、橋口に脅されていいように使われたりするんじゃないかとか、気にしながら過ごすのはごめんだった。

死ぬか。

ふっと、そんな選択肢が頭に浮かんだ。

この家で死ぬ。それは悪くない終わり方に思えた。

うまくすれば恭絵さんにもまた会えるだろう。この家に戻ってこられるかもしれない。

倉木もいるかもしれないが、それならそれでかまわない。

恭絵さんが死ぬことを決めたときも、きっとこんな感じだったのだ。世の中に絶望したとか、追いつめられたとか、そういうことではなくて、ただ、それもいいかな、と思った。

彼女らしい行動だった。初めて理解できた気がした。そして、意識する前に同じことを考えた自分は、やはり彼女と血がつながっているのだなとおかしくなる。

驚くほど晴れやかな気分になっていた。いい思いつきだ。

今日はこんなに、天気もいいし。

「あの、三ツ谷さん」

恭絵さんに近づけたように感じて、変に前向きな気分になっていた俺に、朝見が言った。

「考えてみたんですけど。死んだ人が霊になるかどうか……その違いは、たぶん、その人を思い出す人がいるかどうかじゃないでしょうか」

そろそろ俺の反応を気味悪がって、帰りますと言い出すかと思っていたら、俺の適当な質問について、真面目に考えていたらしい。

「この世に未練がある人のたましいが霊になる、って言いますけど、たぶんそれだけじゃないと思うんです。こっちの世界に、その人のことを思い出す人がいないと、こっちの世界とつながれないような気がします。逆に、生きてる人がどんなに会いたいと思ってたって、それだけで幽霊に会えるわけじゃないですよね。だからきっと」

ええと、と口ごもりながら、彼女は続けた。どう言えば伝わるか、言葉を選んでいるのがわかる。

「死んだ側には未練があって、生きてる側もその人のことを考えていて、それが一致したときに、幽霊になるんじゃないかって。……考えるっていうのは、会いたいと思うことに限らなくて、幽霊になって出るかもしれないとか、出そうだなとか、そういう、怖がる気持ちも含めて……あ、もちろん、一致すれば必ず幽霊が出るってわけでもないんでしょうけど」

思いのほか、納得できる答えだった。俺がこれほど会いたい会いたいと思っていても恭絵さんに会えなかったのは、思いが一方通行だからか。確かに彼女は、この世に未練なんて全く残していないだろう。

お情けのように気配だけを感じとれたのは、錯覚か、俺が勝手に、自分の中の彼女を呼び起こして、彼女がそこにいるような気になっていただけか、それとも、もういない彼女の残り香を、なんとか嗅ぎとっていたからなのか。

そして、倉木の霊が、俺に憑いていたというのも——。

「……なるほど。そうですね」

俺は思わず、そう言ってしまっていた。

「納得しました。きっと、そうです」

重ねて肯定すると、朝見は嬉しそうに頷く。

のんきなものだった。俺に幽霊が憑いている話はどうなったのだ。俺の中ではすべて答えが出たが、朝見は何か確かめたくてここへ来たのではないのか。

呆れながらも、俺は不思議と、穏やかな気持ちだった。

死ぬかどうかはもう少し考えることにする。おそらく結論は変わらない。しかし、今日でなくてもいい。こんないい日が、次にいつ来るかはわからないが、これが最後ということはないだろう。

その前に、少し、話をしてもいい気になっていた。

そんな風に思うなんて、自分でも信じがたかったが、センチメンタルな朝見の説を正しいと仮定したら、むしろ、話しておかなくてはいけないような気がした。

俺が誰にも、何も話さずに死んだら、思い出す人間がいなくなってしまう。この家に、誰もいなくなってしまうから。

ほんのわずかなかけらだけでも、誰かに思い出してもらえたらいいと思った。恭絵さんのことも、倉木のことも——それから、俺のことも。

朝見さん、と声をかけると、彼女は不思議そうに俺を見た。

「僕からも、話したいことがあるんです。ちょっと長くなるかもしれないんですけど」

認めたくはないが、おそらく、俺の、初めて好きになった人と、たった一人の友達の話だ。

覚悟を決めて口を開く。

「聞いてもらえますか」

初　出

あの子はついてない
「静岡新聞 週刊YOMOっと静岡」2022年2月〜8月
（配信：学芸通信社）

その家には何もない
「怪と幽 vol.012」2023年1月号

そこにはいない
「怪と幽 vol.013」2023年5月号

※書籍化にあたり加筆修正しました。

装　画
庄司理子

装　丁
青柳奈美

織守きょうや（おりがみ　きょうや）
1980年イギリス・ロンドン生まれ。2013年『霊感検定』で第14回講談社BOX新人賞Powersを受賞しデビュー。15年『記憶屋』で第22回日本ホラー小説大賞読者賞を受賞し、同作は映画化もされた。21年『花束は毒』で第５回未来屋小説大賞を受賞。他の著作に『響野怪談』『学園の魔王様と村人Ａの事件簿』『英国の幽霊城ミステリー』などがある。

彼女《かのじょ》はそこにいる

2023年６月30日　初版発行

著者／織守《おりがみ》きょうや

発行者／山下直久

発行／株式会社KADOKAWA
〒102-8177　東京都千代田区富士見2-13-3
電話　0570-002-301(ナビダイヤル)

印刷所／旭印刷株式会社

製本所／本間製本株式会社

●お問い合わせ
https://www.kadokawa.co.jp/（「お問い合わせ」へお進みください）
※内容によっては、お答えできない場合があります。
※サポートは日本国内のみとさせていただきます。
※Japanese text only

定価はカバーに表示してあります。

ISBN 978-4-04-113451-1　C0093